strawberry fields forever

Richard Zimler

strawberry fields forever

Tradução de
JOSÉ LIMA

Revisão Técnica
ELIA FIDALGO

1ª edição

GALERA RECORD
RIO DE JANEIRO • SÃO PAULO
2013

CIP-BRASIL. CATALOGAÇÃO NA PUBLICAÇÃO
SINDICATO NACIONAL DOS EDITORES DE LIVROS, RJ

Z66s
Zimler, Richard
Strawberry fields forever / Richard Zimler; tradução José Lima. –
1. ed. – Rio de Janeiro: Galera Record, 2013.

Tradução de: Strawberry fields forever
ISBN 978-85-01-09754-5

1. Romance americano. I. Lima, José. II. Título.

13-03062

CDD: 813
CDU: 821.111(73)-3

Título original em inglês:
Strawberry Fields Forever

Copyright © Richard Zimler 2009-2011

Publicado mediante acordo com Literarische Agentur Mertin, Inh. Nicole Witt, Frankfurt, Germany

Todos os direitos reservados. Proibida a reprodução, no todo ou em parte, através de quaisquer meios. Os direitos morais do autor foram assegurados.

Texto revisado segundo o novo Acordo Ortográfico da Língua Portuguesa.

Direitos exclusivos de publicação em língua portuguesa somente para o Brasil adquiridos pela
EDITORA RECORD LTDA.
Rua Argentina, 171 – Rio de Janeiro, RJ – 20921-380 – Tel.: 2585-2000, que se reserva a propriedade literária desta tradução.

Impresso no Brasil

ISBN: 978-85-01-09754-5

Seja um leitor preferencial Record.
Cadastre-se e receba informações sobre nossos lançamentos e nossas promoções.

EDITORA AFILIADA

Atendimento e venda direta ao leitor:
mdireto@record.com.br ou (21) 2585-2002.

Para John Lennon
e os Beatles

Agradecimentos

Gostaria de agradecer ao meu tradutor José Lima e à minha editora Maria da Piedade Ferreira. Estou particularmente grato a todos os que leram a versão inicial deste livro e de quem recebi observações muito pertinentes: Alexandre Quintanilha, Cynthia Cannell e Zuzanna Brzezinska.

Capítulo 1

Sábado, 17 de outubro de 2009

APENAS UM ANO DEPOIS de nos mudarmos, enquanto espero para atravessar e buscar sopa wonton no Slow Boat to China, é que vejo o quanto a avenida Willis é perigosa. Imagino que há outras coisas nas quais somente pensemos quando a Morte passa zunindo a cem por hora e não sabemos bem se teremos coragem para avançar alguns passos e Lhe dar uma mãozinha.

Mas não é só pensar como seria me ver cortada ao meio por um Chevrolet, permitindo ao medo bater asas frenéticas nos meus ouvidos. É também ter que entrar num restaurante chinês mal iluminado completamente sozinha e falar com aqueles homens de coletes vermelhos brilhantes, com um inglês ainda pior do que o meu.

E, aqui entre nós, talvez por outra coisa, também. Talvez porque meu pai esteja doente demais para deixar o hospital e vir para casa. Sei que seria isso o que o Dr. Rosenberg me diria. Mas não acho que ele seja sempre capaz de saber por que o terror me persegue.

Digo "completamente sozinha" porque Pedro não conta quando se trata de me ajudar a ficar menos atrapalhada. Se acham que ajuda, então com certeza nunca tiveram um irmão ou irmã mais novos.

Deixei dois sinais vermelhos abrirem e fecharem. Pedro não pergunta por que não atravessamos. Observo-o atentamente, o cabelo preto e a maneira mais do que firme com que agarra o boneco do Incrível Hulk. Mas quem pode dizer o que se passa na cabeça de um menino de 7 anos que tem que levar com ele um super-herói verde em miniatura cada vez que sai de casa?

Nestes últimos meses, aprendi que fazer de conta que sou capaz de desaparecer quando quiser me ajuda a ficar calma. Às vezes, penso que Pedro também sabe e que o silêncio dele significa que é melhor nisso do que eu.

Um, dois, três...! No momento em que o sinal fica verde outra vez, me transformo num fantasma assombrando minha própria vida e então arrasto Pedro pela mão.

— Anda logo! — reclamo.

Não dou um puxão para atravessar a rua, apesar dos seus passinhos de anão, porque estou lutando contra a vontade de ser má com ele. Não me dá muito prazer fazê-lo chorar nestes dias. Me dava, assim que nos mudamos. Mas cansa ser sempre má. Pelo menos me cansa.

Minha mãe me mandou comprar dois pratos de sopa wonton. Entregou uma nota de dez dólares e disse "Quero o troco!", em português. Ela me ameaçou com o dedo em riste, como se passasse a vida a me flagrar roubando seu dinheiro. O que não é o caso. É verdade que pensei em roubá-la — mas também pensei em colocar água fervente em sua banheira e em colocar purgante na gelatina de framboesa da dieta —, mas nunca a feri fisicamente nem afanei mais do que dois cigarros Parliament (nem sequer pra mim, eram pra Angel). "Sou inocente, Meritíssimo. Juro."

Pensei em ficar uns minutos a mais no restaurante para poder pegar algumas folhas vermelhas e amarelas que tinham realizado o desejo outonal de cair em Gilbert Lane, mas ao pegar o casaco das mãos da minha mãe, ela me mandou levar Pedro comigo.

— Seu irmão precisa sair — disse ela, ainda em português, como se ele fosse nosso cachorro. Ou como se alguém o obrigasse a passar o fim de semana inteiro lendo e brincando com super-heróis de plástico.

Pensei em retrucar e dizer "Levo ele comigo quando você aprender inglês", porque minha mãe continua sendo incapaz de concatenar a mais simples das frases depois de 11 meses e meio nos Estados Unidos e eu tenho que servir de intérprete no Bagel Boss, no supermercado Waldbaum's e, o pior de tudo, no Salão de Beleza Kim's, na avenida Hillside, no meio do cheiro tóxico de vinte candidatas a Celine Dion pintando e colocando unhas de porcelana. Mas ela ia rosnar "espertinha". Adora me chamar assim para me obrigar a sentir que a constante invenção de novas maneiras de me transformar na *Barbie* que ela gostaria que eu fosse é um favor que ela me faz.

— *Dr.* Rosenberg, é possível que Pedro carregue sempre o Hulk porque gostaria de ser *assim*, grande e violento? Talvez lá no fundo do seu silêncio ele seja ainda mais *mad* do que eu — argumenta. E "mad" tanto quer dizer maluco quanto furioso. É uma palavra para as crianças imigrantes aprenderem ao saírem do controle de passaportes no aeroporto de Newark.

Ainda são só onze horas, mas mamãe diz que temos que comer cedo para podermos estar no hospital ao meio-dia e dar o almoço ao meu pai. Não podia preparar nada para Pedro e para mim porque, como ela nos informou, estava "muito ocupada".

Entre aparar as sobrancelhas e passar horas falando português com Diana, sua melhor amiga, que por acaso vive aqui ao lado, acham que ela ia arranjar dois minutos para abrir um pote de chilli, esquentar no micro-ondas e colocar um pouco de queijo ralado por cima?

Chilli é a comida preferida de Pedro. E ainda por cima ele coloca molho de pimenta. Às vezes, penso que as emoções de Pedro estão mortas e que todos aqueles molhos picantes são para ressuscitá-las.

Na minha tentativa veja-como-estou-ajudando, disse à minha mãe que eu abriria o frasco do chilli Heinz e que colocaria o queijo ralado por cima, mas ela franziu a sobrancelha como se eu estivesse brincando.

— Não, deixa, prefiro uma sopa — disse ela.

Minha mãe tem um repertório de sobrancelhas franzidas capaz de causar inveja a Meryl Streep. Angel está convencido de que ela ensaia no espelho quando ninguém está olhando, mas talvez seja porque ele também gosta de ensaiar maneiras diferentes de parecer *sexy* quando estamos os dois no quarto dele.

O Slow Boat to China tem um enorme aquário nojento na entrada, com pedras roxas e palmeiras aquáticas, mas sem nenhum peixe. Pelo menos eu nunca vi nenhum ali, embora desta vez haja um caracolzinho esverdeado todo apertado contra o vidro, como se estivesse desesperado para escapar. O cheiro de loja de animais daquele lugar me dá arrepios. Fico sempre pensando que talvez estejam lá dentro na cozinha cortando cobaias e *hamsters* fatiados. É bem possível. Se assistissem à Fox News, como meu pai, já saberiam que os imigrantes da Ásia comem todo tipo de coisas que os americanos não comem.

— Dois pratos de sopa wonton — peço ao chinês do cabelo preto repuxado para trás, que está sempre ali. Falo devagar e procuro captar aquela parte pequena e movediça no meio das vogais americanas e acho que consegui, porque dessa vez ele me entendeu.

Suspiro aliviada.

Meu pai chama esse chinês de Fung, quando ninguém está ouvindo, e pronuncia Fung de um jeito tão engraçado que nos faz rir, embora isso seja um "insulto étnico" e nós não devíamos achar tão divertido.

O homem-que-não-é-realmente-Fung faz que sim com a cabeça e rabisca umas coisas em chinês no caderninho. Dou a ele o dinheiro, e ele vai até a caixa registradora e me dá o troco.

Sabe Deus o que ele pensa dessa família de portugueses que entra aqui uma vez por mês para comer sempre a mesma triste refeição e que deixa uma notazinha de gorjeta. Talvez coloque tripas de cobaia em vez de carne de porco no nosso arroz. E quem pode culpá-lo? Pedro e eu vamos até a rua enquanto esperamos e ficamos na calçada em frente à avenida Willis, a poucos centímetros de nos tornarmos as panquecas que a Morte gostaria de ter para o café da manhã de hoje.

— Minha mãe fez tudo o que podia para acabar com a minha vida. E com a de Pedro. — É a primeira coisa que falo quando entro no consultório do Dr. Rosenberg.

Ele mora do outro lado da rua. Embora ainda não seja meu psiquiatra, a não ser na minha cabeça. Me faz pensar se alguma vez conseguirei aterrissar no Planeta Normal. Quero dizer, quantas meninas da minha idade sonham em ter um psiquiatra genial em vez de ser uma estrela pop ou atriz famosa?

Nenhuma das que conheço na Hillside High School.

Acontece que eu sei cantar, por isso não preciso ficar sonhando com isso. Se eu me dedicasse seriamente, não vejo porque não podia ter pelo menos mais graça que Mariah Carey. Quero dizer, é uma coisa dentro do possível. Mas o que eu *não consigo* fazer por mais que tente é dormir antes das três da manhã. Ou ter bons amigos. Tirando Angel. Está um ano à minha frente, no décimo primeiro ano. Mas, pra falar a verdade, ele não conta. Por dois motivos: um, é que ele é do Brasil e por isso não é que eu tenha conseguido arrumar um amigo americano; e dois, porque ele é gay, o que quer dizer que ele também não tem nenhum verdadeiro amigo, tirando uns góticos de roupas pretas nojentas comidas por traças — todos com um ar de zumbis, brancos como ossos — e com quem ele anda no intervalo do almoço e às vezes nos fins de semana.

Angel costuma dizer que é *proto-gay* e não *gay*, porque embora as fantasias dele sejam sobre rapazes e homens, nunca foi mais longe do que beijar outro garoto. E, mesmo que a gente esteja em 2009, não é fácil os meninos como ele serem aceitos como são. Ainda que estejamos só a uns trinta quilômetros de meio milhão de gays comendo petiscos e comida tailandesa em Chelsea. Por isso, na hora de falar sério sobre alguma coisa do que está ou não nos acontecendo, só temos um ao outro.

É Angel que corrige meus erros de gramática nisto que estão lendo. E que traduz meu português para o inglês quando não sei como dizer o que quero dizer. Embora, se eu continuar escrevendo sobre minha vida, precise contar algumas coisas comprometedoras sobre ele. Não quero que ele leia esses trechos até eu decidir o que é para guardar só para mim, por isso talvez tenha que descolar outra pessoa para corrigi-los mais tarde.

Ele mora aqui desde os 7 anos, e aposto que tem um vocabulário superior ao de qualquer um, tirando o Mr. Henderson, que é meu professor de inglês. Dezesseis anos, proto-gay e talvez um gênio. Com mechas louras no cabelo preto comprido. Dá para passar uma vida tranquila tendo tudo isso no currículo.

Pouco depois de nos mudarmos para cá, o doutor *Rosenberg* nos chamou, quando Pedro e eu estávamos saindo de casa, e nos propôs que fizéssemos festa em Caramel, sua collie, e lhe déssemos biscoitos para ver se ela parava de latir sempre que nos via. O doutor Rosenberg estava lavando sua BMW marrom. Usava aqueles shorts larguíssimos que o deixam com um ar bizarro, com as pernas finas, branquinhas cobertas de pelos pretos. A placa da BMW é PSYCH42, o que deve querer dizer que há mais 41 psiquiatras em Nova York que tiveram a mesma ideia antes dele.

Tinha prendido Caramel ao poste de luz pela coleira. O biscoito favorito dela é o T Bonz Porterhouse sabor carne, e, por isso, o Dr. Rosenberg deu a mim e a Pedro um desses.

— Tem que ser amiga dos nossos novos vizinhos da frente — disse ele ao cão, numa vozinha meiga, quando nós chegamos perto, mas ela não se mostrou amigável.

Quando eu lhe ofereci o biscoito, o Dr. Rosenberg a segurou com as duas mãos enquanto ela rosnava e mostrava os dentes, deixando evidente que o petisco que ela queria eram meus dedinhos branquinhos, e não 5 centímetros de flocos de aveia prensados ou seja lá o que for que eles coloquem naqueles biscoitos nojentos. Pedro se escondia atrás de mim, pronto para fugir. Ao desistirmos daquilo, o Dr. Rosenberg nos disse:

— Ela vai se acostumar com vocês após mais algumas tentativas. — Deu um sorriso confiante, como fazem os pais americanos, mas eu não estava lá muito convencida.

— Não dizem que os collies são simpáticos? — perguntou Pedro depois.

— Talvez, mas eu acho que Caramel está possuída — respondi.

Meu irmão fez que sim com a cabeça, como se eu estivesse falando sério. Ele é assim. Não percebe quando estamos zoando. Nem em português nem em inglês. É um idiota bilíngue.

Uma vez, quando Caramel estava latindo para mim e para Angel, ele me disse:

— Deve ter acontecido alguma coisa com ela quando era filhote e ela ficou traumatizada.

E foi assim que fiquei sabendo que Angel acredita mais na *nurture* que na *nature*. Vive só com a mãe e acha que a ausência do pai fez dele um proto-gay. Diz que é isso que Sigmund Freud pensava também. Só que é capaz de tanto ele quanto Freud estarem errados e o fato de ele estar apaixonado pelo Brad Pitt ser uma coisa escrita no seu DNA. Apesar de ser muito possível que eu só queira pensar assim porque isso significava que mamãe não pode deixar de perceber que algo muito sério acontece com Pedro e que não podemos continuar vivendo nos Estados Unidos sem falar um inglês razoável. O que queria dizer que eu não posso realmente dizer que ela é responsável por estar muito abaixo daquilo que podia ser.

O Dr. Rosenberg esforçou-se outras tantas vezes para convencer Caramel a ser simpática conosco, mas não conseguiu. A cadelinha late pra gente com tanta raiva que um dia desses ainda tem um AVC.

Foi simpático da parte do Dr. Rosenberg me ensinar que desistir é uma opção válida. Parece que é o mais sensato em relação à minha mãe.

"Se eu caminhasse toda a distância até o Aeroporto Kennedy e despenteasse o cabelo para ficar com uma cara de coitada e fosse mancando até o balcão da TAP Air Portugal, talvez um passageiro rico e de bom coração me pagasse a passagem para Lisboa." É o que me passa pela cabeça enquanto estou ali escorada diante do Slow Boat to China. Podia fazer isso, realmente — esfregar lama no cabelo e ir a pé até o aeroporto. Daria um beijo de despedida em Pedro, explicaria para ele como voltar para casa e seguiria para o norte passando pelo Poslyn Eye Center e subiria até a entrada da autoestrada Northern State. Depois, sempre em frente. Sei bem o caminho até o Aeroporto Kennedy porque o marquei em vermelho no mapa do meu pai várias vezes. Mas não dou nenhum passo. Porque o que eu percebi agora é que não quero voltar. Embora no fundo também não queira ficar aqui.

O desespero de estar entre dois mundos me dá dor de estômago. Quero dizer, não houve uma noite sequer nesses últimos 11 meses e meio em que eu não tenha dado brilho ao meu desejo de voltar e agora nem tenho essa porcaria brilhando reluzente para me fazer companhia. A questão é que se eu fosse embora agora ia ficar morrendo de saudades de Angel. Seu verdadeiro nome é Caetano, mas os americanos não conseguem pronunciar direito. Descolou o nickname há uns meses quando estava pesquisando sobre as Guerras Napoleônicas no notebook dele e, em vez disso, acabou vendo fotografias de Brad Pitt no Google. Carla Stevenson, que senta ao lado dele na aula de História da Europa do Advanced Placement, viu o que ele estava fazendo quando se levantou para ir ao banheiro e, na hora do almoço, disse a todo mundo que ele queria ser a Angelina Jolie. O que ela achava mais estranho era ele estar apaixonado por um ator tão velho.

E então os garotos começaram a chamá-lo de Angelina. Eu mudei para Angel porque isso dá ao apelido um sentido mais positivo. E também lhe cai bem.

Os outros estão sempre implicando com ele e o ameaçando, e ele arranjou um atestado médico especial para poder ser dispensado da educação física, desde que Gregory Corwin o acertou, no chuveiro, quinze dias depois de Carla Stevenson espalhar aquilo de ele estar apaixonado por Brad Pitt. Há um monte de meninas que ainda lhe perguntam se quer batom e maquiagem emprestados. Não percebem que não tem graça nenhuma. E que Angel não quer ser ninguém a não ser quem ele é. Ou talvez percebam, mas não achem que ser sempre más seja tão cansativo como eu acredito.

Havia três milhões quinhentas e cinquenta mil referências a fotografias de Brad Pitt no Google e foi então que Angel descobriu que era possível passar a vida inteira baixando fotografias dele da internet.

Gregory Corwin foi suspenso um mês, mas voltou com um sorriso e se exibindo como se fosse o herói da sua própria série de televisão. A Hillside High está cheia daquilo que Angel chama *trogloditas*, embora eles se achem todos estrelas de rock muito legais. Mil e quinhentos grunhidos e uns poucos adolescentes se esforçando para conseguirem se safar. É o que se chama uma escola secundária.

Se deixasse os Estados Unidos, eu também teria saudades de jogar basquete, que é a única coisa que faço melhor do que as outras garotas de Hillside. E também ia me custar viver sem a liberdade de um país onde as pessoas deixam as persianas abertas porque não ligam que alguém olhe para dentro e as vejam engomando a roupa de chinelo (mamãe) ou cortando as unhas dos pés com uma tesoura de cozinha (papai) ou passando uma lâmina nos jeans para que fiquem com cara de terem sido comprados numa boutique francesa em Manhattan e não na Gap de Northern Boulevard (eu, claro).

Vamos ver as coisas como elas são: ter 15 anos num país estrangeiro e não ter lugar nenhum para onde fugir significa estar naufragado na nossa própria ilha deserta, a milhares de milhas de qualquer lugar onde pudéssemos querer estar. Ilha Teresa. Muito triste e longe das rotas para um resort de férias, mas ainda assim com alguns encantos exóticos. Naufragada se diz "stranded" — é uma palavra que aprendi ontem num romance que estou lendo, chamado *They Came Like Swallows*. Foi Angel que me trouxe da Shelter Rock Library. Ele lê mais do que qualquer outra pessoa que eu conheça. Que é mais uma coisa que os desaforados não perdoam, claro.

O chinês-que-realmente-não-se-chama-Fung me entrega a sopa, eu e Pedro voltamos para casa e a comemos enquanto leio meu livro e vou dando uma olhadela num antigo episódio de *Seinfeld* a que ele está assistindo. Mamãe diz que a sopa wonton é a única coisa que presta no Slow Boat to China. Não que a gente tenha provado a comida deles; ela diz que Mário, um primo dela de Angola, teve lombrigas com umas costeletas que tinha comido num restaurante chinês em Luanda e por isso nunca nos deixa comer nada além de sopa e arroz frito ou massas *chow mein* quando vamos lá.

Uma vez vi uma chinesa minúscula com um topete de cabelo branco comendo um prato chamado Hot Spiced Sliced Chicken. Sei que foi isso o que ela encomendou porque perguntei ao empregado. Tinha uns pimentões fininhos vermelho-acastanhados misturados com o frango partido às tirinhas e cebolas e cenouras aos bocadinhos, e ela suava na testa de tão picante que era aquilo. Quando reparou que eu a estava observando de olhos arregalados, deu um grande sorriso e fingiu que desmaiava, estilo "isto é como estar no paraíso". Um dia desses eu gostaria de suar assim com comida que tem sabor de paraíso.

Angel tocou a campainha quando eu ainda estava no meio da sopa, o que quer dizer que preciso acabar de comer no quintal porque minha mãe não gosta de ter um gênio proto-gay em casa. Conto para ele aquilo do Hot Spiced Sliced Chicken, e ele diz que o nome seria o final perfeito para um haicai, um tipo de poema japonês que acaba sempre com palavras que somam cinco sílabas ao todo.

Mas antes de irmos muito longe com o resto do poema, Pedro veio pedir a Angel para jogar o Jogo das Emoções com ele. É um jogo que Angel adaptou de um grupo de improvisação que viu no Magnet Theater, em Nova York.

— Muito bem, eu começo — avisei.

— Então, qual é o cenário? — pergunta Angel.

— Você e Pedro vão assaltar um banco.

— Onde? — pergunta meu irmão.
— Num banco — digo, para o enervar, e ele morde a isca.
— Nos Estados Unidos ou em Portugal? — berra ele.
— Nova York... Wall Street. Por isso tem que falar inglês.
Angel se ajoelha na grama para ficar na mesma altura de Pedro.
— Então, Crackers — disse ele, numa voz anasalada —, pronto para abrir o cofre?
— Crackers? — perguntou meu irmão.
— É você — responde Angel
— Ah, tá — diz Pedro. — E você é quem?
— Nails! — corto eu. — Nails e Crackers.
Nails era um gângster sinistro em *Inimigo Público*, um filme antigo com o Jimmy Cagney que vimos outro dia na casa de Angel.
— Me passe os explosivos — ordena Nails ao capanga.
Crackers levanta a bomba imaginária e passa para ele com todo o cuidado.
A língua aparece entre seus lábios. Pedro se concentra quando luta pelo Oscar.
— Para trás — diz Nails. — Esta nitroglicerina é fortíssima.
— Inveja! — grito eu.
— Calma aí, porque é que você sempre escapa? — pergunta Nails a Crackers. — Sempre que há uma explosão, eu é que fico ferido e você sai sem um único arranhão. — Levanta a mão direita, escondendo o polegar. — Lembra de quando estourou meu polegar em Boston?
— Lembro — diz Crackers, com um grande aceno de cabeça. Abandonando a personagem e virando para mim, pergunta:
— O que é inveja? — Enrola as mãos atrás das costas e se agacha como quem tem que largar a pedra, porque se envergonha de precisar perguntar algo à irmã mais velha.

— É como ter ciúmes, garoto — digo eu. — Imagina que Nails tem uma coisa que você quer.

De novo no papel, o menino olha o parceiro de crime com os olhos semicerrados de fúria.

— Não sei por que é que você tem... tem... tem mechas louras no cabelo e eu não — reclama.

— Porque aqui quem manda sou eu, entendeu? — diz Nails, com sua voz de gângster.

— Eu também gostaria de mandar às vezes — lamenta-se Crackers. — Não está certo. — Bate o pé no chão e levanta as mãos pro ar.

— Amor! — grito eu.

— Talvez não esteja certo — diz Nails a Crackers, a voz num profundo de romantismo — mas eu te quero... preciso de você... tem que ser meu! Está ouvindo, fofinho?

Angel abraça Pedro e lhe dá beijos no pescoço como um vampiro, e meu irmão começa a se contorcer e a rir feliz.

— Ai, para! — grita Pedro, em português, esquecendo o inglês. — Stop!

— Só quando me der um beijo, bobo! — diz Nails, franzindo os lábios e inclinando-se para ele; mas como também afrouxa o abraço, Pedro consegue escapar e sai correndo e rindo pela grama afora.

O menino ficou tão doido de excitação que tropeça e cai de bunda no chão.

— Uff! — geme ele, e olha para mim e para Angel, atrapalhado, como se tivesse acabado de descer de uma nave espacial. Mas não se machucou e, quando nós desatamos a rir, ri também.

Poucos segundos depois, ouvimos o ronco de uma buzina na parte da frente. Minha mãe abre a porta de tela e diz, a mim e a Pedro, que temos que ir.

— Quem é? — pergunto eu.

— A Mrs. Coelho.

É o último nome de Diana. É coelho, mas ultimamente tem mais cara de poodle, para dizer a verdade.

— O que ela veio fazer aqui?

— Vai nos levar ao hospital.

— Por que você não nos leva?

— Porque o carro está na oficina. Já tinha te falado, Teresa.

— Mamãe revira os olhos.

— Não disse nada! — declaro eu.

Para falar a verdade, me disse, mas eu esqueci. Seja como for, me parece que se ela reclamar comigo e revirar os olhos, eu também tenho direito de mentir.

Ela resmunga e diz:

— Não pode pelo menos uma vez fazer aquilo que eu digo?

Angel e eu pusemos um ponto de interrogação nesta última frase, mas não pensem nem por um instante que minha mãe espera que eu responda. Ela marca pontos contra mim com perguntas que no fundo não são perguntas.

Quando damos a volta na casa, eu digo a Angel que menti. E por quê.

Ele diz que minha maneira de pensar se chama "instant karma".

— E o que isso quer dizer? — pergunto eu.

— Recebemos aquilo que damos... no mesmo instante — responde ele. — Não se lembra? É como na canção.

— Que canção?

Angel para de repente, horrorizado por eu ter esquecido uma coisa assim.

— "Instant Karma" foi um dos primeiros *singles* de John Lennon depois de os Beatles se separarem.

— Ah, tá — digo eu, mas só me lembro vagamente da melodia.

Passar o tempo pensando na minha mãe deve expulsar do meu cérebro um monte de outras informações. O que quer dizer que talvez não tenha desistido dela verdadeiramente.

Eu me despeço de Angel com um beijo quando chegamos à parte da frente, e ele me diz para ligar depois, quando chegar em casa, porque quer ir de bicicleta até Northern Boulevard procurar um presente para a mãe na loja do Metropolitan Museum. Quando respondo que não sei se estarei com disposição depois de visitar meu pai, ele me lança um olhar suplicante e diz em inglês com sotaque africano:

— I hold your foot, Teresa!

É assim que na Libéria pedem um favor. Havia uma garota chamada Celia que era de lá e que era amiga de Angel quando ele cursava a Jericho Middle School, mas depois foi para Roma com os pais, há dois anos.

— Então vou com certeza — respondo, no inglês liberiano que ele me ensinou.

Entro no banco de trás com o meu irmão. Minha mãe já está sentada na frente confirmando no espelho que pôs maquiagem o suficiente para disfarçar sua verdadeira aparência.

Diana — estourando bolas de chiclete em meio a uma conversa de comadres com a minha mãe sobre os saldos na Roosevelt Field — nos leva ao Merton University Hospital.

Como disse, Diana parece um poodle. E não estou sendo má, não senhor, porque ela nem sempre teve este aspecto. Caiu na asneira de fazer um permanente louro todo cacheado no Salão Kim's Beauty há quinze dias. Minha mãe é que sugeriu o novo look, talvez porque assim, por comparação, iam parecer da mesma idade.

Quando minha mãe ameaçou também pintar o cabelo de louro, meu pai implorou que continuasse morena. É que a essa altura já tinha visto Diana.

Mamãe tem um cabelo realmente bonito. É o que ela tem de melhor. Castanho e brilhante. E cortado de uma maneira que tem sempre um ar despenteado estilo Hollywood, que é como eu gosto.

Angel e eu achamos que parece com Rod Stewart no vídeo de "Sailing" que vimos uma vez na VH1 — soprado pelo vento, mas de uma maneira legal. Já os olhos... Usa tanta sombra que parecem esmurrados.

Ouvir Diana estourando as bolas de chiclete a cada segundo me dá vontade de ver meu pai mais do que qualquer outra coisa.

É como se o único caminho de volta para o Planeta Normal passasse por ele.

Por que adoro sentir o cheiro de tabaco do meu pai e de vinho tinto depois do jantar? E subir em seus joelhos enquanto ele assiste à Fox News e põe os braços à minha volta? E por que é que os mesmíssimos cheiros em minha mãe só me dão vontade de fugir? Não pode ser por ele ter aprendido inglês realmente bem, porque não aprendeu, ou por dar gorjetas maiores, porque não dá. E não é que ele me trate assim tão bem, porque sempre me diz que acabo com ele.

E ainda há outro mistério: por que minha mãe estraga sua boa aparência com aquela maquiagem remelenta nos olhos? Talvez ache que todas as americanas gostam de ter um aspecto de dançarinas do ventre. Ou talvez queira me dar mais um motivo para me envergonhar. Mulher generosa, minha mãe.

A capa de *They Came Like Swallows* é um rapaz com ar zangado. Angel diz que ele se parece um pouco comigo e que o livro conta a história de um jovem e sua relação com os pais e o irmão, mas especialmente com sua maravilhosa mãe, que é paciente, compreensiva e amável.

— Ah, então é ficção científica! — disse eu, num resmungo. Disse isto em português. Ele riu, o que me agradou. Gostaria de conseguir fazê-lo rir em inglês um dia. E às outras pessoas também. *They Came Like Swallows* foi a segunda escolha de Angel para mim. *The Heart is a Lonely Hunter* era a primeira, mas ele me disse que era sobre uma garota desnorteada e o desgraçado de seu irmão mais novo — e mais um montão de outras almas perdidas —, e eu pensei: "Santo Deus, para que eu quero estar lendo minha vida fodida em capítulos!"

A palavra "fodida" foi dita apenas para mim. Nunca a pronuncio diante de meu pai ou de minha mãe. Uma vez fiz isso, e meu pai me deu um tapa. A vergonha ficou ardendo na minha cara durante semanas. Àquela altura, foi o segundo pior momento da minha vida. Será preciso dizer qual foi o Número Um? Ser raptada por meus pais e exilada na América, claro. E entrar na Hillside High dois meses *depois* do primeiro dia de aulas, de maneira que fiquei quilômetros atrás de todos os outros, mesmo antes de descobrir a linha de partida.

Vou sublinhando no livro as palavras que não sei e depois procuro no meu dicionário *Webster*. Comecei ontem e ainda só li três páginas, mas já fixei os significados de "straggling", "linden" e "papoose". E "stranded", como já disse. Não consegui encontrar "funny-paper" no dicionário porque não notei que não vinha em "funny" e sim em uma entrada própria. Meu professor de inglês, Mr. Henderson, me disse que era como antes chamavam o suplemento de história em quadrinhos dos jornais.

Mr. Henderson é baixinho e careca e tem 64 anos, é o que diz seu perfil no Facebook. Usa gravatas floridas berrantes e jeans surrados, e, às sextas-feiras, leva a guitarra para as aulas e nos ensina canções de Leonard Cohen, de Bob Dylan e de grupos que nunca ouvi falar, como os Jefferson Airplane. Orgulha-se de ser uma relíquia dos anos 1960. Quando soube que eu estava lendo um romance por minha conta, fez sinal de positivo com o polegar e mandou um sorriso cúmplice.

— Então! Parece que vai fazer futuro na literatura! — disse ele, dando uma entoação divertida à voz.

Sem que nenhum de nós tenha falado nisso, Mr. Henderson e eu estamos conspirando para fazer de mim uma escritora, embora só tentar me fazer aprender inglês já possa mostrar o desastre que nos espera. Está parecendo que sou mais capaz de chegar lá como jogadora de basquete na WBA — pelo menos se continuar a crescer. Entrei no time da escola este ano e, na sexta-feira passada, durante o treino, encestei de costas uma bola de bandeja que deixou nossa treinadora, a Mrs. Romagna, batendo palmas. Tinha esperanças de que algumas das minhas colegas ficassem comigo depois do treino para praticarmos um pouco nossos lançamentos livres, mas todas disseram que tinham que ir logo para casa. Fico com a impressão de que me acham esquisita.

Meu objetivo é chegar a 1,76 metro, o que quer dizer que preciso ainda de uns 10 centímetros.

É aquele sorrisinho cúmplice de Mr. Henderson que me leva a pensar que a mãe dele também o achava "espertinho". Somos ambos integrantes de um clube internacional, pode se dizer.

Angel não. A mãe dele o adora. E embora ele ainda não tenha saído do armário, ela sabe. Percebo isso pelo modo como ela às vezes se deixa ficar para trás e solta um suspiro — assim como se os dois estivessem sempre, sempre a subir uma ladeira.

Depois que Diana nos largou no hospital, e depois de minha mãe tragar com pressa seu cigarro, pegamos o elevador para o segundo andar onde meu pai está no Centro de Tratamento Intensivo. Mamãe vai na frente, caminhando tão depressa que Pedro fica para trás. Espero por ele para que não comece a soluçar e junte uma multidão à sua volta. Minha mãe saberá que ficamos para trás? É em momentos como esses que tenho certeza de que ela preferia uma vida sem filhos e sem marido

— só um namorado rico que gostasse de mulheres que rezam cinco vezes por dia voltadas para a Macy's, que tivessem o aspecto de dançarinas do ventre e que não sonhassem com nada mais complicado do que férias no MGM Grand Hotel, em Las Vegas.

Enquanto trotamos pelo corredor sinto palpitações na pele como quando pressinto perigo. Aposto que são as luzes fluorescentes que fazem com que o equipamento médico e os puxadores das portas e todo o resto tenham um ar superbrilhante. E aquele cheiro nojento de amoníaco.

Meu pai vê primeiro minha mãe. Não sorri. Tem uns olhos tristes. E uma sobrancelha franzida, como de quem não sabe onde está. Pega na mão de mamãe e a leva aos lábios, o que é estranho porque nunca lhe mostra afeição, nem mesmo quando está cheio de cerveja.

Os braços dele tremem quando pega na mão dela.

Mamãe se liberta das mãos dele e recua um passo. Está constrangida.

Ou talvez muito perturbada por pensar que meu pai possa precisar dela. Sinto pena dele. E dela.

As lágrimas enchem os cílios do meu pai. Mas não sei dizer se é porque mamãe se mantém afastada dele ou por estar tão infeliz ao se ver entrevado neste hospital. Quando olha para mim, não sorri nem sequer encolhe os ombros. Vejo que procura meus olhos em busca de um sinal de amor da minha parte, mas eu não lhe dou sinal algum, tal é minha confusão. E também porque nossa intimidade parece perigosa. Uma lágrima rola pelo seu rosto e fica uns instantes pingando do queixo, mas ele não a limpa. Deixa a lágrima cair.

Mergulho profundamente dentro de mim, onde tudo o que eu e meu pai fizemos juntos está dentro do latejar do meu coração e da minha respiração forçada. E todas as aventuras que ainda podemos ter estão ali também, muito espremidas, à espera de verem a luz.

Estou aqui, estou chorando como ele, o que provavelmente era o que ele queria ver, porque sorri como se eu fosse tudo de que sente falta no mundo lá de fora, e continua a sorrir mesmo quando provavelmente devia parar.

Como é que se entra num hospital para operar o apêndice e, quatro dias depois, se acaba no CTI com uma pneumonia?

A resposta indignada, mas correta, senhores concorrentes, é: "Supergermes hospitalares". Angel pesquisou o assunto na internet e descobriu que os sintomas do meu pai podiam ser causados por vários tipos de bactéria e de vírus, e que por isso tínhamos que esperar pelos resultados das análises para sabermos ao certo.

Depois de ter dado um beijo no meu pai nos dois lados do rosto e de pentear uma mecha dos cabelos ralos que tinha caído em sua testa, minha mãe me disse em voz baixa que era melhor que ele não me visse chorar.

— Por que não vai para o corredor até conseguir se controlar? — aconselha ela.

Mais uma pergunta que não é pergunta alguma, claro.

"E como é que sabe sempre escolher a pior coisa para dizer?" É o que eu devia perguntar a ela se o Dr. Rosenberg não tivesse me convencido de que desistir de minha mãe era OK.

Meu pai não tem o cheiro de costume. Cheira a sabonete de flores. É o pior de tudo. É como se fosse outro homem fingindo ser meu pai, com sua grande barriga, os grandes olhos castanhos e as orelhas peludas.

Fico plantada junto à estação das enfermeiras, observando uma mulher de idade, com uma cara de noz e uns braços de cabide se esforçando para se levantar da cadeira de rodas, mas a amarraram lá com uma correia branca. Por qualquer razão —

medicamentos ou bobeira — parece que não percebe a amarra. E por isso continua tentando se levantar e caindo para trás, espantada por não conseguir.

Pedro está sentado em cima da cama junto ao nosso pai quando volto para dentro. Papai tem o braço por cima do ombro do menino e fala com mamãe numa voz rouca, frágil. Tosse de vez em quando.

Parece que tem os pulmões forrados de ferrugem. A cada acesso de tosse do meu pai, mamãe franze os lábios, desvia a cara e aperta a carteira contra o peito.

Falam em pintar a fachada da casa. Numa voz tensa, minha mãe diz que já esteve na Jericho Paints e que se decidiu por cor de rosa com um rodapé branco.

— E os degraus têm que ser de mármore branco — acrescenta, como quem põe de lado qualquer outra hipótese.

— Faz como quiser, Maria — diz meu pai, limpando a garganta. Nem sequer pergunta a ela em quanto fica tudo, o que é novidade.

Às vezes, meu pai recebe visitas dos amigos no sábado à tarde, e caem numa completa bebedeira e falam do custo de vida nos Estados Unidos.

E recordam Portugal como se o país todo fosse uma aldeia de conto de fadas, onde a vida tem muito mais sentido do que nos Estados Unidos. O que eu gostaria de perguntar a meu pai agora é: "Será que você e seus comparsas estão sempre, sempre nessa de Portugal, precisamente porque sabem que não queriam de maneira alguma voltar a viver lá?" Mas não digo uma palavra. Porque mamãe não tirou o casaco e está em pé com as costas contra a parede, esfregando o pescoço. Quando está nervosa, esfrega o pescoço até a pele ficar vermelha e irritada.

Ontem, uma enfermeira colombiana disse que era *poco probable* que pegássemos o que meu pai tinha. Precisávamos apenas lavar as mãos ao sair do hospital. Mas minha mãe não deve ter acreditado nela, porque vejo que está aterrorizada com a possibilidade de poder ficar aqui.

Pedro não. Cochila encostado ao ombro de papai. Pedro consegue dormir em qualquer lugar. Uma vez o peguei cochilando enrolado por cima da televisão. Era inverno. Ele contou que a parte de trás do televisor era quentinha e confortável. Angel estava lá nesse dia. Disse que Pedro era uma instalação de arte ao vivo e que podíamos cedê-lo ao Museu de Arte Moderna. Iria ficar famoso. Deixo-me cair na poltrona e fico vendo o peito do meu irmão subindo e descendo. Espero que ele não fique mal. Talvez seja mais resistente do que eu e consiga ser piloto da Jet Blue, como sonha.

Só Deus sabe o que minha mãe pensa dos dois filhos esquisitos que tem. Ou o que ela conta sobre nós aos vizinhos no seu inglês macarrônico.

Embora eu suspeite de que não é boa coisa. Ainda ontem, por exemplo, estava eu limpando as folhas à beira da calçada, a Mrs. Gagliano da casa ao lado veio pedir um ovo à minha mãe e, quando saiu, se virou para mim e disse:

— Você deixa sua mãe um feixe de nervos, menina! — E abanou o ovo para mim como se eu fosse culpada.

Nunca tinha ouvido a expressão "feixe de nervos", e a palavra "feixe" me fez imaginar minha mãe vítima de um acidente horroroso, como se um jato Cessna viesse contra nossa cozinha e a asa atirasse para longe o corpo esmigalhado de minha mãe e o espalhasse por cima da cerca do quintal do lado.

Se minha mãe morresse assim, será que os inspetores de polícia da cidade iam dizer que eu era suspeita de ter planejado a queda do jato particular em cima da minha própria casa? Lá pelas tantas diriam.

E o Dr. Rosenberg e a Mrs. Gagliano... Será que contariam ao Gil Grissom local que me achavam uma espertinha?

Uma covarde. Nunca tinha pensado isso de minha mãe, mas é a verdade. Dava para ver que preferia estar em qualquer lugar a estar perto de papai e dos seus micróbios não identificados.

Pedro e eu damos comida a nosso pai enquanto mamãe sai para fumar um cigarro. Para divertir Pedro, meu pai faz de conta que é um filhote de passarinho. Começa a piar e abre a boca o mais que pode.

O menino enfia colheradas de gelatina amarela naquele grande bico português cheio de cáries e ri pela primeira vez em muitos dias. Eu também rio, embora tenha que fazer um esforço, pois estar aqui no hospital é uma coisa que me parece irreal. E muito claramente não era assim que as coisas deviam ser.

Meu pai está muito fraco para fazer mais do que uma coisa ao mesmo tempo. Ou se passa por passarinho ou fala com a gente. E por isso praticamente mal falamos um com o outro, embora ele me pergunte como vai a escola. E mesmo antes de perguntar, pega na minha mão e dá um apertão, como entre amigos. Meu pai é assim — de vez em quando é capaz de nos surpreender mostrando que é mais do que aquilo que pensamos.

— A escola tem sido bastante boa ultimamente! — respondo eu.

Reforço minha mentira com um grande aceno de cabeça porque minha mãe é capaz de ter razão no final e eu não devo mostrar a meu pai que ando preocupada. Nem mesmo ela pode estar sempre enganada, não é?

Como um brinde especial, minha mãe comprou pastéis de nata na Lisbon Bakery a caminho do hospital. Mas depois de acabar a gelatina, meu pai diz que vai guardá-los para mais tarde. Mamãe estava entrando no quarto quando ele diz isso. E então devolve os bolos para a caixa como se ele a tivesse insultado.

— Está na hora — diz ela para nós, um minuto depois. Está limpando as mãos com um guardanapo vermelho de papel que tira do casaco e que deve ter trazido de casa.
— Mas chegamos ainda agora — argumento.
— Diana vem nos buscar à uma em ponto. Temos que ir.
— Mas ainda não falei nada com papai.
— E de quem é a culpa?
— Por favor, mãe, me deixe ficar — peço eu, em português. — Por favor. — E em inglês, levada pelo hábito, acrescento: — I hold your foot.
— O que isso quer dizer? — pergunta ela, como se eu a tivesse insultado.
— Só que eu queria mesmo ficar com meu pai.
— Não vejo como. Como vai para casa?
— Vou a pé.
— Teresa, é longe demais.
— Não é! — Bato o pé como uma menina de 5 anos; o desespero me faz sempre retroceder. É uma coisa que me irrita.
— E além do mais — diz minha mãe, jogando seu trunfo — tem que tomar conta de Pedro.
— Por que não toma você?
— Porque tenho coisas pra fazer. Tenho minha vida, sabe? Mas aposto que preferia que não tivesse.

Nisso está enganada. Gostaria que tivesse uma vida — uma que a levasse para o mais longe possível. Se eu enviasse um pedido de emprego de comissária da TAP em seu nome, e substituísse a fotografia dela por uma mocinha mais nova toda sexy, será que eles a aceitavam sem entrevista?

— Pedro pode ficar comigo e com papai — digo eu. Olho para meu irmão. Ele está levantando os braços do Hulk para cima e para baixo como se estivesse marchando para o combate. É o sinal de Pedro para "estou aqui, estou chorando".

Umas semanas atrás, quando eu o levava para casa depois de um dia muito ruim na escola, ele começou a mexer os braços assim para cima e para baixo. Tentei fazê-lo parar com aquilo, mas ele começou a balançar os braços e a gritar como um pássaro ao ser enfiado numa gaiola. Agarrei-o e apertei-o bem. Deixei que me batesse à vontade. Queria ficar com manchas negras. Queria ficar com marcas que nunca sarassem. Passados instantes, os gritos do Pedro transformaram-se em soluços.

Contou-me que os outros meninos na escola tinham debochado dele por ter voltado a fazer xixi nas calças. Eles o chamam de Peter Pee. E o fizeram chorar no recreio. Estava sem cuecas. O professor tinha guardado num saco plástico, mas ele tinha colocado num caixote de lixo ao sair da escola.

Nunca contei a meus pais o que tinha se passado, e aquilo não voltou a acontecer. Pelo menos que me desse conta. Ele não queria que eu contasse a papai ou a mamãe, mas às vezes penso que eu devia ter feito isso.

— O que acha, menino? — pergunto a Pedro, em inglês, me fazendo de amiguinha.

— O que diz de uma pequena aventura com sua irmã mais velha? Falo em inglês porque é mais seguro se minha mãe não entender o que dizem os seus dois filhos estranhos.

— Que tipo de aventura? — pergunta, com aquele olhar desconfiado que ele faz. Percebo que está pensando que sou capaz de voltar a abandoná-lo na seção de congelados do Waldbaum's. Ou noutro lugar ainda mais frio.

— Se ficar comigo e com papai, te pago um sorvete no Baskin-Robbins quando formos para casa.

É evidente que não estou acima de fazer chantagem com um garoto de 7 anos. E pode ser que minha estratégia funcione, pois há poucas coisas que Pedro não faça por um sorvete de chocolate.

Ele lança um olhar a mamãe para ver se ela autoriza, com uma expressão ansiosa, à espreita do mais ligeiro aceno de cabeça.

— Vamos embora, Pedro — diz ela, em português.

Mamãe estende a mão para ele, e ele não consegue resistir. Desce da cama e avança para ela. O que prova como é fácil ser derrotada quando se vive sozinha na Ilha Teresa.

E então acontece o milagre.

— Deixe as crianças ficarem, Maria — diz papai. E como a voz dele está tão fraca, parece a de um homem agonizante no *ER*. Será que ele fez a voz ainda mais fraquinha de propósito para me ajudar?

Gosto de pensar que sim.

Imagino que minha mãe não pode dizer não ao marido doente, mas ela retruca.

— E você os leva para casa depois?

— Ligo pro Mickey. Ele passa para buscá-los depois do trabalho.

Mickey é o melhor amigo do meu pai. O nome dele é Miguel, mas é muito moreno e não queria que o confundissem com um mexicano quando veio para a América. Trabalhava com o meu pai na R & S Plastics, em Floral Park.

Minha mãe solta um demorado e fundo suspiro, como quem está representando para a última fila do teatro.

— Bem, espero que saiba o que está fazendo, Luís.

Não dá nenhum beijo de despedida no meu pai. Avisa que liga depois, mas o tom gelado com que diz isso mostra que não o fará. E nem um aceno de cabeça para mim e para Pedro ao sair. Às escondidas, sigo-a pelo corredor porque ela é suficientemente manhosa para fingir que vai embora e ficar nos espiando para provar qualquer coisa que só entendo quando desata a berrar comigo.

Quando desaparece no elevador, corro de volta para meu pai.
— Obrigada pela ajuda — digo.
Dá uma palmadinha no leito, ao lado dele.
Enquanto faço um ninho para me sentar na cama, meu celular toca. É Angel. Aviso a ele que ainda estou com o meu pai e que não posso falar, mas antes de desligar peço que pergunte à mãe dele se pode nos apanhar às três, porque prefiro ficar devendo um favor à Mrs. Cabral do que a tio Mickey. A mãe de Angel concorda, e ele diz:
— Vamos buscar você aí quando sairmos da Barnes & Noble, às três em ponto. Fique na entrada principal.
A Barnes & Noble é o pouso de Angel fora de casa. Não compra muita coisa porque a mãe dele não ganha muito como técnica dentista, mas gosta de "perusar" os livros. "Peruse" é uma palavra que ele me ensinou a semana passada. Quer dizer folhear os livros, e eu gosto da maneira redonda e saborosa daquele som.
Depois que desligo, meu pai me pergunta como vai *realmente* a escola, e então conto a verdade: que sou boa no basquete, mas que no resto sou uma desgraça e que não tenho nenhum amigo a não ser Angel. Ele ouve minha lista de todas as coisas que vão mal, incluindo as crianças que me zoam por causa do meu sotaque e que bateram em Angel, a ponto de ele ter ido parar no hospital, coisa que nunca havia revelado antes. Faço um esforço para não contar como mamãe me faz sentir insignificante e como me irrita, que é o que está no topo da minha lista. O fato de eu não dizer nada fica no meio de nós dois como se fosse uma enorme pedra de gelo, mesmo quando ele volta a pegar minha mão. Mas eu não posso dizer o que sinto por ela. Pelo menos enquanto ele estiver doente.
— O que está lendo? — pergunta ele, reparando no livro. E, quando mostro, ele continua:

— É interessante?

— Ainda não sei bem. Comecei há pouco. Mas de qualquer maneira estou lendo para ver se melhoro meu inglês. Foi Angel que me recomendou.

Depois de eu dizer isso, ele olha para fora da janela, com um ar sonhador e distante. Talvez esteja varrendo a memória em busca de alguma coisa.

Ou será que compreende mais do que eu penso e está bolando uma estratégia para fazer as pazes entre minha mãe e eu? Virando-se outra vez para mim, avisa numa voz firme:

— Acho que é tempo de eu tratar do meu inglês também.

— Tá, é melhor, especialmente se quiser competir comigo — digo, fingindo que acerto um soco em seu ombro, o que o deixa com um daqueles sorrisos bem grandes no rosto.

Agora, uma coisa que nunca disse a ninguém, nem sequer a Angel, é que nesse dia, quando saí do hospital, pensei que aquilo de ele dizer que queria aprender inglês era uma maneira de ter uma meta tão longe de ser atingida que o obrigava a viver mais um bom bocado para alcançá-la. Era uma espécie de feitiço.

Por isso, talvez eu tenha herdado dele minha crença em feitiços e em encantamentos. Mas seja como for, aquela necessidade de magia me deixou assustada e foi por isso que não disse nada a ninguém. Porque significava que ele estava realmente preocupado.

— Vamos ler o livro juntos — diz meu pai. — Ou melhor, leia o livro para mim e eu te digo para parar quando houver uma palavra que não sei.

— Sério?

— Pode crer.

Pedro atirou os sapatos para longe e deitou aos pés do nosso pai, os olhos abertos, mas pegajosos e molhados. É como costumam ficar antes de ele cair no sono. O pobre menino deve estar supercansado o tempo todo. Ouço-o de um lado para o outro no quarto dele muito depois da meia-noite. "Vamos ver as coisas como elas são, Meritíssimo, somos uma família com os nervos num feixe."

Comecei o livro outra vez do princípio, porque queria que todas as páginas de *They Came Like Swallows* nos pertencessem uma a uma.

> *"Bunny não acordou logo. Um ruído (qual, não saberia dizer) tocou a superfície do sono dele e afundou-se como uma pedra..."*

Meu pai faz sinal para parar quando aparece uma palavra que ele não conhece. Nunca me passou pela cabeça que tropeçaria numa palavra como "ceiling", embora imaginasse perfeitamente que não ia conhecer "wallpaper". Sempre que explico um significado, ele fecha os olhos por instantes, gravando-o na memória. Nunca tinha feito isso antes, mas é uma coisa que eu às vezes faço.

Leio para ele um bom bocado, mas não levanto os olhos muitas vezes porque ver a cara dele tão atenta e à escuta me deixa sem voz.

— Ainda está acordado? — pergunto baixinho, porque os olhos de papai se fecharam e a cabeça está deitada para trás na almofada e há dez minutos ele não me pede que lhe explique nenhuma palavra nem nenhuma expressão, nem sequer "gold-headed cane", que não deve conhecer.

Numa voz muito suave, responde:

— Não pare, por favor. Sua voz, Teresa...

Fico esperando que continue, mas não sai mais nada. Não sei bem o que ele quer dizer, mas faço o que me pede. E por um processo qualquer que acho que nem o Dr. Rosenberg seria capaz de explicar, minha voz, dando forma a frases escritas em 1937, por alguém que nunca conheci, se enche de tudo o que quero e preciso: que meu pai fique bom, que minha mãe seja melhor do que é, que Pedro se torne mais confiante, e que Angel nunca precise ter medo de que voltem a implicar com ele ou lhe bater.

E que eu tenha amigos americanos e me torne uma escritora.

Chego a essa conclusão depois de ler na página 37 que Bunny, o rapazinho do livro, está escutando a mãe dele e a Tia Irene conversando na sala:

"Bunny queria vê-las, mas não ousava. Irene poderia notá-lo e parar de falar. De maneira geral, é o que as pessoas faziam quando viam que ele estava ouvindo. Por outro lado, havia maneira de não repararem nele. Brincar debaixo das mesas e atrás das cadeiras, muito calado."

Penso que minha voz se enche das minhas esperanças mais fundas para cada um porque eu costumava me esconder também assim e porque agora sei que o autor era como eu. E porque ficar ouvindo alguém que amamos que não sabe que estamos ali nos faz sentir em segurança e protegidos.

Poucos minutos depois, Angel aparece com a mãe dele. São três horas e catorze minutos, contados pelo meu Swatch. Levanto-me de um salto e peço desculpas por ter me esquecido da hora e por não ter descido para a entrada principal, mas Angel sorri e diz que não faz mal, e a mãe dele acrescenta, no seu português brasileiro:

— Não faz mal não, Teresa. Esta é uma situação difícil. — Beija o topo da minha cabeça. É alta e de membros compridos. Se fosse um animal, seria uma girafa.

— Não acha espantoso, Dr. Rosenberg? Haver pessoas no mundo que não ficam zangadas se as deixam esperando? E que não são daquelas que estão fazendo tipo para nos sentirmos mal depois...

Angel trazia na gola do casaco um grande crachá branco e azul com "Hillary Clinton for President".

— Ei, onde conseguiu isso? — pergunto, e dou à minha voz o tom mais invejoso possível, pois sei que vai agradá-lo.

Tanto Angel como eu apoiávamos Hillary Clinton antes de ela ter perdido para Obama; também gostávamos do Obama, mas achávamos que uma mulher inteligente como Presidente era o que o mundo estava mesmo precisando.

— Mamãe comprou para mim no eBay — diz Angel, e olha para trás por cima do ombro, para a mãe, com um sorriso como que dizendo que os dois andam conspirando.

— Tenho lá em casa outro para você — avisa a mãe de Angel. — Isto é, se o Mr. Silva não se importar — diz ela para meu pai, pois contei a ela que ele assiste à Fox News.

— Não, não me importo — responde ele. — Teresa só faz o que quer.

Meu pai me observa com um olhar interrogativo que não me lembro de ter visto antes. Tenho o pressentimento de que me quer discordando dele, de modo que continue a ser sua menina. Gostaria de lhe fazer a vontade, mas não consigo.

— Fico contente por compreender, pai — digo eu. — Isso torna as coisas mais fáceis.

— Espero que sim — diz ele. — Então, como vai, Caetano? — pergunta ele a Angel.

O fato me deixa vidrada, porque meu pai nunca nos dá atenção quando eu e Angel estamos conversando no pátio, e nunca lhe tinha perguntado coisíssima alguma. Uma vez ouvi meu pai chamando Angel de "maricas" quando estava falando ao telefone.

— OK — responde Angel, e passa a mão pelo topo da cabeça, sem saber bem o que dizer, e depois me lança um olhar que sinaliza "isto é muito esquisito!".

— Seu filho tem um cabelo espantoso — diz meu pai à Mrs. Cabral, e solta uma risadinha por causa das mechas loiras.

Dou um passo para junto de Angel e digo ao seu ouvido:

— Devem ser os medicamentos. — Faço uma careta, também, porque pensei que não iria admitir isso diante de ninguém, nem de mim mesma.

Porque talvez seja verdade. Aquela doçura de passarinho pode acabar a qualquer momento, assim que os medicamentos para as dores comecem a perder efeito.

Pedro ainda não acordou apesar da nossa conversa e por isso Angel cutuca seu ombro.

— Hora de acordar, Belo Adormecido.

— Olá, Angel — diz Pedro, sentando-se na cama e olhando à sua volta, perguntando a si mesmo como fora parar ali.

A mãe de Angel e meu pai conversam sobre os diferentes tipos de árvores que há no nosso bairro enquanto eu ajudo Pedro a calçar os sapatos. Calculo que Angel tenha dito à mãe que meu pai também gosta de jardinagem, e ela começa a falar de um viveiro perto da fronteira de Suffolk County com dezenas de variedades de azaleias. Eu apertava os cordões dos sapatos de Pedro, desligando da conversa, e mergulhei de novo em mim mesma. E então, sob os movimentos rápidos dos meus dedos e de tudo o que se passava no quarto, compreendi que quis que fosse a mãe de Angel que viesse buscar a mim e ao Pedro porque queria juntar todos — todos os que amo. E agora que estamos todos aqui, talvez — faço figa... — não aconteça nada de mal a meu pai nem a nenhum de nós.

Sair da Ilha Teresa um dia e viver em terra firme não é pedir demais, não?

Mas, mesmo que seja, ninguém pode me tirar os momentos que passei ensinando inglês a meu pai e que passamos ouvindo as mesmas palavras do mesmíssimo livro. Às vezes, agarramos um momento e o enfiamos no bolso e sabemos que vamos andar com ele o resto da nossa vida. Tenho outros, mas este é o melhor até agora.

Ao voltarmos para casa, peço a Mrs. Cabral para nos deixar, a mim e a Pedro, no Slow Boat to China, mas ela e Angel também querem comer qualquer coisa e então vamos todos. Peço uma Hot Spiced Sliced Chicken. Só que é picante demais para mim. Mas como era de esperar, Pedro adora todas aquelas especiarias, e eu o deixo comer meu prato tão rápido como seu coraçãozinho de beija-flor deseja, porque talvez aquele fogo na língua o ajude a não deixar morrer o que há nele de dormente.

Angel e a mãe dele dividem a carne de porco moo shu que pediram.

Sigo as instruções deles e espalho o molho de ameixa nas pequenas panquecas redondas e ponho punhados de alho francês e depois junto as pontas de maneira a fazer um pequeno embrulho. Gosto da precisão pegajosa deste ritual. Quem diria que comer podia ser um desafio desses?

Meia hora depois de chegarmos em casa, Pedro vem encontrar comigo e com Angel quando estávamos compondo haicais no pátio e diz que se esqueceu do Incrível Hulk.

— Eu vou buscá-lo — tranquilizo-o. — Não se preocupe.
— Não estou preocupado.
— Não?
— Não. Ninguém vai roubá-lo.
— Por quê?
— Porque está todo sujo e tem cheiro de plástico.

Isso faz a gente rir, eu e Angel, mas Pedro não fica ofendido. E eu fico com inveja: ele já faz humor em inglês.

Caramel late para nós quando saímos de casa. Aceno de forma espalhafatosa para enfurecê-la. Afinal, merece que esvaziem sua fúria. E além disso, talvez lhe dê um AVC mais cedo.

Pedro e Angel voltam comigo ao restaurante. É a terceira vez que vamos até lá nesse dia, eu e meu irmão. Quando os semáforos abrem para nós, atravessamos correndo a Willis Avenue, com tanta exultação e berros que as pessoas nos carros nos olham espantados e balançam a cabeça como se fôssemos drogados. Pedro e Angel entram no Slow Boat to China para apanhar o Hulk. Eu fico do lado de fora à espera. "E sabe por que quero ficar sozinha, Dr. Rosenberg?" Porque pela primeira vez na vida estou exatamente onde quero estar e preciso ficar realmente em silêncio para sentir qual o sabor disso, para o caso de não voltar a acontecer.

Capítulo 2

Segunda-Feira, 19 de outubro

— Ele colocou a droga da mão onde não devia e depois tentou me beijar na boca!

Segundo Marlene Madison, pivô da nossa equipe de basquetebol feminino, essas foram as palavras exatas de Gregory Corwin e sua explicação para atacar Angel no vestiário.

Marlene tinha ouvido de Dermot O'Grady, que queria aumentar seus rendimentos de cretino profissional servindo de assessor de imprensa de Gregory na Hillside High.

O ataque foi em abril passado, havia quase seis meses, e tenho certeza de que Angel não sofria de nenhum problema na sua visão perfeita naquela época, nem de nenhuma avaria no seu radar gay, por isso o que Gregory dizia era praticamente impossível. Mas aquele idiota deve ter feito uma imitação perfeita do olhem-o-estudante-modelo-que-eu-sou na reunião a portas fechadas que eles fizeram, porque o Diretor Seligman e a Direção da escola só o suspenderam por quatro semanas, apesar da insistência da mãe de Angel para que fosse expulso.

Gregory parecia um corretor júnior da bolsa ou um mamute peludo querendo se passar por um corretor júnior da bolsa, dependendo da distância a que passamos o scanner, ou de querermos ser mais ou menos maldosos com os adjetivos. Tinha, tipo, 1,80 metro de altura e um grande corpanzil, cabelo preto e curto à Clark Kent, que, de tão reluzente de gel e tão ondulado, mais parecia penteado com cola-tudo Elmer. Aparecia na escola quase sempre com uma camisa branca, calça escura e gravata de padrão escocês ou caxemira, mas sem nunca perder aquele ar descuidado de quem se vestiu às pressas, sempre incapaz de acertar o nó da gravata no V do colarinho; o pescoço era pura e simplesmente da espessura do de um homem das cavernas. Usava sapatos de couro preto enormes, polidos com perfeição, e geralmente andava com um grande *pin* vermelho-branco-azul na lapela com *I ♥ TAEKWONDO*. A maior parte dos alunos o considerava um caso perdido de cretinice, mas mesmo os casos perdidos de cretinice não queriam ter nada a ver com ele. Consideravam-no um craque por ele ser faixa preta segundo *dan*, braços e peito muito musculosos e sempre falando de esportes, quando não estava se gabando de um futuro de negócios em ouro ou em soja ou fosse o que fosse que na ocasião deixasse o ambicioso coração dele va-va-va-vuum. O que os craques pensariam dele é o que todos se perguntavam, já que eu não estava interessada no que eles pensavam do que quer que fosse.

Gregory tinha uma fotografia colorida de Donald Trump, autografada, colada na parte de dentro da porta do seu armário. O objetivo dele era ser multimilionário quando chegasse aos 30 anos, comprar uma mansão nos Hamptons e importar da Coreia um cozinheiro pessoal. Foi isso que ele anunciou, ano passado, no primeiro dia de escola, em Ciência da Computação, quando o Mr. Van Leuven andou pela sala perguntando a todos o que esperavam ser em 15 anos. Foi Marlene que me contou. Pedi a ela toda a informação que conseguisse sobre

Gregory, assim que me contaram a decisão da Direção da escola. Pagava para ela em bolos de chocolate que comprava na Diane's Desserts, em Roslyn.

Angel foi o último da aula de educação física a tomar banho naquela manhã, 20 de abril. Esperava sempre que todos acabassem, o que queria dizer que só entrava na aula seguinte já depois do sinal, mas o professor de inglês, o Dr. Kazarian, tinha a atenção centrada exclusivamente em Keats, Shelley e outros assuntos mais elevados, e nunca fez grande caso daquilo.

Depois do processo disciplinar, Gregory recebeu ordens para nunca se dirigir a Angel nem se aproximar dele, mas quem podia garantir uma coisa dessas?

Dez milhões de dólares...

A mãe de Angel devia ter ameaçado processar o distrito escolar por não ter protegido seu filho, e foi essa a soma que sugeri que ela pedisse. Naquela altura, eu vivia há tempo suficiente em Nova York para saber que nos Estados Unidos todos morriam de medo de um processo, e tinha certeza absoluta de que um momento depois de os papéis do advogado dela aterrissarem na escrivaninha do diretor Davenport, o jovem Gregory ia ter que tirar a fotografia de Donald Trump do armário e ir imediatamente para qualquer escola privada que estivesse precisando de um mamute peludo para dar alguma diversidade ao seu Clube de Futuros Líderes.

É verdade, quase me esqueci de que Gregory era um dos membros fundadores do Clube de Futuros Líderes da Hillside High. Dá para acreditar que temos um clube desses?

O que eu não sabia quando fiz aquela sugestão à Mrs. Cabral é que Gregory tinha um tio empreiteiro, cheio de dinheiro, que tinha construído a nova ala da escola em 2005 e tinha oferecido ao Departamento de Ciência da Computação uma dúzia de computadores Dell no fim do projeto. Era unha com carne com a Direção. Por isso é muito possível que meu plano não funcionasse, se bem analisadas as coisas.

Será que Gregory era capaz de sentir remorso ou vergonha? Ou o bizarro elevadorzinho dele não conseguia chegar aos andares superiores dos sentimentos humanos?

A Mrs. Cabral me garantiu que ia pensar em mover um processo, mas quando chegou a hora de avançar com as medidas legais, recuou. Nem sequer respondeu ao telefonema do advogado gay que tinha ligado de Manhattan e que queria pegar o caso de Angel de graça.

— Teresa, não entendi nada do que ele disse no telefone — explicou ela em português, no dia seguinte à volta de Angel do hospital. Eu tinha ido à casa dele fazer rabanadas, minha única especialidade culinária. Angel sempre as enche de colheradas de goiabada. É um guloso.

Então, Angel estava tão ansioso para voltar à sua vida normal que começou a jantar enquanto fazia os trabalhos de casa e, às vezes, ficava praticando clarinete até às duas da manhã, no porão, para não acordar a mãe. Mas a fase de funcionar a todo o vapor só durou uma semana.

Depois, uma manhã — lembro que era uma segunda-feira — se recusou a sair da cama. Passou uma semana em que, de vez em quando, desatava a chorar. A mãe deixou de ir trabalhar e ficava sentada ao lado dele, fazendo cafuné. Às vezes, ele colocava os braços em volta dela como quem está caindo de um precipício. A Mrs. Cabral não fazia a mínima ideia do que podiam significar as lágrimas do filho, até porque ele se recusava a abrir-se com ela. Ou comigo. Cada vez que eu entrava no quarto, ele fechava os olhos e fazia de conta que eu não estava ali.

— Não serve pra nada falar com você nem com ninguém — dizia ele. Se eu insistia em saber no que ele estava pensando, ele se virava para o outro lado, voltando as costas para mim. Ainda assim, tinha a impressão de que minha presença o confortava, e por isso eu ficava sentada na poltrona de veludo vermelho esfiapado que ele tinha comprado com a mãe num bazar de garagem, e mergulhava na leitura de um livro, desconsolada e cansada. Às vezes, Angel enfiava a cabeça numa almofada, porque se a mãe o ouvisse soluçar aparecia logo correndo. Que veria ele na úmida escuridão por baixo das pálpebras? Na época, eu não tinha a mínima de ideia, mas hoje penso que ele estava imaginando a vida sem sentido e sem alegria que seria a da mãe dele se o matassem. Se não fosse isso, se não fosse ele estar mais preocupado com ela do que com ele próprio, porque ele levaria a vida adiante?

Quando a Mrs. Cabral me disse que não tinha entendido nada do que o advogado gay tinha dito, a palavra que ela usou ao falar do "legalês" hermético do advogado foi "moqueca". Não tinha entendido nada daquela "moqueca". Moqueca é um prato brasileiro com peixe ensopado. Há pouco tinha feito uma para mim e para Angel no dia em que ele voltou do hospital, por ser o prato preferido dele. Colocava tanto alho que três dias depois eu ainda sentia o gosto na boca e o cheiro na pele. Pedro não se aproximava de nenhum de nós, mas de vez em quando eu aparecia de surpresa, abria a boca estilo hipopótamo e atirava na sua cara um bafo quentinho e cheiroso, que o fazia investir com murros contra mim e sair correndo, aos gritos, para chamar papai.

A Mrs. Cabral estava mexendo um mingau de aveia no fogão quando me contou sua derrota pelo "legalês" americano, mas falava como se pedir justiça para Angel fosse só uma chatice, o que me fez pensar que ela devia estar mentindo. Angel não sugeriu que ele podia falar com o advogado ou ligar para ele logo pela manhã, nem me deu aquele sugestivo levantar de sobrancelha que tinha aprendido estudando os filmes de Ian

McKellen — significando "eu explico depois" —, o que também me pareceu extremamente estranho. Mas a manteiga estava fervendo na minha frigideira não aderente e tinha quase queimado duas fatias de pão de passas Pepperidge Farm embebidas numa espessa camada de ovo e natas, e eu estava sempre fazendo coisas demais ao mesmo tempo, como dizia minha mãe, e por isso não abri a boca para expor minhas dúvidas. Além disso, enquanto ia colocando as rabanadas na travessa que Angel me estendia, reparei na Mrs. Cabral nos observando por cima do prato de mingau de aveia, a mão com que segurava a colher de pau tremendo, lançando-me um olhar desesperado, no estilo de uma paciente do Dr. House que não consegue entender por que razão não impedia a cabeça de antever a ruína.

Havia algo no modo assustado como olhou de relance para Angel que me fez compreender como ela estava possivelmente aterrorizada com a ideia de que seu filho é que sofreria se os jornais falassem no que diziam dele na escola. Não é que Angel e a mãe já tivessem falado na paixão dele por Brad Pitt. Essa conversa estava ainda no armário, junto com todo o futuro de Angel. Quando uma meia hora depois estávamos já no caminho da escola, Angel confirmou que a mãe queria evitar a todo o custo o falatório que um processo legal podia despertar. E também me contou que uma policial tinha ido falar com ele no hospital, mas que o tinha convencido a não mover nenhum processo contra Gregory.

Enquanto falava, voltava os olhos para o chão, rapidamente, o que me fazia pensar que tinha perdido uma dura discussão de quinze rounds com ela. Seria possível que a Mrs. Cabral pensasse que o que Gregory tinha dito era verdade e que o filho tinha realmente tentado alguma coisa com ele?

— Sua mãe acredita em você, não acredita? — perguntei ao Angel, quando descíamos Elm Drive em direção à escola.

Caminhávamos devagar; Angel ainda mancava um pouco por causa do pontapé que Gregory tinha lhe dado na coxa. E tinha se recusado a levar para casa as muletas que usava no hospital. Parou junto a uma cerejeira que era uma nuvem de flores rosadas e agarrou-se ao tronco como se precisasse daquela solidez. Usava aquela camisa Levi's estrategicamente rasgada e a calça colada à perna que lhe dava o ar esguio de um galgo. O cabelo preto-louro estava repuxado para trás, apertado em um rabo de cavalo.

— Ela diz que sim, mas eu não tenho certeza — respondeu.

E foi assim que percebi que havia toda uma lista de assuntos importantes sobre os quais Angel e a mãe precisavam conversar, e que era melhor fazerem isso antes que acabassem em equipes opostas. Atacam Angel e a mãe nem sequer acredita nele? Que merda.

Mas aquilo em que a mãe dele acreditava ou deixava de acreditar deixaria de importar dali a algumas semanas, se Gregory saísse da escola, ou se na quarta-feira não tivesse acontecido o que aconteceu. Agora, importa mais do que nunca. E essa é a razão por que estou aqui estendida às cinco da manhã, encharcada de suor, com meu celular Nokia para cima e para baixo em cima do peito, pensando se devia acordar Angel para lhe dizer que não tome nenhuma decisão drástica antes de falar comigo.

É espantoso como podemos acreditar que o mundo gira numa órbita mais quente, e que o sol brilha por entre todas as frestas das nossas preocupações, e logo a seguir basta um idiota do tamanho de Gregory para tapar até à última fendazinha e levar nossos pensamentos de volta para a escuridão.

Angel e a mãe foram ontem às compras no Waldbaum's. Chegaram lá às nove da manhã em ponto. Vão lá todos os domingos. A Mrs. Cabral estava na seção das frutas, para comprar bananas, mangas verdes e framboesas, que pensava em cozinhar em leite de coco nessa tarde, mas estava demorando uma eternidade para escolher o terceiro pacote de morangos e Angel a deixou e foi observar uma marca nova de cereais. Estava farto dos Count Chocula. Enquanto lia o rótulo de uma caixa de Cocoa Puffs, sentiu uma palmadinha no ombro. Virou-se e deu de cara com o sorrisinho debochado do seu pesadelo número um.

— Então, como vai, Angel? — pergunta Gregory, a cabeça gigante sem pescoço abanando para cima e para baixo com ar sincero, como se estivesse fazendo uma pergunta séria. Trazia uma jaqueta de couro e óculos escuros. Sem gravata. Parecia uma versão disfarçada dele próprio. E parecia realmente satisfeito com o disfarce. Calculo que infringir as regras impostas pela direção da escola devia fazer ele se sentir um tipo durão que ninguém conseguia dominar — um colosso indomável, protetor de uma versão antiga qualquer da moralidade americana.

Angel ficou sem fala. E, de repente, começou a ficar sem respiração. Não sabia se gritava por socorro.

— Vai à merda! — disse ele. Nem percebeu que falou em português até Gregory ter berrado:

— Fala inglês, g'anda bicha!

— Go fuck yourself! — cuspiu Angel, agora em inglês e sem saber onde foi buscar coragem para aquilo.

Mais tarde nesse dia, quando fui à casa dele, Angel me contou entre colheradas de iogurte de mirtilo que não sabia bem, mas que devia ter a ver com as três semanas que tinha passado agarrado à jangada da sua cama, embora não conseguisse explicar a relação entre as duas coisas. Quando Gregory apertou seu pulso entre as mãos grossas, o pânico de Angel o inundou com uma tal rapidez mortal que ele se sentiu desmaiar. Tentou libertar-se, mas o garrote dos dedos de Gregory era muito apertado.

— Parecia que nunca mais conseguiria me livrar dele — confessou Angel. Mas conseguiu. Gregory abrandou a pressão quando uma velhota entrou com o carrinho naquele corredor, e então Angel desatou a correr. Achei que ele tinha se portado muito bem, mas ele continuava engasgado de vergonha ao contar a fuga pelo corredor dos cereais, em busca da mãe na seção das frutas.

— Enquanto eu corria, tinha a sensação de que não valia porra nenhuma — disse Angel —, que era um monte de lixo.

— Monte de lixo é *ele* — cortei eu, e gostaria de ter acrescentado que Gregory só tinha garganta, mas em vez disso o que eu disse foi:

— Olha, agora ele já não está na sua aula de ginástica, por isso nunca mais pode te surpreender a sós. — Fiz com que minha voz soasse superconfiante.

— Mas *estávamos* sozinhos! — replicou ele.

— Não estavam nada. Bastava você gritar por socorro e logo apareceria um monte de pessoas correndo.

— Mas e se Gregory tivesse uma navalha? — perguntou. — Ou uma arma?

— Um faixa preta de taekwondo não anda com navalha no bolso.

— Por que não?

— Porque aquilo tudo se baseia em usarem somente mãos e pés! — rosnei.

Angel baixou os olhos, a expressão sombria e determinada, como se antes de prosseguir precisasse decidir se era verdade o que eu tinha dito. Depois pôs-se a remexer a colher no fundo da embalagem do iogurte como se a resposta pudesse esconder-se na última colherada.

Deviam ser umas quatro horas então. Eu tinha ido à casa de Angel depois de visitar meu pai no hospital. Estava sentada ao lado dele, em cima da cama, beliscando tudo o que havia de comestível na geladeira enquanto ouvíamos "Magical Mystery Tour." Angel achava que eu tinha de conhecer melhor os Beatles, e eu achava que precisava estar ao lado de alguém de quem gostasse, porque tinha achado meu pai tão fraco que nem sequer quis que eu lesse para ele. Paul McCartney cantava "Hello Goodbye", e a doce simplicidade da letra estava me deixando chateada por me fazer lembrar de que as nossas vidas nunca rimariam assim tão bem. Angel estava de olhos fixos na janela como se se importasse mais com outra canção que estivesse ouvindo, vinda de muito mais longe. Visto assim de perfil, parecia estranhamente adulto. E solene. E tal e qual a mãe dele.

Tinha na mão um daqueles frasquinhos de areia brasileiros que o pai dele colecionava. Todos tinham rótulos com nomes de praias: Azedinha, Boipeba, Ipanema... E Guarujá, a praia favorita do pai dele, só a meia hora do apartamento deles nos arredores de Santos. O pai morrera de leucemia, quando Angel tinha 6 anos. A família costumava passar férias na praia todos os anos perto do Natal, e ele e o pai pegavam a areia para a coleção. Angel sempre deixava os frascos numa prateleira especial em cima da cama. Não tinha muitas lembranças do pai, pouco mais do que andar em cima dos ombros dele como um paxá a caminho da praia. A Mrs. Cabral uma vez nos contou que o marido tinha ficado tão entusiasmado por ter um filho que antes de Angel nascer cantava bossa nova para a barriga dela. Nove meses a fio! Quase deixou ela maluca, disse, esforçando-se para não rir. Tinha uma fita cassete com ele cantando "Águas de março", e era uma voz aveludada de barítono de que gostei, mas Angel e eu só a ouvimos durante um minuto, porque a voz da fita soava a Angel como a de um estranho e ele detestava pensar no pai como alguém que não tinha conhecido.

Um dia, no verão, Angel me disse que não voltaria a ver televisão, que era uma perda de tempo. Nunca mais voltou a ligar a velha Panasonic. Nem sequer para ver a reprise do *Project Runway*, seu programa favorito. Foi assim que fiquei sabendo que era o tipo de pessoa que toma decisões impulsivas e depois as segue à risca. O que me deixa ainda mais preocupada com ele, porque não sei o que fará se meter na cabeça que realmente não vale nada.

A certa altura, nossos olhares se encontraram, e ficamos a nos encarar intensamente. Não sei o que ele viu em mim, mas fiquei pensando se ele voltaria para o Brasil se as coisas piorassem. Ou se compraria uma arma e iria desafiar Gregory. Ou se faria qualquer outra coisa que eu agora não imaginava. Com Angel, nunca se podia ter nenhuma certeza. Não era o tipo de pessoa previsível. Quando ele me mostrou a língua, percebi que estava chegando muito perto dos segredos dele e que ele estava se escondendo de mim. E também me ocorreu uma coisa muito mais surpreendente: ele nunca se livrara completamente da depressão. Estava com o mesmo ar de antes.

Em maio, quando finalmente voltou para a escola, fez os exames todos, e daí a pouco estávamos os dois correndo para as férias de verão e a quilômetros de Gregory, e ele voltou a se dar bem com a mãe, e eu me convenci de que ele era de novo ele próprio. Mas não era.

Talvez uma depressão que se arraste por três semanas mude uma pessoa definitivamente.

Trabalhávamos em haicais durante algum tempo, e eu esqueci da música, mas quando tocou "Penny Lane", Angel começou a cantá-la e eu fiz o mesmo, só que não sabia muito bem a letra. Ele parou no primeiro refrão.

— Ia me esquecendo... como está seu pai? — perguntou.
— Na mesma.

— Pedro foi com você?
— Sim.
— Como está meu biscoitinho?
— Adormece nos braços do pai. Precisa dormir mais.
— Sete anos e já precisando de tranquilizantes. Puxa vida!
Ainda falamos um bocado sobre meu pai. Não disse que tinha achado que estava pior da tosse. Fazer de conta que não tinha reparado fazia com que me sentisse mais segura.
— Você vai ver que logo ele vem para casa e tudo volta ao normal — disse Angel.
Foi a palavra "normal" que me fez fungar, porque tudo tinha parecido tão bom quando estava em pé em frente ao Slow Boat to China e agora estava tudo mal. Angel apertou minha mão e sorriu, encorajador, mas a amabilidade dele só me deixou mais irritada comigo por ser tão fraca e fechei os olhos uns instantes, imaginando que estava no meu próprio quarto. Prestando atenção à canção, me esforçando para me lembrar da letra, consegui me recompor, e a mão de Angel na minha fez com que me sentisse protegida, mas depois ele rompeu a ligação e tirou do bolso o elástico azul felpudo todo enrolado para prender o cabelo.
Estaria ele preocupado que eu quisesse dormir com ele? Seria essa a razão por que me pôs fora dos seus pensamentos quando não queria sair da cama?
Os pelos no rosto e no queixo dele eram louros, e a luz que vinha da janela os fazia cintilar. Eu não conseguia ver razão nenhuma para que alguém tão bonito como ele tivesse que se sentir tão mal. Nem ele nem qualquer outra pessoa. Talvez os rapazes sejam mais frágeis do que as garotas. E quando passam a ser homens, passam o resto da vida a encobrir essa verdade. Seria possível? Era uma coisa que podia perguntar ao meu pai quando ele estivesse melhor, embora soubesse que ia só desatar

a rir e a dizer que sou maluca. Mesmo assim, queria ouvi-lo dizer isso, e vê-lo revirando os olhos, porque a maneira como o fazia mostrava que gostava de mim, mesmo se eu o deixasse totalmente doido.

Gostaria de ser mais dura do que sou. E mais forte. Uma garota de 15 anos não pode controlar muito coisa alguma. Nem intimidar ninguém. Pelo menos, sem uma arma na mão.

Quando *Penny Lane* chegou ao fim, eu disse a Angel:

— Da próxima vez, depois de fugir daquele nojento, tem que ligar para o 911. Temos que ir registrando o que ele faz.

Ele encolheu os ombros, como quem diz "isso pouco importa", e então eu agarrei o seu queixo e o obriguei a olhar para mim.

— Vou te dar a *Ginsu* da minha mãe para o que der e vier — disse eu.

Chamávamos de "Ginsu" a faca de cozinha da minha mãe. Minha avó Rosa tinha lhe dado pouco antes de deixarmos Portugal. Era cinzenta e com manchas de ferrugem, e tão rombuda que nem queijo cortava, com ar de século XII, como a própria avó Rosa. Andava sempre vestida de preto e só saía de sua casa de pedra para fazer diálise em Braga.

Angel rompeu numa gargalhada. Ninguém tinha uma risada como a dele. Era como se todo ele ficasse feliz. Erguendo-se de um salto com renovada energia, foi se ver no espelho da porta do armário. John Lennon cantaria agora "Baby You're a Rich Man".

> *Tuned to a natural E*
> *Happy to be that way.*
> *Now that you've found another key,*
> *What are you going to play?*

— Pareço a merda de um guaxinim — comentou Angel.

Era uma citação de *Priscilla, a rainha do deserto*, que assistíamos sempre em seu DVD, e a personagem de Terence Stamp dizia aquilo porque as lágrimas faziam sua maquiagem escorrer pelo rosto. Angel jamais colocava maquiagem e não tinha chorado, mas eu aposto que ele estava se vendo através dos olhos de um outro que poderia ter sido. Ou através dos olhos do rapaz que Gregory e todos os outros queriam que ele fosse.

— Isso é porque você *é* um guaxinim... e um guaxinim boiola! — disse eu. Falei em português, porque gostava do som arrastado daquele *x* português na boca. *Guaxinim.* "Tem que admitir, Meritíssimo, que é uma palavra de peso." Angel me mandou um sorriso pelo espelho, mas não era bem a cara dele, pois o lado esquerdo era o direito e o direito era o esquerdo.

— Não me deixe de lado assim tão facilmente — disse eu.

Odiava o modo como minha voz soava desesperada, mas o que eu podia fazer?

— O que você quer dizer com isso? — perguntou ele.

— Não me corte da sua vida outra vez. Mesmo que esteja assustado e deprimido. Deixe-me ficar com você na sua vida.

— Mas... mas e se eu tiver que fechar a porta para ter a certeza de que você está em segurança? — perguntou.

Era a imagem do espelho que continuava falando comigo, por isso sentia um pouco como se estivesse num sonho, o que talvez tenha me dado coragem para dizer uma coisa de que não tinha muita certeza:

— Eu não quero estar segura. E eu sei tomar conta de mim.

Ele pensou nisso por um instante, depois balançou a cabeça com ar grave, como se me compreendesse pela primeira vez. E como se tivesse maior respeito por mim do que antes. Talvez eu, mostrando como era realmente, o tenha deixado livre para voltar a ser em parte a pessoa que tinha sido antes da vida dele ter começado a deslizar para longe do caminho que devia ter seguido. Digo isto porque ele me puxou para me colocar em pé e desatou a dançar à minha volta cantando "Baby You're a Rich Man". Quando a canção acabou, e enquanto eu arfava feliz em cima da cama dele, Angel inclinou-se para o espelho e seguiu o desenho dos lábios com a ponta do dedo, como se estivesse vendo a figura e o futuro da pessoa que poderia vir a ser. Eu tinha o pressentimento de que ele estava pensando que compreenderia que o odiassem se fosse mais efeminado. Talvez mesmo os gays pensem que é mais fácil odiar uma bicha que usa maquiagem e lantejoulas do que a que não usa.

"Sabe de uma coisa, Dr. Rosenberg, acho que me faria bem enfiar a Ginsu nas costas de Gregory, mas como terei certeza do que sentiria antes de fazê-lo, especialmente se estiver imaginando às cinco da matina?" O que me leva a perceber o que me arrancou do sono esta manhã e me deixa acordada até agora.

Gregory obedeceu às instruções da direção da escola e não se aproximou de Angel durante os dois primeiros meses de aulas, por isso deve ter acontecido alguma coisa nesta última semana que o fez mudar de ideia. Vejamos: não me parece que ele tenha encontrado Angel no Waldbaum's por acaso. Acho que devia saber que Angel ia lá todos os domingos com a mãe às nove em ponto.

Quem usa uma gravata todos os dias, mesmo não conseguindo enfiar o nó no V do colarinho da camisa, é pessoa que não desiste. Nunca. Nisso, eu e Gregory éramos parecidos. Não é fácil para nós *deixar rolar*, uma expressão que aprendi vendo *Oprah*, mas que até este momento nunca me parecera uma coisa positiva. Gregory podia até estar nos espiando do outro lado da rua enquanto nós ouvíamos "Magical Mystery Tour". Maquinando.

O que eu não disse a Angel nem a mãe dele nem a ninguém é que antes de ele ter atacado Angel, eu sempre tinha sentido pena de Gregory, por ser tão megadesajeitado e porque para se safar só precisava, talvez, de um look diferente, e nem percebia que os outros garotos estavam zoando quando lhe perguntavam se ia investir em ouro ou em platina ou qual era o palpite da semana para jogar na bolsa.

Me dava a impressão de que estava a anos-luz de perceber o que todos na Hillside pensavam dele. Vivia no interior de uma fantasia onde mais ninguém estava autorizado a entrar.

Uma vez ouvi uma garota do décimo segundo ano, uma sênior, que andava sempre com umas regatas e calças muito apertadinhas, dizer que ele parecia ter saído de um livro do Stephen King. E desatou a rir na cara dele. E o mais estranho é que ele também riu, como se a vida dele fosse uma piada. Se me perguntarem, o que eu acho é que ele já deve ter estagiado na Wall Street com uns chefes que acham muito bom que ele insista em usar gravata e em pensar que é muito legal estudar os índices das bolsas em Cingapura e em Sydney todos os dias no *Wall Street Journal*.

Nunca me pareceu que fosse perigoso. Às vezes o que se passa com os malucos é que eles nos surpreendem. Ou talvez ele não seja nada maluco. Quero dizer, os homens que fazem sexo com outros homens são executados em lugares como o Irã, e há milhões de pessoas nos Estados Unidos e em Portugal e em toda a parte que seriam capazes de achar bom que espancassem pessoas como Angel para lhes *dar uma lição*. Serão todos malucos? Talvez os normais sejam eles, e é por isso mesmo que é errado procurar ser igual aos outros.

Seria possível que o próprio Gregory se sentisse chocado por andar seguindo Angel? Talvez, para ele, a maior surpresa de todas fosse ver como era bom dar um murro na cara de alguém que odiava. Aposto que os pais de Gregory agora devem se perguntar se ele não irá se esgueirar até o quarto deles uma noite qualquer e matá-los enquanto dormem. Apostaria quinhentos dólares que eles fecham o quarto à chave quando vão se deitar.

Foi no dia 20 de fevereiro de 2009, uma sexta-feira, perto das onze da manhã, que Gregory seguiu Angel até os chuveiros do ginásio.

Provavelmente nas pontas dos pés. O ódio pode fazer com que as pessoas se movam realmente em silêncio, aposto. Às vezes, imagino que ele sentia que sua cabeça explodiria se não desse cabo de Angel. Quero dizer, ele nunca tinha feito nada parecido, por isso deve ser um sinal de uma espécie de crise. Talvez tivesse chegado à conclusão de que ou destruía a si próprio ou àquele garoto gay brasileiro da aula de educação física.

Meia hora antes, Angel tinha jogado como defesa esquerdo e tinha apanhado uma bola que Gregory tinha batido em balão para a *alley* e que lhe devia valer uma segunda base. Angel não sabia bater as bolas e ainda não conhecia algumas regras do beisebol, mas era um defesa muito bom e corria mais rápido do que alguém pensaria que fosse capaz, e por isso apanhou a bola sem sequer ter que fazer um daqueles mergulhos antológicos que os *outfielders* gostam de fazer. Até deu a impressão de que era fácil.

Se ele não tivesse apanhado a bola, tudo teria sido diferente. Mas apanhou. E dar a impressão de fazer com uma perna nas costas uma grande jogada daquelas deixou Gregory mais irritado do que nunca. Acho que dá para dizer que no preciso momento em que Angel apanhou a bola, estava, sem saber, mandando uma mensagem em código sobre vingança para um garoto que não era bom da cabeça e que provavelmente estava à espera de uma mensagem dessas há muito tempo.

Angel estava passando xampu na cabeça quando sentiu uma palmada no ombro esquerdo. Abriu os olhos, mas não viu ninguém. Alguém atrás dele — Gregory ou alguém que tenha se aliado a ele — deu-lhe um empurrão para a frente contra a parede do chuveiro e gritou: "Bicha de merda!" Um murro o apanhou no rosto quando ele se virou, abrindo um corte fundo por cima da sobrancelha esquerda. Deve ter caído em cima de um joelho. Ou então se dobrou em dois. Não tinha certeza, mas sentiu — em pânico — que estava numa posição mais baixa do que devia para se poder proteger. Não me admira que alguém se esqueça de onde está seu corpo quando está mesmo no momento do qual tem medo desde que descobriu que os outros não gostam daquilo que ele é.

Gregory tinha lições de *taekwondo* em West Hempstead duas vezes por semana, desde os 5 anos. Foi o que Marlene descobriu. E me contou, também, que o *taekwondo* era uma forma de arte marcial que veio da Coreia. Talvez eu devesse saber isso, mas não sabia.

Angel levantou as mãos para aparar os murros, mas apanhou nos braços. Gregory enfiou um pontapé na sua coxa — talvez para ele baixar a guarda. Usava short amarelo, mas sem camisa nem sapatos. Angel foi ao chão com um grito. Pensou que tinha quebrado a perna, mas depois, quando foi ao North Shore Hospital, os raios-X mostraram que não.

Angel não se lembra se ainda apanhou mais, mas talvez alguma coisa — ou alguém — fez com que Gregory parasse. Talvez o garoto que estava com ele na tramoia tenha achado que Angel já tivera mais do que sua cota. Gregory ficou com dois nós dos dedos da mão direita bastante esfolados dos murros que deu em Angel. Por aí se vê o ódio que aquele cérebro à Stephen King lhe espalhava pelo corpo.

Fiquei sabendo disso porque fui ver a enfermeira da escola, a Ms. Azodi, semanas depois do ocorrido. Ela negou que soubesse que Gregory era perigoso e mandou que eu saísse do seu gabinete como se eu a tivesse insultado. Pode ser que eu não devesse tê-la acusado de não cumprir seus deveres e não ter avisado o diretor Davenport sobre Gregory antes do acontecido, mas também não iria autocensurar minhas opiniões só para poupar os sentimentos dela.

Angel teve que passar o resto do ano escolar com camisas de manga comprida, porque levou semanas até aquelas nódoas negras e amarelas desaparecerem dos braços. Ainda agora nunca anda com os braços à mostra na escola. Às vezes, é fácil adquirir o hábito de se esconder, mesmo quando não se fez nada de mal.

Deve ter virado a cara para baixo para se proteger, porque se lembra de ter pensado que seria uma coisa superestúpida morrer afogado só em 3 centímetros de água. Ouviu alguém rir, e um rapaz que não era Gregory dizer alguma coisa tipo "que cu esfolado". Talvez fossem três ou quatro garotos. Ou a turma toda. Vai saber.

Ao que parece, Gregory tem um site. Marlene disse que postou dezenas de fotos dele partindo placas de madeira só com o punho e praticando boxe com outros rapazes. Nunca me dei ao trabalho de olhar, e também não penso em fazê-lo. Há nove graus de faixa preta no *taekwondo*. Gregory pratica há onze anos e ainda não passou do segundo grau, por isso talvez nem sequer seja bom naquilo. Pode ser que essa seja uma das coisas que o deixa tão raivoso — não ser realmente grande coisa em nada do que faz.

— Estar ali todo molhado e nu me fez sentir verdadeiramente eu próprio — disse-me Angel quando fui visitá-lo no hospital.

— Não entendo — disse eu.

Nesse momento estava estendido, com o cotovelo sobre os olhos, como se não conseguisse falar se estivesse me vendo.

— É que tudo o que costumo esconder estava ali à mostra. E eu via que era culpado.

— Era culpado como? — perguntei.

Falava em voz baixa, e repeti a pergunta em português porque não tinha certeza de que ele queria dizer que *tinha* mesmo tentado beijar Gregory, e precisava ter certeza absoluta do que ele tinha feito.

— Não devia ter pensado que podia ser como os outros — respondeu ele, também em português.

— Só isso?

— E não basta?

— Mas você é como todo mundo — disse eu numa voz aliviada, que o deixou me olhando de olhos arregalados.

Percebi que ele estava pensando que eu preferia não ver o que há de mais óbvio. E talvez tivesse razão.

Gregory e pelo menos outro rapaz riram dele enquanto estava estendido no chão de cerâmica, com a água do chuveiro rosada de sangue.

O boato que corria, e que Marlene me contou, é que Marcus Robertson afastou Gregory para longe de Angel enquanto Yusef Adewuy foi correndo buscar o Mr. Falk, o professor de ginástica. Marcus é um garoto de 1,90 metro e tal, *linebacker* na seleção de futebol da escola. É preto, da Jamaica, e anda sempre com uma faca automática com cabo de marfim. Faço o possível para não pensar muito no que poderia ter acontecido se ele não estivesse lá. Angel não se lembra nada de Marcus nem de Yusef.

Aposto que Gregory nunca se sentiu tão bem na sua própria pele como quando se viu finalmente usando, na vida real, todas aquelas lições de *taekwondo*. Outra coisa em que procuro não pensar muito é na possibilidade de Angel acabar morto, mas às vezes — como agora — o medo de que isso aconteça me domina e sinto vontade de ligar e lhe dizer que lamento não ter estado lá quando ele mais precisava de mim, e dizer que a mãe dele tem que arranjar o dinheiro de qualquer maneira para colocá-lo numa escola particular, mesmo que com isso deixemos de nos ver tantas vezes. Mas acabei nunca fazendo a chamada porque tenho medo de que ele me ponha de lado se eu soar muito a irmã mais velha e, também, o que é mais importante, porque não quero que ele me deixe sozinha na Hillside. E agora chegamos ao motivo de eu estar agora aqui, estendida no escuro, com o celular em cima do peito como se tivesse lá dentro tudo o que eu não posso reconhecer diante de Angel ou de quem quer que seja.

Vejo Marcus na cantina às vezes e fico sempre com vontade de perguntar se ele realmente salvou Angel e lhe agradecer se ele confirmar, mas uma vez ele me lançou um olhar de quem sabia o que eu queria perguntar e abanou a cabeça para que eu percebesse que não estava interessado em falar comigo. Às vezes, fico imaginando que a história que me contaram não era verdade e que Marcus era cúmplice de Gregory. Se foi assim, então acho que ele pensou duas vezes naquilo quando viu o sangue correndo pelo rosto de Angel.

Depois de ter ouvido "Magical Mystery Tour" até o fim, e depois de Angel pegar no clarinete e testar comigo seu último solo kletzmer, segui a pé para casa e liguei o computador para ver na Wikipedia o que havia sobre Matthew Shepard. Antes, nunca tinha ousado. Ao lado da biografia, há uma fotografia dele. Desejaria que ele tivesse um ar realmente feminino e louco, de maneira a me deixar sossegada de que nada do que lhe tinha acontecido poderia acontecer a Angel, mas o ar dele era apenas o de um cara legal. Na fotografia tem o rosto bastante inclinado. Parecia ter sempre uma resposta pra tudo. Shepard era um estudante universitário de 21 anos que foi torturado e assassinado por dois homens que conheceu no Fireside Bar, em Laramie, Wyoming, na noite de 6 de outubro de 1998. Morreu no hospital seis dias depois, por conta dos vários ferimentos na cabeça — a melhor maneira que conseguiram para dizer que os dois atacantes causaram danos cerebrais quando o ataram e o espancaram de tal maneira que esmagaram seu crânio. Quando o encontraram, tinha o rosto coberto de sangue, exceto nas partes que as lágrimas tinham-no lavado. Nunca recuperou a consciência depois de ter sido torturado. Os assassinos disseram no tribunal que tinham ficado temporariamente dementes com as propostas sexuais de Shepard. O júri não acreditou, e eles foram condenados à prisão perpétua sem possibilidade de liberdade condicional.

Como será um cara passar pelas ruas da cidade onde estudou e ter sobre si o olhar de homens com vontade de o espancarem até a morte? Se acham que Nova York não tem nada a ver com Laramie, então deviam vir nos visitar na Hillside High School, porque há um monte de garotos — e talvez até vários professores — que têm a certeza de que Angel se insinuou para Gregory. A princípio, até Marlene estava convencida disso — e é suficientemente esperta e sarcástica para ver as coisas de outra maneira.

— Não seja ingênua. — Teve a ousadia de me dizer. — Alguma coisa *deve* ter feito.

— Fez... Roubou de Gregory a merda de uma segunda base na aula de educação física! — respondi, irritada.

— Ah, não sabia disso. Ninguém falou em beisebol.

Quando contei a minha mãe o que tinha acontecido, ela disse:

— Tenho muita pena, Teresa, mas qualquer rapaz normal teria feito exatamente o que Gregory fez.

Tenho certeza de que também é assim que o diretor Davenport pensa.

— O olhar que Davenport me lançou quando eu entrei em seu gabinete foi uma coisa arrepiante — disse Angel. — Mal conseguia disfarçar a repugnância que sentia por mim.

Tínhamos acabado de ouvir os Beatles. Angel estava parado junto à estante, com o clarinete apertado no punho, e tinha colocado "Bei Mir Bist Du Schoen" no estéreo. Era uma velha canção das Andrew Sisters. Ele queria que eu visse como estava aprendendo música kletzmer ouvindo e assistindo vídeos no YouTube.

— Todo mundo sabe que Davenport é um idiota — disse eu.

— For true — argumentou ele. Uma maneira de dizer "isso é verdade": mais uma amostra do seu inglês liberiano.

Antes de eu poder acrescentar mais alguma coisa, as Andrew Sisters começaram seus arranjos e Angel disse às pressas "Não consigo pegar bem isto", e desatou a grasnar e a chilrear no clarinete, e a arquear para trás para conseguir as notas mais altas, como Artie Shaw fazia nos vídeos. Para dizer a verdade, achei que o solo soava muito aos trancos e caótico, mas isso devia ser porque me chateava que Angel se distanciasse de mim com sua música.

— Tem qualquer coisa que não está certa, mas o quê? — disse ele, quando acabou e franziu o nariz como um menininho.

Não queria confessar que eu não fazia a mínima ideia — ou que estava chateada por não falarmos mais no que eu queria discutir com ele.

— As síncopes parecem trocadas — respondi. "Síncopes" era uma palavra preciosa tanto em inglês como em português, e me dava um ar de conhecedora.

— Acha? — perguntou Angel, e mordeu o lábio, como se eu tivesse acertado em cheio.

— Tenho certeza.

O gabinete do diretor cheirava a tabaco quando Angel entrou, apesar de as leis americanas proibirem o tabaco nas escolas, e ele continuou a bater um Marlboro apagado na madeira da escrivaninha. Pode ser que precisasse de uma boa dose de nicotina para não imaginar como a catástrofe de um garoto espancado na Hillside podia afetar seu emprego. A Ms. Barbosa, sua secretária, também estava no gabinete. E a Ms. Azodi, a enfermeira, que estava limpando o golpe na sobrancelha de Angel com uma toalha de mão que já estava empapada de sangue. O golpe tinha chegado ao osso e era por isso que sangrava tanto. Por que não deixaram Angel esperar pela ambulância no ginásio é o que eu gostaria de saber.

Depois de Angel ter conseguido vestir as cuecas, a Ms. Azodi limpou o sangue com a toalha, e o Mr. Falk o ajudou a enfiar a calça e a camisa, mas ele continuava tremendo. A Ms. Azodi lançou ao diretor uma sobrancelha franzida digna da minha mãe quando o ouviu perguntar a Angel se ele tinha feito alguma coisa para provocar Gregory. Ele devolveu a gentileza a ela com um olhar carregado. Angel pensou que mesmo que respondesse estaria seguindo as regras do jogo, mas não tinha vontade de jogar e por isso olhou para outro lado — para o choque frontal que agora dominava sua vida — e não disse nada. Davenport era um homem compacto, sério e sincero. Talvez fosse um bom pai e um bom marido. Quero dizer, as duas meninas louras na fotografia numa moldura de prata em cima da escrivaninha tinham um ar feliz, duas irmãzinhas borboletas com asas de prata nas suas fantasias de Halloween. Mas como diretor era um fracasso; qualquer coisinha o deixava incapaz de fazer a maior parte de qualquer investigação sem ficar aos berros e com as veias do pescoço latejando. Ou talvez esteja só esgotado. Pelo que diziam, já era diretor há oito anos, e na Hillside isso parecia muitíssimo com um castigo cruel e pouco habitual. Angel estava também cogitando o que fazia com que Davenport fosse tão pouco confiável, e estava também medindo as probabilidades que tinha de chegar em casa sem ter que revelar o que tinha acontecido.

— Estou à espera da resposta, filho — disse o diretor.

A segunda cara franzida da Ms. Azodi deu a entender a Angel que podia responder, porque sabia que ela estava do seu lado.

— Eu não fiz nada — respondeu. — Estava tomando banho sozinho, depois de todos já terem tomado, como sempre faço, e o que sei é que me cutucaram o ombro, eu me virei, e Gregory Corwin me deu um murro na cara.

Naquela altura, não pensei mais nada sobre a confiança da Ms. Azodi em Angel; mas cerca de uma semana mais tarde, quando ele se recusou a sair da cama, percebi que ela devia saber que Gregory era perigoso desde o primeiro ano. Por isso é que fui vê-la depois da reunião da direção da escola. Tinha esperança que houvesse alguma coisa escrita nos seus registros e que o testemunho dela valeria uma expulsão. Mas ela não me disse o que sabia de Gregory. Disse que os registros eram informação sigilosa. De qualquer modo, não posso ficar muito chateada com ela. Foi graças à Ms. Azodi que Angel foi capaz de dizer ao Mr. Davenport o que tinha se passado sem se sentir pior do que já estava se sentindo, e por isso sempre lhe dou o prêmio de melhor Jogador em Campo desse dia. E também foi ela que acompanhou Angel até o North Shore Hospital, recusando-se a sair de perto dele mesmo quando o motorista disse que ela só iria atrapalhar.

Na verdade, às vezes é preciso uma pessoa, mesmo desconhecida, para nos impedir de pensar que caímos no fundo do poço do nosso próprio futuro, porque foi Angel que usou essa metáfora quando me disse que tê-la ali pegando sua mão mudou a direção de todos os seus pensamentos.

No North Hospital, quem o suturou foi uma médica que era de Teerã. Deu-lhe o nome de um restaurante em Jackson Heights onde ele podia comer a melhor comida persa de Nova York, incluindo sorvete com sabor de açafrão, e nós decidimos ir até lá quando a cicatriz desaparecesse, mas a cicatriz já desapareceu e nós ainda não fomos. Angel levou seis pontos acima da sobrancelha esquerda. Quando finalmente chegou em casa, começou a fazer piadas tipo "que parecia o Frankenstein". Deu umas risadas um bocado exageradas, mas não me preocupei. A tal médica de Teerã lhe disse que os pontos desapareceriam dali a uma semana e a cicatriz ficaria reduzida a nada dentro de um mês, mas passado algum tempo ele deve ter perdido a confiança nela e começou a acreditar na sua própria piada. Foi no dia seguinte a ter levado os pontos que começou a se recusar a sair do quarto. Na época, não vi nenhuma relação entre os dois fatos. Eram tantas as coisas acontecendo ao mesmo tempo, que eu não era sequer capaz de dizer quanto eram dois mais dois.

Havia uma linha de 12 marcas — seis acima e seis por baixo — nos lugares onde a linha tinha unido a pele. Nada de importante, mas não deve ser fácil para as pessoas que geralmente têm boa aparência encarar a possibilidade de seu grande trunfo na vida lhes ter sido roubado. Agora posso compreender que deve ter sido como perder uma parte de si próprio com que podia sempre contar. Talvez a única parte.

E penso que compreendo agora por que razão ele passou três semanas enfiado na cama: foi o tempo que levou para abandonar a pessoa que tinha sido até ali. E tornar-se outra diferente. E descobrir como faria sua mãe e eu acreditarmos que não tinha mudado.

Capítulo 3

Sábado, 24 de outubro

HAVIA TANTA COISA que eu adoraria escrever assim que a vida ficasse um pouco mais calma: como passei 15 minutos andando de um lado para o outro em frente ao gabinete do diretor Davenport na terça-feira passada, e como depois finalmente ganhei coragem para bater na porta... Como eu tinha informado a ele que Gregory havia ameaçado Angel no Waldbaum's... Como ele me fez um interrogatório como se eu estivesse inventando a história, e como eu fiquei tão atrapalhada que me esqueci de como era o pretérito passado em inglês...

Como a Ms. Barbosa me chamou aos gritos quando eu ia a sair da escola na tarde seguinte e me fez sinal para ir até ela, e como me contou num sussurro conspirativo que Mr. Davenport tinha convocado Gregory ao gabinete dele no dia seguinte ao que eu estive lá e desatou a berrar com ele, dizendo que se ele fizesse mais uma infração, Hillside passaria a ser só uma recordação na vida dele... Como Angel me deu um beijo na testa quando lhe contei isso, com um olhar de tão profunda gratidão que devia conter tudo o que significávamos um para o outro e que poderíamos significar no futuro... E como ele me levou ao Starbucks para festejar com um Frappuccino e depois me arrastou até o Jericho Turnpike para trazer revistas pornográficas de uma loja que tinha descoberto, onde um empregado de vinte e poucos anos e "Limp Bizkit Rules" tatuado no braço jamais pedia a identificação a ninguém...

Mas as coisas não ficaram calmas por muito tempo, e é essa a razão por que não escrevi nada sobre essas coisas e talvez nunca venha a fazê-lo.

> Um fogo proibido
> Que rapaz frio de mais come —
> Frango e Molho Picante.

É meu primeiro haicai. Angel me ajudou a escrever, por isso não posso usá-lo para conseguir créditos extras do Mr. Henderson. E mesmo que pudesse, subir minha média em inglês de C para C+ já não faz parte da minha lista de prioridades.

Nada é prioridade agora, para dizer a verdade. Nem sequer saber se Gregory se mantém ou não afastado de Angel. Embora talvez venha a sentir outra coisa dentro de alguns dias. Imprimi uma cópia nova do haicai assim que acordei, dobrei bem dobradinha e enfiei na bolsinha preta de couro que minha mãe me comprou de aniversário na Filene's Basement, por 6,99 dólares. A ironia é que eu gostei mais do presente baratinho que ela me deu do que de um mais caro do meu pai: bilhetes para ele, eu e Pedro irmos ao Giants Stadium ver os New York Red Bulls jogarem contra os Los Angeles Galaxy.

Quando minha mãe berrou para eu e Pedro nos aprontarmos, eu disse baixinho para mim mesma:

— Ela deve ter me tirado de algum berço na maternidade. — De tão improvável que me parecia eu ter mais do que umas cadeias de DNA em comum com uma mulher que gritava como uma criadora de porcos na sua própria casa. Ao sair do quarto agarrei meu *They Came Like Swallows*. Ler meu haicai para mim mesma era como um feitiço que podia me ajudar a atravessar o dia sem soluçar. Não queria ouvi-la outra vez me acusando de piorar as coisas com o meu choro. E levar o livro comigo era uma proteção extra. Temos que nos agarrar às coisas de que gostamos quando estamos nos afogando. Meu pai me ensinou isso ao me abandonar no nosso salva-vidas suburbano quando eu mais precisava dele, embora seja uma lição que preferia não ter aprendido.

Passaram quatro dias desde que recebemos o telefonema do hospital, mas meu coração deve pensar que foi só há um minuto. Estremece de pânico a cada duas batidas, o dia todo. E às vezes à noite também. Começo a pensar que Alguém Lá Em Cima *quer* que eu tenha um ataque do coração, embora eu não acredite que realmente haja Alguém Lá Em Cima.

Quanto pode uma pessoa chorar? Tenho os lábios rachados e a garganta dolorida e quero parar, mesmo que seja para não ficar doente, mas não há nada que eu possa fazer. Um poema e um romance não são armas de verdade, mas são tudo o que tenho para me ajudar a manter a cabeça no lugar nesse escuro oceano em que estou atolada desde terça-feira à tarde. Não tinha passado mais do que vinte minutos depois de chegar da escola, estava devorando um Pop Tart de morango, e ouvi minha mãe atender o telefone no quarto dela. Minutos depois, quando ela desceu, tinha o rosto pálido e estava tremendo. Enquanto eu limpava a geleia de morango da boca, ela me disse que o telefonema era de um médico do Merton University Hospital. Que sentia muito, que meu pai tinha morrido.

IMPOSSÍVEL! Foi o pensamento que explodiu na minha cabeça e que cresceu a tal ponto, naqueles poucos segundos de silêncio e de incredulidade, que continha tudo o que eu sabia, incluindo minha mãe, eu e Pedro.

— É verdade, seu pai faleceu — disse minha mãe, confirmando com a cabeça, com uma voz tão suave e derrotada que se eu não estivesse escutando com todos os nervos do meu corpo era capaz de não ter ouvido.

Foi no momento em que dei um salto, que comecei a sentir a corrente de todas as coisas que não controlo me arrastando para o mar. E o pressentimento de que se passaria muito tempo antes de conseguir voltar para a margem me invadia.

Pseudomonas aeruginosa. Segundo o artigo que eu e Angel encontramos na internet, é uma bactéria que adora vagar pelos hospitais americanos à cata de novas vítimas. Tem o aspecto de um charuto — quero dizer, se um charuto fosse milhões de vezes menor do que um grão de areia. Morreram mais quatro pacientes. Ninguém sabe por que razão aqueles charutos microscópicos escolheram aqueles quatro ou meu pai para colonizarem.

Dois dias depois da morte do meu pai, minha mãe foi falar com um administrador do hospital chamado Mr. Weiss, que lhe entregou uma carta onde estava escrito o nome do que eles chamavam "agente patogênico". O tal Mr. Weiss disse que lamentava muito e perguntou se ela queria falar com um conselheiro do hospital para ajudá-la a virar as migalhas.

— Virar as migalhas? Tem certeza de que foi isso que ele disse? — perguntei, quando ela me fez um relato ressentido e resumido da conversa.

— Sim, foi o que ele disse. "The crumbs to turn" — respondeu, segura de si, e começou a remexer a carteira à procura da conta do telefone, para me dispensar.

— E o que isso quer dizer?

— Teresa, como vou saber? — respondeu, tirando da carteira os cigarros e despejando o resto do conteúdo em cima da mesa da cozinha. Pendurou um Parliament nos lábios e olhou para mim como se desejasse que eu fugisse de casa.

Dei meia-volta, marchei para fora da cozinha e liguei para Angel. Ele achou que minha mãe tinha ouvido mal e que o Mr. Weiss deve ter dito "come to terms" com a morte do meu pai. "Come to terms" e não "crumbs to turn".

— E o que isso quer dizer?

— Aceitar uma coisa negativa que acontece conosco.

— E o que quer dizer *aceitar*, neste caso?

— Acho que ele pensa que sua mãe precisa compreender que seu pai faleceu e seguir com a própria vida.

— E por que ela não compreenderia isso? — gritei. — E o que significa exatamente seguir com a própria vida?

— Olha, Teresa, não ajuda nada surtar assim no telefone.

— Pois fique sabendo que pra mim ajuda, e muito! — disparei em resposta, e bati o telefone com toda a força.

Ele ligou outra vez e me pediu desculpas, mas mesmo assim não consegui pensar em nada simpático para dizer, nem a ele nem a mais ninguém.

Minha mãe levou Diana para a conversa com o Mr. Weiss, porque ela sempre fala inglês um pouco melhor, mas obviamente não tão bem para decifrar o psicopalês americano. O Mr. Weiss disse a minha mãe o quanto estava triste, e conversaram durante quinze minutos sobre as heroicas tentativas que os médicos tinham feito para salvar meu pai. Foi depois disso que ele sugeriu que minha mãe fosse ver um conselheiro do hospital. Quando ela declinou da oferta, ele disse que tinha uma reunião e que lamentava muito não poder lhe conceder mais tempo. Mamãe me disse que ele era muito simpático, mas que tinha achado impossível se explicar em inglês e que Diana foi muito útil. Ao vê-la de olhos parados, fixos e derrotados, fumando com ar ausente, tive pena dela. Mas não lhe disse isso, porque tenho a impressão de que só queremos a pena de pessoas de quem gostamos.

O primeiro sinal de que o problema do meu pai era muito pior do que nós pensávamos foi na segunda-feira. Quando Pedro e eu fomos vê-lo à tarde, depois da escola, ele estava com uma máscara de oxigênio. Mamãe tinha passado por lá e já tinha ido embora. Tínhamos ido de táxi. Meu pai tinha os olhos fechados, e a princípio pensei que estava morto. Me equilibrando entre aquilo que sou e aquilo em que me tornaria se ele desaparecesse, debrucei sobre ele para ver se ainda respirava, e foi quando ele abriu os olhos. Soltei um gritinho.

Ele sorriu.

— Eu te odeio! — gritei eu, e o abracei.

Brilhou nos seus olhos um pedido de desculpas, e pegou na minha mão, mas eu sentia ainda que lhe tinha dado prazer me assustar.

Talvez tenha fingido que estava dormindo. Era mesmo típico; havia sempre dentro dele um garotinho traquinas de 10 anos a nos desafiar. Papai levantou nossas mãos unidas como se fossem um Oscar que tivesse recebido. Se não estivesse com a máscara de oxigênio, levaria minha mão aos lábios e a beijaria, como tinha começado a fazer nos últimos tempos.

— Tudo OK? — perguntei eu.

Ele fez um grande aceno com a cabeça para dizer que sim.

Pouco depois encontrei a enfermeira colombiana — Maria Concepción —, e ela me disse em espanhol que os pulmões do papai precisavam de uma ajudinha extra e que eu não devia me preocupar.

"Eryting unnuh coontrow", disse ela no seu espanglês isento de verbos, e eu, também confiante, acreditei nela, acreditei que "estava tudo sob controle". Na certa, os médicos lhe deram instruções para tranquilizar todos os membros da família com ar de incerteza, e por isso não deveria levá-la a mal, mas levo.

Na noite passada, passei meu jeans preferido às duas da matina enquanto estava vendo *ET* no DVD da sala, mas quando desci para o café da manhã vestida com o jeans, minha mãe revirou os olhos e disse:

— Nem pense nisso. Coloque um vestido.

O único que eu tinha suficientemente escuro e feio era um de linho azul-marinho, com um bordado de flores em volta do decote. Fica colado ao peito por causa da Lois e da Lana, que são os nomes que eu e Angel demos aos meus seios. Mas eu não me importo muito — é bom ter a respiração apertada. Como para me lembrar. De quê, não sei ao certo, mas penso que poderá ser simplesmente de que ainda estou aqui. A cena do ET subindo para a nave espacial me fez soluçar. O que eu não percebi quando vi o filme pela primeira vez é que é o silêncio entre ele e os meninos — a silenciosa curiosidade e espanto deles — que torna a história crível. E aqueles pés feiosos de lagarto que o ET tem. Precisamos tirar o chapéu para Spielberg; o homem faz a gente rir com os seus detalhes.

Quando eu e Angel pesquisamos na internet por "pseudomonas aeruginosa", descobrimos que consegue sobreviver no combustível dos aviões e que pode até dispensar o oxigênio para viver. O que é uma preciosa garantia de que se os humanos alguma vez descobrirem como explorar a galáxia, teremos companhia na viagem para o planeta natal do ET e todos os outros.

Acho que tinha o direito absolutíssimo de ir ver o diretor Davenport. Angel também acha. E, no entanto, há sempre uma vozinha chata que eu não quero ouvir que não para de dizer que a única coisa que eu consegui foi deixar Gregory ainda mais irritado e que da próxima vez é a mim que ele vai atacar. Se ele o fizer, digo que ele tentou me violentar, mesmo que não seja verdade. Isso deve bastar para mandá-lo para a prisão por duas décadas. "E, não, Dr. Rosenberg, não ia ficar com remorsos por mandá-lo para o xadrez por uma coisa que não fez, porque, pela parte que me toca, há muito tempo que ele deveria estar numa prisão solitária."

Ler tanta coisa sobre os superpoderes das "pseudomonas" me deixou com vontade de vomitar, por isso me sentei um pouco no chão do banheiro de Angel, pronta a enfiar a cabeça na privada, mas foi alarme falso. De dois em dois minutos, ele batia na porta perguntando:

— Caiu lá dentro?

— Não, ainda estou aqui.

Enquanto estive sentada nos ladrilhos azuis do chão, li a primeira página de um artigo sobre chimpanzés na edição brasileira da *National Geographic*. Parece que 99% de seu DNA é igual ao nosso. Aos humanos, quero dizer. Na certa, é aquele 1% extra que produz atrasados homofóbicos como Gregory. O computador de Angel estava desligado quando voltei para o quarto. Ficamos um tempo sentados na borda da cama falando de chimpanzés e de como eles usam pauzinhos como utensílio para caçar formigas. Mas o interesse por estas maravilhas da natureza não durou muito e acabamos a conversa. Estávamos encurralados na inverossímil verdade de ver meu pai morrer num hospital caro, que é o suprassumo dos hospitais, no universo sossegado dos subúrbios, no país mais rico do mundo. Ninguém espera que mortes estúpidas como essa aconteçam nos Estados Unidos.

Nenhum de nós voltou a ver Gregory depois do incidente no Waldbaum's, mas não era por isso que eu ia baixar a guarda, e por isso me pus a esquadrinhar a rua do Angel da janela do quarto.

— O que está procurando?

— O Pedro — menti. — Ultimamente deu para me seguir. E me escutar. Um dia vai ficar tão perdido que teremos que contratar o Anthony LaPaglia para encontrá-lo

LaPaglia é o herói de *Without a Trace*. Angel o acha ótimo. Antes de sair do banheiro do hospital, lavei as mãos três vezes. Porque nessa altura eu tinha começado a achar que talvez devesse ser mais cuidadosa com a minha higiene. Quero dizer, se as pseudomonas conseguem sobreviver no combustível dos aviões, então deviam achar a superfície dos meus dedos um verdadeiro Jardim do Éden.

Ali sentada ao lado de Angel eu me sentia bem por ter uma pessoa no mundo com quem podia estar sem ter que fazer nada a não ser sentir o latejar da ausência do papai na minha cabeça. Passado um tempo, Angel levantou-se e tirou um CD da gaveta que fica embaixo do pôster de Brad Pitt em *Thelma e Louise*.

— Escuta isso — disse ele, numa voz determinada.

Tirou o CD da caixa, e, por breves instantes, o arco-íris da superfície prateada piscou para mim. Na linguagem das cores, estava me dizendo: "Tente não gritar." Disse isso porque meu coração estava mais uma vez martelando minhas costelas. "Está vendo, Dr. Rosenberg, nesses últimos dias basta alguém me dizer para fazer uma coisa tão simples como ouvir um CD para que meu coração entre em parafuso."

— Que CD é esse? — perguntei, tentando parecer a mesma de sempre.

— Uma ária escrita no século dezoito — disse ele, pondo o disco para tocar.

— Não sou muito fã de ópera — disse eu, e mal acabei de dizer isso, me invadiu uma necessidade imperiosa de começar uma briga com ele.

— Deve ser uma chatice — disse eu. Ele revirou os olhos. E eu acrescentei, com a minha imitação de Joe Friday em *Dragnet*: — Restrinjo-me aos fatos, Ma'am.

— Sshhh — rosnou ele, porque já tinha apertado o play.

Eu estava sentada com uma de suas almofadas em cima da barriga porque tinha um nó no estômago. Ele ficou parado ao lado da estante, mordendo o lábio inferior com aquele olhar de expectativa característico de quando quer que alguém como eu goste de uma coisa da qual ele gosta. Angel preocupa-se muito com o que as outras pessoas pensam, embora o negue. Talvez eu tenha o mesmo problema. Talvez seja um problema de todos os jovens imigrantes.

— Ouve só essa voz — sussurrou Angel, como se estivesse abrindo uma porta e eu estivesse prestes a descobrir um campo acarpetado com um milhão de papoulas vermelhas, como uma vez vi no Sul de Portugal, ainda pequena demais para achar que as flores eram a coisa mais fabulosa do mundo.

E ouviu-se aquela voz.

Era uma voz agudíssima sustentando uma única nota perfeita. Quando subiu de intensidade fiquei esperando que parasse ou que descesse na escala. Mas não. Não saberia dizer se era uma voz de homem ou de mulher. Era sobrenatural. E talvez por isso mesmo, senti minha pele ficar arrepiada.

Quem diria que uma única nota podia nos preencher tão completamente?

Eu me endireitei, e, como se fosse um formigueiro, o pressentimento de que havia uma boa quantidade de coisas que eu não sabia sobre como pode ser assombrosamente grande o talento dos seres humanos me invadiu. Sempre me deixando arrepiada, a voz começou a baixar, como se estivesse tateando o caminho numa escada íngreme. Não fazia a mínima ideia do que queriam dizer as palavras que ouvia, mas tinha certeza que o compositor sabia mais sobre como criar beleza do que qualquer pessoa que eu tivesse conhecido algum dia.

Foi no dia seguinte que eu decidi o que gostaria de cantar se pudesse aparecer diante de Deus para pedir que meu pai voltasse para mim. "Então o que vai querer, minha menina?", perguntaria o Senhor Deus numa voz imponente, como aquela voz terrível do Mágico de Oz quando Dorothy foi pedir ajuda. Tremendo como Judy Garland, eu diria: "*Ombra mai fu*, Senhor." Era o nome da ária. Foi composta no século XVIII por Georg Friedrich Haendel. Cantava-a Andreas Scholl.

Não houve nunca sombra
de planta
tão cara e gentil
tão suave.

Encontrei a tradução da letra na capa do disco. Era uma canção de gratidão pela sombra. Só isso. Uns versos sobre uma coisa tão insignificante como a sombra seria capaz de me fazer rir antes do meu pai morrer, mas agora me fazia imaginar o que teria feito Georg Friedrich Haendel pensar que escapar do sol era tão importante que o levou a escrever a mais bela canção do mundo sobre isso. Imaginei uma viagem, dias e dias dentro de uma carruagem abafada, entre meninos aos berros e seus pais aristocratas de cabeleira empoada. Tão cansado e com tanto calor que ele preferiria morrer. Parando junto a um rio, ele pôde desentorpecer as pernas debaixo de uma árvore frondosa. Fez com que o mundo lhe parecesse muito diferente. Talvez tivesse morrido também alguém que ele amava. Estaria a caminho do funeral. A folhagem acima dele foi sua salvação. Percebia que precisava ficar sozinho num lugar tranquilo, suave, à sombra, antes de conseguir se dirigir ao cemitério e dizer adeus ao amigo.

Quando acabou a canção, Angel voltou-se para mim e me lançou um olhar interrogativo:

— Então?

Eu sorri. Não conseguia falar. "Meu pai é a minha sombra. É o que eu estava pensando, Dr. Rosenberg." Talvez não fosse sequer verdade, mas era o que eu desejava — ou, mais provavelmente, precisava — acreditar. Desatei a soluçar outra vez, claro. Era patético.

Será que todos os cemitérios parecem o cenário de um filme do Tim Burton? Quando chegamos ao St. Francis Wood Cemetery, descobri que estava cheio de filas de desgrenhados ciprestes do tamanho de postes de telefone, e os caminhos eram charcos lamacentos e amarronzados pela chuva da véspera. E caso isso não seja suficientemente macabro, em toda a volta há um muro de pedra coberto de heras, que seria alto demais para saltar caso os mortos resolvessem fugir das covas para virem atrás de nós. Há sombra farta, mas nenhuma era de grande ajuda para mim naquele momento.

Depois de deixarmos o carro no estacionamento, nos encaminhamos para uma horrorosa casa de tijolos perto da entrada para descobrir como chegar ao epicentro do novo pior dia da minha vida. Tio Mickey também veio conosco, até porque tinha sido o primeiro a chegar. Ele me agarrou pelos ombros, e eu senti na cabeça o hálito azedo de cerveja enquanto uma loura com uma cabeleira enorme e batom brilhante verificava o nosso sobrenome num caderninho espiral. Usava uma camisa de homem tipo lenhador e um *pin* em forma de mapa do Alasca por cima do bolso. Tinha o ar do tipo de mulher que coloca os filhos em concursos de beleza e que os faz cantar e dançar como Britney Spears. Sinto as mãos de Mickey tão gorila-grandes e tão protetoras como as do meu pai, e era isso mesmo que me dava vontade de gritar: "Não é meu pai e por isso tira a merda dessas patas de cima de mim!" Mas não gritei. Pelo menos ainda consigo ver a diferença entre mim e a louca à beira de um ataque de nervos que trago dentro da minha cabeça, cheia de vontade de gritar e nunca mais se calar.

Assim que a Miss Alasca obteve as informações que queria, tirou uma fotocópia com um mapa de um armário ao lado da secretária e marcou um X vermelho no lugar que nos estava destinado. E fez um círculo azul à volta da casa onde estávamos nesse momento. Mamãe se preparou para estudar o mapa e tirou os falsos óculos escuros Tom Ford. A grande armação vermelha lhe dá um ar de abelha. Tio Mickey e o resto do pessoal deviam pensar que os usava para esconder as lágrimas, mas era só porque não tinha se maquiado pela manhã.

— Aparecer com o meu aspecto normal não me parece boa ideia. — Ouvi-a dizer a Diana de manhã ao telefone. Quer dizer que mamãe fez alguma coisa direito. Grande coisa. Ninguém pode estar errado *todas* as vezes. Seria preciso ser um grande gênio.

Pelo modo como aqueles ciprestes me olham de cima dá para ver que me odeiam. Angel diz que provavelmente odeiam tudo que é vivo. Aprende-se muito num cemitério. Como por exemplo, que preferíamos estar noutro lugar. Quando caminhávamos para o túmulo do meu pai, passamos por um lugar onde estava enterrado um tal Valentino Spagnolli, uma lápide em pedaços e cheia de buracos. Angel, Pedro e eu paramos para especular sobre assassinos mafiosos enfurecidos armados de martelos. Imaginei-os com uma grande cabeça e carecas, como Joe Soprano, e dizendo injúrias sobre o maluco daquele Val traidor enquanto iam descarregando de vez a fúria sobre o granito. Pedro veio nos mostrar as rosas frescas junto a uma lápide ali ao lado. Tinham sido deixadas para uma Minerva Ciolli, que morrera em 7 de abril de 1982. Tinha 67 anos. Abaixo do nome tinham gravado "Esposa e Mãe Adorada". Os filhos deviam ter ido lá nessa mesma manhã.

— Por que é que as pessoas deixam flores? — perguntou meu irmão em português.

— Para mostrarem que se lembram das pessoas de quem gostavam — disse eu, puxando para cima suas calças, que caíam porque minha mãe as comprou muito largas — "Assim servem até ele crescer" — e porque ele nunca aperta bem o cinto.

— Mostrarem a quem? — perguntou.

— A eles próprios, acho eu — respondeu Angel, encolhendo os ombros naquele jeito dele, os braços soltos como se fossem de borracha.

— E talvez a Deus — acrescentei.

Como eu disse, não acredito em Alguém Lá Em Cima, mas achei que podia fazer bem a nós dois, a Pedro e a mim, naquela altura, fazer de conta que havia um super-herói ainda maior e mais forte do que o Hulk tomando conta de nós.

— Vamos lá — disse eu, puxando meu irmão, pois já estávamos uns bons 30 metros atrás da mamãe, do tio Mickey e de Diana e do marido dela, Francisco. Mas a poucos metros dali vimos a sepultura de Leonard William Gardner e sentimos que tínhamos que parar ali porque ele só tinha 8 anos quando morreu, em agosto de 2006. E porque alguém de mau gosto tinha lhe deixado umas rosas vermelhíssimas de plástico que tinham derretido durante o verão e eram agora uma forma viscosa idiota.

— Os pais dele deviam ser fãs do *Star Trek* original — disse Angel.

— Não entendi — disse eu, em português.

— Aquele com Leonard Nimoy e William Shatner como Spock e Capitão Kirk.

Nem me dei ao trabalho de dizer que nunca tinha visto *Star Trek*, porque Pedro encarava com olhos arregalados as desgraçadas das flores e eu estava tentando adivinhar a matemática que se passava na sua cabeça: "Leonard era só um ano mais velho do que eu quando..." Antes de meu irmão poder dizer "morreu" dentro das nossas duas cabeças, dei um puxão com tal força que ele ganiu.

— Está me machucando! — Ele me disse.

— Porque neste ritmo nunca mais os alcançaremos! — gritei, num sussurro.

Quando ele começou a chorar, com os punhos fechados nos olhos, eu pedi desculpas, mas foi só para fazê-lo ficar quieto.

— O que foi agora? — gritou para trás a minha mãe, em português.

— Nada, está tudo bem — respondi eu, fazendo sinal com a mão para seguir em frente.

Angel abaixou-se ao lado de Pedro e distraiu a atenção dele tirando uma moeda de sua orelha. Meu irmão — é mesmo um idiota! — olhava ora para a moeda ora para Angel como se fosse um milagre. Angel lhe estendeu a moeda e ele a agarrou com um grito de alegria e começou a pular. Aposto que mesmo dali a vinte anos, quando for piloto da Jet Blue, Pedro ainda há de delirar com as moedas americanas saindo das suas orelhas, das axilas e de sei lá mais que outros lugares as aeromoças e os copilotos forem tirá-las. Agora, se Angel pudesse retirar dele alguma coisa mais importante, como talvez a lembrança de mamãe contando a Diana — com ele ali ao lado — que estava com medo de que Pedro recomeçasse a fazer xixi na cama, como tinha acontecido quando ele aterrissou no Planeta América. Mas não me parece que algum mágico consiga fazer isso. Nos seus maus momentos, mamãe deve pensar: "Bem, pelo menos posso acabar com os meus filhos." "Ou será que estou sendo desnecessariamente crítica, Dr. Rosenberg?"

Eu me esforcei com força redobrada para não ser má com o meu irmão desde que papai morreu, mas ultimamente dá a impressão de que ele está sempre se metendo nos momentos em que eu preferia estar só.

"Filho Adorado". Era o que estava gravado na lápide de Leonard. Obviamente, não era tão adorado a ponto de lhe deixarem flores verdadeiras, mas é possível que os Treks dos pais tenham acreditado que não iam voltar a este setor da galáxia durante um tempinho e que, de qualquer maneira, lá de cima, no paraíso, Lenny não ia notar a diferença. Mesmo os pais mais amorosos devem querer seguir logo para o estacionamento o mais rápido possível depois do enterro do filho ou da filha.

Harvey Fultz.
Robert "Big Bob" Fultz.
Gina Fultz.
Marjorie Lowry Fultz.

Goste ou não, papai vai passar o resto da eternidade ao lado do Big Bob e dos outros três Fultz.

Quando alcançamos os adultos, fiz tudo para desviar meus olhos da cova tapada por um caixão gigantesco de madeira. Avisei a mamãe que não devia ser esse o local e pedi para ver o mapa. Mas ela o afastou de mim e replicou:

— Não, é que temos este terreno dividido com a família Fultz.

É em horas assim que tenho a impressão de termos dado um passo errado para dentro da vida de outra pessoa e de não podermos mais sair. É como estar num carro numa estrada cheia de buracos, um tanto enjoados, mas pensando que é preciso passar um mau bocado para chegar a um lugar especial mesmo e daí a instantes estarmos no fundo de um barranco com o pescoço quebrado. A vida nos empurra por uma ribanceira abaixo enquanto estamos estudando o mapa para vermos até onde podemos ir ainda.

Os olhos de mamãe estão de novo escondidos pelos óculos escuros com aqueles Ós vermelhos enormes. Fico pensando que tinha boas razões para arrancá-los e pisoteá-los.

— Não estou entendendo — disse eu. — Quem é que está dividindo um terreno com os Fultz?

— Papai, você, Pedro e eu.

— Desde quando?

— Desde que seu pai comprou metade.

— Metade de quê?

— Metade do terreno!

— Então papai já estava pensando que ia morrer quando veio para os Estados Unidos? — perguntei.

Minha mãe leva as mãos à cabeça e rosna, de maneira que todos entendam que até no dia do funeral do seu adorado marido eu lhe dou dores de cabeça.

— Faz um favor e tente não ser tão esperta! — diz, cortante.

— Eu não quero minha quarta parte da sua metade para nada — argumento.

— Mas agora já é tarde!

— Posso vendê-la? — pergunto.

— Teresa, se disser mais uma palavra, te dou um tapa.

Esta conversa era em português, naturalmente. Mesmo que ela melhore o inglês, o que é pouco provável, há expressões que ela nunca vai aprender. Acho que devia ter dito só mais uma palavra para ver se ela era capaz de me bater na frente de todo mundo, mas o Padre Discoteca apareceu dirigindo-se a nós com um rebanho de enlutados de cara abatida de St. Dominic enfileirados atrás dele, que era a deixa para eu sumir dali, até porque só a maneira como ele me olha — todo sorridente, para me mostrar que quer ser meu amiguinho apesar de ser uns trinta anos mais velho — já me dá arrepios. Nem todos os padres andam atrás de garotinhos, não sei se sabem.

Ainda bem que aquela conversa do terreno era em português; em inglês se diz "plot", que também quer dizer o enredo de um filme ou de um livro, e dava para imaginar que a Família Fultz e eu éramos personagens do mesmo livro, mas obviamente não nos mesmos capítulos. Tinha que ser um daqueles romances complicados com duas narrativas entrelaçadas. Papai já não era personagem em livro nenhum, nem sequer no dele mesmo, mas se meus pesadelos servirem de amostra, é certo e sabido que ele vai me assombrar por mais vários capítulos.

O Padre Discoteca, seu verdadeiro nome é Padre Carlos, anda sempre com os paramentos em fogo contra os clubes noturnos, a que chamava "antros do pecado", e dizendo aos pais da paróquia para não deixarem os filhos saírem à noite sem um guarda-costas. A maior preocupação dele vai para as garotas da minha idade, e até tem um programa especial para elas às quartas e domingos à tarde, chamado "O Caminho para a Salvação". É um programa muito "mãos na massa", pelo que ouvi dizer. Papai jurou que nunca me obrigaria a me inscrever, mas agora que ele não está mais aqui... E, não senhor, não fui eu que pus o apelido no Padre Carlos. Pelo que me disse Carla Vieira, que uma vez ficou sentada ao meu lado na missa e que está fazendo um doutorado em psicologia na Universidade de Nova York, tinham lhe dado esse nome já em 1987. Na época, ele era assistente em St. Dominic tinha acabado de sair do seminário, e levou uma dúzia de fiéis sexofóbicos ao Teatro Roslyn, para se manifestarem contra a exibição de *Dirty Dancing*. Com tantos problemas reais no mundo, imagine alguém ficar tão inflamado porque Patrick Swayze enfiou a língua na boca de Jennifer Grey!

Foi Carla que me pôs de sobreaviso para o estilo demasiado... palpável que o padre usava para nos mostrar o caminho da salvação. Me deu o e-mail dela também, e eu mandei uma mensagem nessa mesma tarde, mas ela jamais respondeu.

Nunca mais volto àquele cemitério. Nem sequer para me sentar junto à sepultura de papai para lhe contar as espinhosas dificuldades com que me debato, como fazem os garotos com problemas na televisão americana.

Harvey Fultz morreu só há um ano. Tinha 57 anos. Os outros falecidos Fultz viveram todos até seus belos setenta e tais. Gina chegou até os 82 anos. Talvez Harvey fosse o vagabundo da família. Penso nessas coisas para tentar me distrair. Não quer dizer que funcione.

Papai tinha 43 anos quando as pseudomonas baixaram sua pressão arterial até zero. Agora parece uma idade avançada, mas fico com o deprimente pressentimento de que vai parecer muito jovem quando eu chegar lá. Perguntei a Angel se ele acha que uma pessoa de 40 anos já está no alto da colina, mas ele faz um gesto com a mão dizendo que alguma coisa não está certa. É que ele cometeu o erro de se aproximar da beira da cova e de olhar para o fundo, para o caixão do papai. Agora nem voz tem.

Uma vez Angel me contou que queria deixar um bilhete de agradecimento no Strawberry Fields Memorial, no Central Park, em homenagem ao John Lennon, e eu o obriguei a prometer que me levaria com ele, mas é evidente que agora vai pensar duas vezes antes de ir visitar alguma pessoa morta no futuro próximo.

— Está tudo bem? — pergunto em voz baixa.

Faz que sim com a cabeça.

— Tive uma momentânea sensação de queda.

Só o Angel poderia usar uma frase poética destas para dizer que estava desmaiando. Usa uma camisa azul-clara e um lindo casaco de malha de caxemira — bege — que dão aos seus olhos um brilho de mistério. Há uns meses descobrimos que era possível comprar casacos de caxemira por uma "pittance" na Filene's Basement, ainda que às vezes tenha que ser um tamanho que não é bem o nosso. "Pittance" é uma palavra fora de série para dizer "por uma ninharia" ou coisa assim, que aprendi em *Little Dorrit*, que o Mr. Henderson nos mandou ler. O casaco de malha está grande demais para Angel, e ele dobrou as mangas, mas os lados estão um pouco caídos, como asas.

Pensamos que dá para usar até ele crescer mais. E mesmo que não dê, as roupas largas lhe dão um ar *cool* de estrela do rock.

— Não quer sentar? — digo eu, vendo que continua um pouco atordoado.

— Onde?

— Não sei, na grama. Ou num dos Fultz. Experimenta o Big Bob. Acho que ele não se importa.

— Ele talvez não, mas sua mãe teria um ataque — murmura ele.

— Melhor ainda.

— Esquece, já estou bem — disse ele.

Pode ser gay, mas não é nenhuma "menina mimada". Como tudo o que sei sobre ser gay é o que vi no *Project Runway*, não sei se isso é bom ou mau para as chances de ele no futuro vir a encontrar seu Príncipe Encantado.

Dou a mão a Pedro. Angel segura a outra mão. Meu irmãozinho está sempre tremendo, como se bichos subissem por suas costas. Não levanta os olhos nem sequer quando falo com ele. Uma grinalda de papel recortado. É o que nós três parecemos. E é verdade que o mínimo sopro de vento seria capaz de me jogar no chão. Se bem que ficar estendida no chão sem me levantar por umas boas horas talvez fosse o que estou precisando. Se ao menos eu tivesse a coragem de fazer greve e parar tudo na minha vida.

Depois de sairmos do gabinete do cemitério na casa de tijolos, a mãe de Angel disse qualquer coisa no seu ouvido e fugiu para longe de nós como uma girafa assustada. Está junto à parede, com as mãos atrás das costas como se não soubesse bem o que fazer com elas. A não ser quando vai para o emprego, a Mrs. Cabral usa uns vestidos compridos e caftans que ela própria costura. Diz que aprendeu sozinha a costurar as roupas porque, como tinha dado um estirão aos 13 anos, não conseguia arranjar roupas decentes em tamanhos maiores que lhe caíssem bem, mesmo em São Paulo. O vestido que está usando agora é como um quimono, preto, com gola em V e mangas largas de um rosa pálido que parecem asas. Uma girafa alada — é a mãe de Angel. Por isso será que ele tem alguma chance de algum dia vir a ser como todo mundo? Meu vestido favorito da Mrs. Cabral é um azul-clarinho, estampado com sóis amarelos e vermelhos. Fica linda de morrer quando usa. Normalmente usa colares de contas de âmbar, vidro ou turquesa, e sandálias sem meias, mesmo quando está frio, o que lhe dá o ar de quem acha os subúrbios de Nova York mais uma praia do Brasil.

— Mamãe me disse que precisava ficar um pouco sozinha — disse Angel, e acrescentou que para além dos problemas que tinha, referindo-se a ele, a mãe também não andava se sentindo bem.

A avó de Angel vive em Búzios, uma cidade a quase 200 quilômetros a nordeste do Rio de Janeiro, com Gaspar, um cocker spaniel de 12 anos. Sofre de diabetes e de problemas do coração, e Gaspar, de reumatismo e catarata. Está praticamente cego e em casa anda com um capacete de bicicleta na cabeça porque está sempre batendo nas paredes. É a avó e Gaspar contra o mundo. E estão se apagando rapidamente.

Hoje, Angel e eu temos que ser a arma de Pedro contra a tristeza e o pânico, porque mamãe não o deixou trazer o Hulk.

— Precisa ser mesmo má para não deixar Pedro levar o Hulk! — disse eu. Ela riu como a vilã da sessão da tarde, fungando e cheia de si, o que me deu a impressão de que se preparava para despejar em cima de Pedro sua própria frustração durante os próximos anos. Ele deve ter sentido a mesma coisa. E é por isso que anda sempre atrás de mim o dia todo como um patinho perdido e à noite vai deitar na minha cama.

— Se eu não posso ter a vida que quero, então vocês também não! —, é a filosofia de mamãe reduzida às proporções de um *sound bite* na televisão. Só que se ela olhar bem à sua volta, perceberá que teve as coisas muito facilitadas até agora. Não trabalhou um único dia nos Estados Unidos e, com os pagamentos do seguro de vida Allstate do papai, nem sequer tem que arranjar emprego no futuro próximo.

"Vou fazer o possível para compensar a viagem grátis que teve até agora!", foi o que disse a mim mesma enquanto ela distraidamente arranca as bolinhas das mangas do casaco e fala com o Padre Discoteca naquela voz que eu chamo "de Virgem Maria", por ser solene demais para uma pessoa de verdade. O casaco é preto, e a blusa também, mas tem uma gola de um violeta brilhante e por isso ela escondeu com um lenço de seda cinzento que pediu emprestado à Diana. Mamãe fica melhor sem maquiagem nos olhos. Não seria preciso muito trabalho para ficar bonita. Só Deus sabe o que meteu na cabeça para achar sedutor maquiar-se como uma dançarina erótica oriental.

Desde terça-feira que ando fazendo uma porção de promessas furiosas a mim mesma. Acho que é o que fazem todos os potenciais assassinos. A julgar pelo *CSI*, até os serial killers sentem às vezes a necessidade de escrever seus projetos em pedacinhos de papel e de os colarem nas paredes dos quartos atravancados onde moram. É como se escrevessem poemas gigantes ao que quer que seja que fez deles os tarados que são. Por isso, quando eu começar a colar coisas, é tempo de alguém ficar atento!

Cento e quinze mil dólares. É quanto vale o seguro de vida de papai. Ouvi mamãe dizer isso à Diana, no dia seguinte à morte de meu pai.

Deixei-a falando no telefone e desci ao porão na ponta dos pés para dar uma olhada nos extratos bancários de papai. Levei um bom tempo até conseguir decifrar todos aqueles números e a fazer contas, mas acabei chegando à conclusão de que gastamos cerca de quarenta mil dólares por ano. O que quer dizer que mamãe tem quase quatro anos para descobrir onde arrumar os tickets-refeição.

Depois de me dizer que papai tinha falecido e de eu ter respondido que era impossível, ela disse:

— A pressão ficou baixíssima e eles não conseguiram fazer subir de jeito nenhum e então ele deixou de respirar.

Quando me levantei, ela abriu os braços a toda a largura e eu não me lembro exatamente do que se passou; só me lembro de estar nos braços dela, num abraço tão apertado e tão protetor que sob meu sentimento de ser arrastada para o mar imaginei que ela ia começar a ser boa para mim. Mas passados uns minutos, quando a pieguice passou, percebi que estava sendo boba, porque ela logo me afastou, como se aquilo fosse uma momentânea perda de juízo e se lembrasse a tempo que a cena de abraçar a filha não era muito seu gênero. Talvez achasse que eu podia estar infestada com as bactérias assassinas de papai. Quando voltou para o quarto, a ouvi batendo as gavetas e soluçando, e os móveis caindo. Aquela fúria frenética de quem via o futuro que tinha planejado se perder me deixou frenética também. Quando coloquei a cabeça na porta, ela limitou-se a dizer:

— Não foi nada, Teresa. Preciso ficar um pouco sozinha.

Via pelos olhos vermelhos e pelo cabelo desgrenhado que estava realmente assustada. Tenho certeza de que à sua maneira mamãe gostava de papai. Provavelmente era a única pessoa de quem realmente gostava. Vi que a cadeira da escrivaninha estava derrubada e que o cigarro ardia no cinzeiro de ágata. A cinza caía num longo arco. Fiquei observando o fumo fazer círculos no ar e desaparecer, e depois encostei a porta. Não fui para meu quarto. Fiquei em pé, fora da porta fechada, ouvindo minha mãe chorar. Eu não estava perto quando mamãe disse a Pedro que papai tinha morrido. Não quis assistir. Me preocupava que a má notícia pudesse empurrá-lo para fora da borda do planeta plano onde vivia. Mas quando, meia hora depois, o vi, estava no quintal chutando uma bola de plástico e falando com os seus botões. O jeans caía da sua cintura, e tinha a testa suja das cabeçadas na bola para uma trave imaginária. Tinha também atirado para longe os sapatos, porque prefere andar por aí só de meias. Resumindo: pareceu o ar normal do ar anormal que sempre tinha. Acho que dá para concluir que ele ainda não compreende completamente que a morte é uma viagem só de ida.

A polícia descobrirá com certeza meu desejo de assassinar mamãe, se alguma coisa vier mesmo a acontecer com ela. Por isso, ainda que eu não o faça, nosso Detetive Jim Brass local me interrogará a fundo, demoradamente, numa daquelas salas com um espelho falso, de maneira que os outros policiais possam ficar cochichando uns com os outros sobre a prostituta mentirosa que eu sou, ali com aquela artimanha toda dizendo que é incompreendida. É verdade que então, acho eu, já devo ter conseguido uma forma de apagar as pistas. Não ia dar moleza para o Jim. Alguém que assiste a *CSI* sabe que ele só respeita os criminosos que dificultam sua vida.

Ninguém desconfia que trago meu haicai comigo. Nem Angel. Lá pelas tantas, estou aprendendo que uma pessoa tão triste e tão revoltada como eu precisa de uma boa dose de segredos. Por quê, não sei. Outro segredo que só revelarei em tribunal: fui ver a casa de Gregory Corwin. E se ele tentar alguma contra Angel, coloco meu plano em ação. Todos podem me ver agarrada a meu *They Came Like Swallows*. E minha carteirinha, com as minhas chaves de casa, quatro Tootsy Rolls e dois cigarros Parliament.

— Nem pense em levar esse livro para o enterro! — disse mamãe, quando a limusine se aproximava.

— Depois deixo no carro — respondi, mas então sabia que não ia largá-lo.

Tirei os cigarros do maço que ela havia deixado em cima da mesa da cozinha, porque tinha que roubar alguma coisa dela — como ela me tira muitas coisas. Angel não gosta muito dos Parliament, mas um maço de cigarros custa cinco dólares e ele aproveita o que aparece. Devemos estar esperando mais algumas pessoas, porque se não o Padre Discoteca já teria começado a dizer como Cristo nos ama, e que todas as provas contrárias que vemos à nossa volta não são mais do que testes à nossa fé. Mamãe está a uns 3 metros de mim, ainda na sua pose de beata como uma Virgem Maria, mas agora Diana e o marido Francisco juntaram-se a ela. Francisco é baixinho, com pouco mais de 1,50 metro, uma carinha de menino e orelhas de elefante. É dono de uma ourivesaria no Queens. Nunca fala muito sobre coisa alguma, mas é um tipo OK, que Diana só vai aguentando para pagar as contas e para levá-la a Portugal de férias.

O padre agarra a Bíblia com as duas mãos e de vez em quando me olha de soslaio com os olhos ávidos como os de um felino, verdes, o que só mostra que sou o rato no desenho animado que passa em sua cabeça. O mais assustador é ele ser bonito, naquele estilo apresentador de televisão, com uns dentes brancos que parecem um teclado de piano e um capacete de cabelo castanho meticulosamente penteado.

— Acha que o Padre Discoteca é bonito? — pergunto baixinho a Angel.

— Ele prefere meninas — responde ele.

— Eu sei — disse eu, revirando os olhos. — Não estou dizendo para você. Estou falando de um modo geral.

— De um modo geral, já vi piores, mas não faz meu tipo. Tem um jeito de congressista do Kansas.

Olhando bem, parece mesmo, embora eu não seja capaz de localizar o Kansas no mapa dos Estados Unidos se não me derem uma boa ajudinha, mas quando o padre volta a me encarar, começo a sentir uns comichões como uma ânsia, que não devia ser mais do que curiosidade, mas que me assusta pelo que podia ser além disso.

— Quem é um charme é seu tio Mickey! — diz Angel num sussurro entusiasmado.

— Sério? — pergunto, embora nunca tenha visto Mickey de outra maneira que não fosse o parceiro de crime n.º 1 de papai. É um tipo que fica dizendo palavrões aos gritos quando está passando futebol na televisão, e que tirava a faca do meu pai e cortava a pizza quando ele já estava encharcado demais de cerveja para poder cortar fatias retas.

— Tem um ar doce. E tem uns olhos...!

Mickey tem olhos castanhos e cílios realmente compridos — que eu sempre achei parecidos com mudas de samambaias.

Talvez *seja* mesmo interessante, mas num estilo português que não me interessa muito. "Dr. Rosenberg, isso de eu falar dos olhos do tio Mickey e do cabelo do Padre Discoteca no dia do funeral do meu pai será sintoma de ser um pouquinho mais do que simplesmente meio desequilibrada?"

Mickey está atrás da minha mãe, fingindo que está ouvindo a conversa dela com o padre, mas de vez em quando vai dando uns tragos lentos no cigarro e fica de olhos perdidos no extenso céu azul por cima do cemitério, o que me leva a pensar que não está ouvindo nada.

— Que idade acha que ele tem?

— Acho que uns trinta e cinco, mas papai nunca falou nisso — respondo.

Ia contar a Angel o resto que conheço da biografia dele, mas nesse momento chegou um batalhão inteiro de colegas do meu pai na R & S Plastics. Passam em fila diante de mim dizendo como estão tristes e como papai era um tipo maneiro e olham para mim e para Pedro como se fôssemos órfãos. Vera, a chefe da expedição, me dá um beijo e diz num sussurro:

— Espero que as coisas entre você e sua mãe corram bem.

Papai deve ter contado muito mais do que eu gostaria sobre a guerra não declarada entre minha mãe e eu. Será que ele se sentia mais à vontade para falar quando não estava em casa?

Pelos olhares furtivos e inquiridores que todos me lançam, adivinho que estão se perguntando por que razão eu não estou desfeita em soluços ou a arrancar os cabelos ou agarrada a minha mãe. E que todos se sentiriam melhor se eu estivesse. Se eu respeitasse as regras do jogo da filha-que-chora-a-morte-do-pai. Eu, claro, acho que eles têm razão. Mas não vou me debulhar em lágrimas só porque eles querem. Ou por ser o que me dá vontade de fazer. Uma coisa é certa: sentirmos que esperam alguma coisa de nós é a melhor maneira de nos sentirmos numa armadilha. Provavelmente é essa a razão por que o Mr. Henderson e metade dos Estados Unidos tomam antidepressivos. Meu único consolo é que Pedro também não chora e detesta aqueles olhares de sincera compreensão ainda mais do que eu. A maneira como ele estremece dá a impressão de que seja qual for a gruta para onde se retirou, deve ser gélida e escura como um armário fechado. O Mr. Henderson é que deixou escapar outro dia que andava tomando antidepressivos, quando eu lhe perguntei por que ele bebia tanta água quando estava nos ensinando canções dos anos 1960.

— Os comprimidos deixam minha boca seca — confidenciou. — Se não beber bastante, não consigo cantar. — Depois percebeu o que tinha dito e pediu que eu não contasse a ninguém, e eu não contei.

Nessas últimas quatro noites tenho deixado meu irmão dormir na minha cama, mas não disse nada a mamãe. Tudo começou na terça-feira, às três da matina, quando um pequeno Hobbit meio grogue apareceu na porta do meu quarto só de meias.

— É você ou é o Frodo? — perguntei, em português.

Falei em português porque minhas insônias ainda não são em inglês.

— Sou eu — respondeu ele.

— Que foi?

— Posso entrar? — perguntou, e a julgar pelo fiozinho de voz, como se fosse feita do derradeiro e esfarrapado filamento da sua esperança, esperava que eu dissesse não.

— Claro — disse eu. — Entra aqui!

Levantei uma ponta do lençol e dei uma palmadinha no colchão. Eu estava imitando papai. Quando era pequena, costumava me enfiar na cama junto dele sempre que tinha pesadelos. Meu irmão correu para mim. É uma sensação boa, sentirmos que não desapontamos alguém de quem gostamos. É como fazer uma cesta num lançamento louco a 10 metros de distância e a dois segundos do fim do jogo e ganhar o campeonato de basquete do ano. Deitamos de conchinha. Senti ele tremer. Nessa noite aprendi a curva suave de suas costas e a sensação delicada do seu hálito no meu pescoço quando se virava. Tem o bumbum mais fofo do mundo. É o que tem de melhor.

— Vai ficar tudo OK — disse eu, afagando seu cabelo. Falei em inglês porque a voz me sai mais confiante numa língua que não é a minha. Às vezes é só porque não sei bem ao certo o que estou dizendo. Já não acredito em OKs, mas pareceu que era o que eu devia dizer a um menino de 7 anos que então devia estar pensando que era o João da história, e que eu era a Maria, e que íamos os dois ficar presos na casa de chocolate da bruxa até fazermos pelo menos 18 anos.

Meu pai e eu nunca chegamos a acabar *They Came Like Swallows*. Agora quero ler de cabo a rabo, mas cada vez que abro o livro sinto como se traísse meu pai.

Pedro fez xixi na cama na noite de sexta-feira antes de vir para junto de mim — tal como mamãe tinha previsto. Ou talvez por isso mesmo. Assim que ele adormeceu, levantei, pus o lençol de baixo no secador e voltei a colocar bem direitinho por cima do colchão antes que minha mãe percebesse. Não me importo. De qualquer modo não conseguia dormir e me dá prazer fazer essas coisas pelas costas de mamãe. É como se eu e Pedro estivéssemos sendo mais espertos do que ela. E sempre seríamos. Não lavei o lençol porque a máquina começa a pular quando está centrifugando, e todo aquele treme-treme acabaria com certeza acordando mamãe. Pedro e eu começamos a lavar os lençóis dele às escondidas porque se ela soubesse quantas vezes ele já ligou a mangueira na cama, arranjaria uma maneira de fazer com que ele se sentisse ainda pior do que já se sente. Acho que ela gosta mais de Pedro do que de mim, mas se fosse honesta teria que confessar que se sentiria mais feliz se estivéssemos em Portugal com uma das nossas tias.

Quem espiasse a gaveta da mesinha de cabeceira de minha mãe descobriria — debaixo do maço de cigarros, de uns rolos de cabelo soltos, do frasco de aspirina Bayer, dos lenços Kleenex, das gotas Nasex para o nariz e do lapisinho amarelo com as marcas de mordidas — uma grande coleção de brochuras lustrosas anunciando férias cinco estrelas em Las Vegas, Miami, Myrtle Beach e todas as outras capitais da diversão que ela gostaria de visitar. E que *poderia* ter visitado, se tivesse tomado a pílula nas horas certas de sua vida. E se tivesse um marido rico. Bastaria uma olhadinha na gaveta para que mesmo o mais estúpido gatuno do mundo percebesse que eu e Pedro somos o obstáculo entre ela e a vida de bronze ao sol que gostaria de ter.

Ontem à tarde, na Martins Funeral House, em Jericho Turnpike, minha mãe queria que eu fosse ver papai para me convencer de que ele estava morto, mas eu disse que não queria. Pedro ficou mais afoito. Com tio Mickey indo devagarzinho se colocar atrás dele, muito protetor — para o caso de ele desmaiar ou desatar a vomitar o almoço para cima de papai —, avançou até o caixão e espreitou lá dentro. Quem diria que seria ele o mais corajoso? Ainda pensei em seguir seu exemplo, mas quando avistei o nariz de papai saindo acima da borda do caixão como o bico do passarinho que ele imitou no hospital, pensei comigo: "Não seria bom se pudéssemos voltar atrás no tempo e voltar a lhe dar o almoço?" Foi um grande erro, porque minha cabeça começou a latejar de pânico e eu tive que sair correndo como louca da funerária; NÃO ia deixar que minha mãe me pregasse mais nenhum sermão por eu chorar. Tinha a impressão de que se visse mais de perto o rosto de papai — e visse como tudo o que eu amava nele tinha desaparecido —, nunca mais haveria de encontrar meu caminho para a terra. Não voltei a me aproximar dele depois disso.

Quem sabe? Talvez daqui a uns anos eu consiga fazer de conta que era um outro português com peso a mais e pelos nas orelhas que estava enfiado como uma múmia no meio de todo aquele macio cetim cor-de-rosa. Já tinha saído da Martins

Funeral House, sentei no muro do estacionamento, balançando-me para trás e para a frente, tentando não desatar num choro desabalado no estilo daquelas coitadinhas que vão ao programa de Oprah Winfrey, mas não consegui.

Papai odiaria ser enterrado em cetim cor-de-rosa. Aquilo me fez rir alto. As pessoas que passavam pela avenida Willis deviam pensar que eu tinha fugido do manicômio.

— Teresa.

A voz de mamãe me despertou dos meus devaneios.

— Que é? — disse eu, preparando-me para o pior.

— Se quiser posso guardar seu livro na minha carteira.

A voz é amável porque está tentando impressionar o Padre Discoteca. Talvez ache que irá para o céu se ele escrever uma carta de recomendação. "E deixar que você jogue fora no caminho para o cemitério?", pensei eu. "Julga que me engana assim tão facilmente?"

— Não, obrigada — respondi eu. — Eu já pego nele.

Sorriu, o padre fez o mesmo, como se compreendessem e aceitassem a adolescente perturbada num vestido horroroso que já nem sequer lhe cabe. "Pedro deve confiar em mamãe ainda menos do que eu, Meritíssimo. Quando ela sorri, ele se contorce todo como quem quer fugir dali." Acho que quando digo "Meritíssimo" para mim mesma, estou na verdade falando com você, papai. Embora não tenha começado assim. Quero dizer, você não começou sendo esse juiz de bom coração na minha cabeça, mas nestes últimos quatro dias ele foi se transformando em você.

— Não deixe que ela te chateie. — Quem me sussurra isso ao ouvido é tio Mickey. Coloca-se de costas para minha mãe, para que ela não nos ouça.

— Nota-se tanto assim? — pergunto eu. Ele sorri e abana a cabeça para confirmar.

É um sinal perigoso. Porque não quero que mais ninguém, além de Angel, saiba o que eu penso da minha mãe. Porque todos iriam seguramente pensar que eu sou um monstro por desejar que fosse ela a ir para a eternidade ao lado de Big Bob e dos outros Fultz. "Quem morreu foi a pessoa errada, Dr. Rosenberg. E o senhor sabe que não estou sendo melodramática."

O terno azul-escuro riscado de tio Mickey está muito apertado nos seus ombros. E todo enrugado. Parece que estava guardado desde os tempos da escola. Devia estar de jeans e camiseta, como sempre anda. Devia estar sentado em cima da capota do velho Ford todo achatado, ouvindo Bruce Springsteen no som do carro e bebendo uma lata de Super Bock. "Born to Run". "Nascido para fugir", é a impressão que Mickey me passa. Como ele aguentou em Long Island todos estes anos, ninguém sabe dizer. E por que se divorciou da tia Sofia há seis anos é outro mistério. Estavam sempre juntos rindo e contando piadas, embora pudesse ser só fachada. Mickey me dá uma palmadinha no ombro. Há dias que não faz a barba. Os pelos parecem uma escova. Gostaria de lhe dar um beijo no rosto só para ver a sensação. Gostaria de lhe agradecer, também, porque na linguagem em código dos portugueses, não fazer a barba mostra que ele gostava do meu pai. Tem as mesmas olheiras que eu — e isso faz de nós membros do mesmo clube. Ofereço um Tootsy Roll a ele porque sinto pena e não temos muito para dizer um ao outro, e o silêncio entre nós soa como o tique-taque de um relógio. Ele aceita, dá um grande trago no cigarro antes de jogá-lo fora, e depois começa a desembrulhar o doce. Pego um Tootsy Roll para mim, também. Depois de enfiar o doce na boca, numa voz realmente suave, como quem não quer me chatear, pergunta:

— Começou a fumar?

— O quê?

— Vi um cigarro na sua carteira quando a abriu.
— Ah, isso... Às vezes tiro de mamãe. São para Angel.
— Ainda bem, porque é melhor não começar.
— Não começo — digo eu.
— E você também não devia fumar — disse a Angel, que estava ouvindo a conversa.

É legal tio Mickey não ter receio de falar com um rapaz com mechas louras no cabelo preto, mas talvez pudesse parecer menos um pai naquele momento, porque Angel já tem uma mãe preocupada com ele vinte e quatro horas por dia, sete dias por semana.

— Só fumo dois por dia — replica Angel.
— É assim que se começa, meu filho.

Angel acena com a cabeça porque é muito bem educado para dizer a tio Mickey para calar o bico com os seus conselhos. Volta os olhos para o chão, constrangido.

— Desculpa, saiu sem querer, Caetano — disse tio Mickey. Estende sua grande pata áspera. — Estou desculpado?
— Claro.

Angel aperta a mão, mas hesitante. Não está habituado a que adultos de mãos calosas se mostrem simpáticos com ele. Fica esfregando o rosto uns instantes, porque a simpatia de quase desconhecidos o desorienta.

Tio Mickey lança um sorriso encorajador a mim e a Angel. Tenho a impressão de que acha que estamos juntos. É manifestamente a ocasião para Angel tornar as coisas claras e, talvez, até estrategicamente paquerá-lo, mas em vez disso lança um olhar sonhador em direção a própria mãe, que continua ainda no seu passeio. Pode ser que seja proto-gay, mas não é muito bom com homens.

Tio Mickey começou a falar comigo sobre a escola, mas ambos sabemos que essa conversa é talvez a última que teremos, e as palavras que lançamos um para o outro se tornam pesadas e toscas com a probabilidade de que nunca voltemos a nos ver depois daquele dia. Em breve só nos resta o comum encolher de ombros das pessoas que não sabem mais o que dizer e nos limitamos a mastigar nossos Tootsy Rolls. Agarro meu livro e a carteira com toda a força contra o peito, porque me pus a pensar no haicai que podia fazer sobre tio Mickey. O verso do meio de sete sílabas seria: "Wish you'd died instead of Dad", "Morresse você e não meu pai". Bem sei que é horrível desejar uma coisa dessas. Especialmente porque, neste momento, gosto tanto dele que se estivéssemos a sós lhe daria um beijo na cara eriçada e pediria que dissesse alguma coisa a mamãe sobre Pedro. E que desse um susto em Gregory Corwin, também. Porque sei de fonte segura que tio Mickey tem uma arma. Descobri uma vez em que ele a trouxe para mostrar a papai. Tinha uma coronha preta e um cano comprido.

"Pode ter certeza, Meritíssimo, meu espírito maldoso me deixa chocada. E é certamente uma grande sorte ter uma comissão de censura portuguesa fazendo hora extra na minha cabeça nesses dias, sem o que meus imperdoáveis desejos seriam capazes de estar sempre escapando boca afora."

Na segunda-feira passada, quando mostrei meu haicai sobre o prato chinês de frango com molho picante ao Mr. Henderson, ele disse:

— Teresa, está muito bom, mas como é possível que não tenha nenhum erro ortográfico nem de gramática?

"Porque até agora tenho andado disfarçada, Mr. Henderson. Na verdade, sou uma condessa inglesa..." Isso é o que eu deveria ter respondido se a comissão de censura não estivesse de olho na minha língua a toda hora.

— Meu amigo Angel me deu uma ajuda — confessei.

É muito mais fácil dizer a verdade em inglês do que em português. Porque se eu começasse a inventar coisas ia ter muito mais chances de tropeçar em tempos verbais errados e em palavras mal escolhidas.

Mr. Henderson disse que ia me dar créditos extras pelos poemas que escrevi, mas que não podia usar Angel senão seria fácil demais.

— Preferia ver os erros que comete, porque assim podia discuti-los contigo — disse ele. Prometeu que se eu fizesse vinte e cinco bons poemas durante o resto do ano acrescentaria um + à minha nota final: se fosse um C, por exemplo, me daria C+. Cinquenta poemas e subiria em uma letra minha nota.

— Mas, veja bem — disse ele, em tom de aviso —, não tolero erros ortográficos. Basta um erro e o poema fica desclassificado.

Usou a palavra "abide"; teve que explicar: queria dizer que não tolerava, não perdoava erros. Era uma palavra bem legal, achei. Quase tão boa como "pittance". E a proposta dele me pareceu realmente generosa, especialmente por ser a única maneira de eu conseguir ter mais do que B- em inglês. Apertamos as mãos para fechar o acordo, e ele riu como um menino contente consigo próprio. Em dado momento, alguns professores querem mesmo ajudar os alunos a terem boas notas. Não que os outros pareçam muito preocupados com isso.

Uma vez, Nathan Rosoff adormeceu na aula de geometria, e a Mrs. Manolo nos disse para o deixarmos roncar à vontade e para acabarmos nossos exercícios. O verdadeiro nome da Mrs. Manolo é Bonnie Chang. É de Cingapura e usa sapatos Manolo Blahnik de salto alto, todos sofisticados, como Carrie, de *Sex and the City*. Pelas minhas contas, tem 11 pares de saltos altos, o que significa, entre outras coisas, que deve ter um marido incrivelmente rico. Os meus preferidos são uns vermelho-vivo, com riscas pretas e brancas no bico. Não é muito competente como professora de geometria, mas quando anda com eles rebolando, com uma saia tão apertada e com um bumbum minúsculo que parece dois melões, temos que admitir que é a professora mais sexy de toda a escola. E além do mais sabe aplicar a maquiagem lindamente — mal damos conta. Os rapazes a acham uma gata. Mesmo os gays dizem o mesmo, até porque ainda não saíram do armário. O que seria viver simplesmente como se a coisa mais importante do mundo fosse deixar uns garotos excitados? É no que eu às vezes fico pensando quando deveria estar estudando geometria.

Uma vez tentei imitar o andar da Mrs. Manolo em casa, no corredor de cima. Pedro me flagrou e desatou a gargalhar. Eu disse que o afogava e corri atrás dele pela escada abaixo e em volta da mesa de jantar. Parecíamos dois cachorrinhos às voltas e voltas. Acabei o caçando, e ele começou a ganir e a pedir que não o machucasse, e eu me pus a torturá-lo com cócegas até ficarmos os dois tontos de tanta risada, e depois deixei ele ir embora.

Quando ninguém estava esperando, a Mrs. Manolo deu uma palmada na mesa de Bobby com uma régua de madeira comprida que tem em cima da escrivaninha. O barulho da pancada foi tão violento que ele deu um berro, e outros garotos também, e nós todos íamos começar a rir, mas ela ergueu a régua acima da cabeça e lançou um olhar ameaçador à turma, como se perguntasse "quem quer ser o próximo?".

A Mrs. Manolo parecia sempre muito simpática, mas se via em seus inflexíveis olhos amendoados que estava se vingando de alguma coisa que tinha lhe causado muitíssimo mais mal do que um idiota sonolento que dorme em sua aula. O que me faz imaginar do que Gregory estará se vingando. E mamãe. E como é que algumas pessoas são tão boas para enganar os outros se fingindo de cordeirinhos, quando não passam de lobos disfarçados, com um monte de maquiagem e roupas da moda.

Uma sombra pode ser preta, azul ou praticamente de qualquer cor, independentemente de ser fruto de uma lápide num cemitério, um cipreste ou umas flores de plástico. Foi outra coisa que aprendi em St. Francis Wood. Porque as sombras dos ciprestes são mais verde-escuras do que pretas e se assemelham a barcos à espera que Angel, Pedro e eu entremos a bordo. A sombra de mamãe parece marrom e seca, como uma coisa queimada. O Mr. Haendel devia também conhecer as diferentes cores das sombras. De fato, era capaz de apostar que ele sabia mais sobre a vida das coisas ocultas do que qualquer outra pessoa. Terá minha própria sombra mudado desde terça-feira? Poderia jurar que quase não existe mais.

— Teresa!

É minha mãe fazendo sinal para eu me juntar a ela. Tinha se formado um círculo em volta da cova, e o padre estava prestes a começar as bênçãos ou seja lá o que os Homens de Deus fazem para preparar os mortos para o Paraíso. Ou será que papai já está lá, observando essa confusão em que nos deixou, Pedro e eu? Eu me arrasto pela grama até junto de mamãe, levando comigo meus companheiros de aventura. Não vejo razões para poupá-los dos mesmos sofrimentos que eu!

— Luís Silva deixa dois filhos adorados, Teresa e Pedro...

Meu coração bate tão alto que não consigo pegar mais do que uma frase ou outra, e não estou fazendo esforço para ouvir melhor porque não quero que aquele padre português com ar de senador do Kansas me diga o que a morte de papai deve significar para mim.

— Você está OK? — sussurra Angel, passado pouco tempo.

Faço que sim com a cabeça, porque não consigo imaginar o que OK quer dizer naquelas circunstâncias.

— Ainda respiro — murmuro, em resposta.

Ele agarra minha mão com força e a coloca atrás das minhas costas, de modo que não vejam nossos dedos entrelaçados. Nós nos olhamos pelo canto do olho como espiões que não podem confiar em mais ninguém.

— Escuta *Ombra Mai Fu* na sua cabeça — diz ele baixinho, no meu ouvido.

Concordo com a cabeça; há momentos em que é melhor fazermos o que os outros nos dizem.

A melodia me faz pairar por instantes, mas depois compreendo que nenhuma canção — por mais que me acalme — alguma vez bastará. Nada que alguém faça para me ajudar nesse momento poderá mudar o que aconteceu. Ou o que irá acontecer.

Caminho atolada nas águas de um oceano marrom-escuro e estou entregue a mim mesma. Todos nós estamos.

Isso me assusta porque sei que não demora para que meus braços estejam cansados e pesados demais para continuarem a lutar contra as investidas e as correntezas de toda aquela água. Vou parar de me debater e largar a mão de Angel. Vou deixar que o oceano cubra minha cabeça, afogada em tudo o que está fora do meu domínio.

E o que mais me assusta é que o desejo.

Capítulo 4

Quarta-feira, 18 de novembro

Antes de papai morrer, nunca teria imaginado que poderia vir parar no cubículo do meio do banheiro das meninas na T-Wing bebendo uma lata de Budweiser, me sentindo super bem nesse ambiente. Mas agora que ele já não pode compartilhar comigo esse universo, nem o banheiro nem nada mais, por que eu me preocuparia por fazer alguma coisa que o deixasse constrangido? Tinha uma lata de cerveja para ser aberta no chão ao meu lado, que me lançava de vez em quando um olhar, testando minha decisão de avançar ainda mais em território desconhecido. Meu jeans estava todo amarrotado em volta dos tornozelos porque minha ida ao banheiro tinha começado inocentemente com a bexiga a ponto de estourar. "A minha única culpa, Meritíssimo, foi uma necessidade urgente de fazer xixi."

Além disso, a ferida no braço tinha começado a ficar azulada e muito mole, e eu queria observá-la à vontade, e não queria que ninguém me visse. Não tinha planejado passar a tarde toda sem fazer nada, mas quando ouvi o sinal para o quinto tempo me ocorreu uma súbita ideia luminosa: não ia sair em disparada para a aula coisa nenhuma. Estava perfeitamente confortável ali onde estava.

Ontem, antes do jogo de basquete contra a Syosset High, *Star Spangled Banner* chegava até nós pelos alto-falantes do ginásio mais triunfante do que o habitual. A Mrs. Romagna, nossa treinadora, deu um sorrisinho sub-reptício, de quem tem uma surpresa enorme reservada para nós, e depois do hino ter acabado, contou, numa voz toda orgulhosa e patriótica, que tinha comprado aquela versão nova e melhorada do Hino Nacional, gravada pela banda do U.S. Marine Corps, e tinha doado à escola porque a outra tinha um som ruim que a deixava *infuriated*. Foi a palavra que ela usou: infuriated. Mais uma boa para minha lista. Mas alguém imagina uma mulher em seus quarenta anos pensando que para aquelas 11 garotas de 15 anos importa alguma coisa que *Star Spangled Banner* soe melhor do que nunca?

Enquanto ia chupando a lata de cerveja, continuei a rever na minha cabeça o jogo de basquete, para ver se descobria alguma coisa que pudesse ter feito de outra maneira. E descobri várias. O ponto fatal era que cada uma delas exigia que eu fosse uma pessoa diferente.

Passados alguns instantes depois do sinal, eu me imaginei levantando e esvaziando a lata na privada, deixando o resto da cerveja ir embora junto com a água. Mas não me mexi. A quinta aula era geometria, e mesmo que passasse no interrogatório da Mrs. Manolo sobre as razões do meu atraso sem os outros rirem de mim, era capaz de mergulhar numa soneca encervejada e acordar com o estalo assassino da régua gigante batendo na minha mesa. Não podia arriscar.

Ninguém podia me ver enfiada no banheiro, o que quer dizer que eu não tinha que sorrir nem que rir. Se pensarmos bem, estar sentada na privada fazendo o que se tem que fazer é uma das raras ocasiões em que podemos ser nós mesmos. Depois de ter acabado minha primeira Bud, abri a segunda lata com um estalo e, enquanto a espuma fazia seu barulhinho de liberdade, eu encostei na privada e fiz de conta que matar aulas era a coisa mais natural do mundo para mim. De vez em quando, limpava a espuma da boca com a manga, como papai costumava fazer. Passado um tempo, decidi que afinal tinha levado adiante minha greve. Contra o quê, não sei ao certo, mas assim soava uma coisa desafiadora e não patética para mim, que era com certeza o ar com que eu estava.

Havia um tempinho que Gwen Lee e outra garota que não sei quem era estavam fumando no cubículo ao lado do meu, cochichando umas coisas sobre um rapaz chamado Nathan, matutando sobre o tamanho do órgão dele e que tal seria chupá-lo e que devia ter sido *cortado* porque era judeu, mas essa parte levei mais tempo para entender, por que como eu saberia o que queria dizer "cortada" na gíria? Reconheci a voz de Gwen Leen porque ela estava na minha aula de inglês. Tem montes e montes de cabelos de um delicioso castanho-avelã e uma argola de prata na sobrancelha direita e umas blusas decotadas com aplicações de lantejoulas e uns cintos brilhantes enormes. E usa uma maquiagem nos olhos imitando Amy Winehouse. O mais engraçado é que, aconteça o que acontecer no mundo, podemos sempre ter certeza de que Gwen tem um brilho qualquer. Uma vez, fez um comentário sobre *Letra Escarlate* que era inteligente. Já não me lembro do que era, mas lembro de ter pensado que era mais esperta do que parecia e do que soava. A vozinha da outra garota me fazia pensar que seria loura e magrinha. Devia lhe caber o papel da "amiga boba". Um clássico cenário de sitcom muito popular na Hillside High.

A fumaça dos dois cigarros subia em espirais até o teto, e era legal o modo como a fumaça flutuava e se desvanecia como uma ágata em movimento, só que também fazia com que fosse difícil respirar. As garotas estavam fumando desde de manhã até o fim das aulas. Deixaram cinza por todo o chão e nos lavatórios, e atiraram as bitucas cheias de batom nas privadas, mas algumas elas esmagaram no chão como se a escola fosse alguma estação romena de caminhoneiros.

Os adolescentes gostam de deixar atrás deles uma grande bagunça. Pelo menos as garotas. Como cães vadios marcando território. Mas nesse momento nada me importava — nem aquelas duas Amy Winehouses viciadas em nicotina que tinha como colegas nem sequer o jogo de basquete. Estar feliz com a maneira como corriam as coisas pela primeira vez em quase vinte e quatro horas era como levantar voo numa grande e linda asa-delta, bem soldada e bem costurada, sem ligar para nada. Talvez se a Gwen e a amiga atirassem o fumo na direção certa, até me ajudassem a deslizar para longe da Ilha Teresa e aterrissar num lugar qualquer oculto e ainda não contaminado.

A Índia era provavelmente para onde deveria apontar quando finalmente jogasse fora minhas latas de cerveja e sumisse dali. Podia voar até Mumbai e arranjar emprego num hotel chique e aprender a falar inglês com aquelas vogais doces e sedosas, como Sikki. É a estrela da nossa equipe de basquete. Nasceu em Mumbai, embora tenha vivido algum tempo no Bahrain. O nome verdadeiro dela é Shalika. Ainda é júnior, mas se continuar assim acaba jogando na seleção nacional da Índia um dia, mais tarde.

Tenho as orelhas ardendo de tanta cerveja que bebi. Ou talvez seja porque todas as especulações sobre Angel rodando na minha cabeça tenham causado uma certa fricção. Espero que ele tenha encontrado algum lugar seguro para dormir. Mas talvez um lugar seguro não fosse bem o que ele queria.

Era a primeira vez que eu bebia mais do que meio copo de vinho tinto, o que me deixava sem saber ao certo se estava me sentindo pesada demais para me mexer por estar bêbada ou por papai ter sido enterrado há duas semanas ou por mamãe ter começado a receber telefonemas de um homem com uma voz que eu não conhecia ou porque a Mrs. Romagna tinha conseguido fazer com que todos os meus sonhos de glória no basquetebol pareçam impossíveis. Tenho a impressão de que são todas essas coisas juntas e muitas mais, que agora não consigo pôr em palavras.

A Mrs. Manolo deve ter visto na lista de presenças que eu não estava fora da escola. Talvez seja o tipo de pessoa que não consegue aguentar um mistério sem solução. Embora também seja possível que tenha passado o semestre todo esperando por uma ocasião para me arranjar alguma chateação. Acho que nunca saberei. O que eu sei é que poucos minutos depois do começo da aula, ela mandou Leo Chen ao gabinete do diretor para informá-lo que eu tinha faltado, e então o diretor mandou uma brigada composta pela Mrs. Barbosa, a secretária dele e o guarda da entrada, que não sei o nome, mas que tem uns tufos de pelos nos nós dos dedos e aquilo que Angel chama monocelha — uma única sobrancelha que vai do canto de um olho ao outro. Podia ser irmão da Frida Khalo. Os garotos o chamam de Bigfoot.

A Mrs. Barbosa também é portuguesa, embora falemos sempre em inglês, porque ela veio para os Estados Unidos quando tinha 5 anos e já não se lembra de como se diz uma coisa tão simples como "prazer em conhecê-la" em português.

Só soube daquilo da Mrs. Manolo mandar Leo Chen ao gabinete do diretor mais tarde, claro. Aquela cerveja toda misturada com o meu sanduíche de queijo e presunto serviu para me convencer de que tinha poderes de vidente, por isso tinha certeza de que ela estaria muito ocupada rebolando nos seus sapatinhos da moda para reparar que eu não estava na aula, mas o oráculo, descobri depois, apontava exatamente 180 graus na direção errada.

Leo tem sempre notas A e quer ir para a Duke, e o tio dele é radiologista no Duke Hospital, por isso a Mrs. Manolo deve ter calculado que ele podia perder cinco minutos de aula sobre trapézios sem pôr em risco seu futuro. Os cinquenta minutos do quinto tempo passaram bastante rapidamente, e a seguir passei uma meia hora do sexto tempo dentro e fora do reino dos sonhos. Não consegui me levantar para o sétimo tempo. Calculei que qualquer pessoa na minha situação merecia um dia longe das equações da química. E estava com um princípio de dor de cabeça que o Dr. Fenster, o professor, provavelmente não ia melhorar. Deu vontade de rir ao pensar que eu realmente podia ter feito greve meses antes. Não sei como, nunca me tinha ocorrido como uma real possibilidade. Acho que talvez essa ideia sempre estivera ali, mas eu nunca tive o sossego necessário para perceber.

Um dia saltamos do instável pedestal do bom comportamento onde tínhamos vivido até então e, quando nos vemos no chão ao lado de todos os outros, começamos a pensar "Caraca, é legal estar em terreno sólido com toda essa gente que bebe cerveja e fuma, e mesmo com proto-prostitutas como Gwen, e não é nada mau não ser boazinha de vez em quando, e já agora por que irei eu me matar tentando me equilibrar em cima de um falso pedestal?". Foi Ginny Morgenstern que me deu a cerveja. Estava na minha turma de história no ano passado, mas nunca tínhamos trocado uma palavra.

— Está com jeito de quem precisa mais disso do que eu — disse ela, e estendeu uma lata quase cheia e depois se virou para o espelho e lançou-se à árdua tarefa de colocar a sombra púrpura Chanel nos olhos e o creme Nivea.

Eu estava lavando o rosto com água fria porque tinha caído numa bela choradeira depois do almoço, e se alguém na aula de geometria reparasse como os meus olhos estavam vermelhos, era certo e sabido que começariam a apontar para mim e a cochichar. Arriscar-me na porcaria do fumo no banheiro parecia de longe melhor do que me entregar aos mexericos daqueles trogloditas. Além disso, queria ver como estava a ferida no braço.

A mistura de sombra dos olhos púrpura e violeta de Ginny com o batom preto dava a ela um ar sexy, mas, se fosse em mim, me daria um ar de idiota. Não sou suficientemente descolada para dar um ar convincente a uma maquiagem de vampiro. Bebi um gole da cerveja dela para ser simpática e a devolvi, mas ela recusou com um gesto e disse:

— Não, fica para você, Teresa. Eu já bebi uma. E, olha, deixei outra no cubículo do meio. Pode ficar com ela também. Ou dá para alguém.

Aceitei a oferta por ela ter me tratado pelo nome. Pensava que nem sequer sabia.

— Fica bonita assim — disse eu.

— Obrigada, fofinha — disse ela, e depois guardou os cosméticos e arranjou a camisa de dentro e o sutiã de modo que o decote formasse um V bem feito e sedutor, e saiu do banheiro.

Era capaz de eu nunca ter ficado bom como é não ser boazinha se não tivesse encontrado Ginny e se ela não tivesse me tratado pelo nome. Talvez soubesse do mesmo jeito. O Destino não é fácil de ver, mesmo quando temos as ideias claras.

Angel uma vez me disse que Mark David Spencer costumava passar horas plantado em frente ao Dakota, que é um prédio chique de apartamentos no Central Park West — onde John Lennon vivia —, e que deu um tiro em John quando ele e Yoko saíam da limusine. Pensei bastante nisso mais tarde. Acho que porque isso queria dizer que nem sequer alguém que tinha mudado o mundo era capaz de prever o que estava para lhe acontecer. John tinha feito tanta coisa na vida, e, no entanto, bastou um pirado persistente e quatro balas para fazer com que ele nunca mais cantasse "Instant Karma" ou "Baby You're a Rich Man". Às vezes me parece que não consigo simplesmente entender como a morte pode ser assim simples. E assim definitiva.

É por ser definitiva que faz com que todos os dias eu sinta um mal-estar, como uma faca no estômago quando acordo. E fico sempre admirada que continue tão afiada, mesmo depois de duas semanas sabendo que meu pai não aparecerá sequer como artista convidado na minha vida a partir de agora. Mamãe garantiu que a dor começa a melhorar depois de algum tempo, mas não acho que eu deseje isso. Não agora, pelo menos.

Mas a cerveja ajuda.

Depois de imaginar papai no hospital, viajei de volta na minha cabeça para o jogo de basquete e percebi que meu erro fatal foi apanhar do chão aquele batom, porque tê-lo na mão tornou as dificuldades por que passei na América mais reais do que nunca. Assim sem mais, tinha ali, apertadas na mão fechada, todas as coisas más que tinham me acontecido até agora.

Estava defendendo Angel, mas estava também me defendendo. "E isso é uma coisa boa, não é, Dr. Rosenberg? Quero dizer, não acha que lutar por nós dois era o que eu devia fazer? Mesmo que eu não o tenha feito exatamente da maneira mais inteligente." Fechando os olhos, me vi me afastando do batom que tinha caído no campo. Podia ter deixado o árbitro apanhá-lo e voltar ao jogo, como Angel disse que eu devia ter feito. Eu me vi correndo pelo campo toda confiante e contente, treinando uma cesta da linha de três pontos, com todo mundo na torcida gritando e aplaudindo. Depois perdi a pista do que estava imaginando porque Gwen começou a instruir a amiga sobre a melhor maneira de fazer boquetes. Talvez eu devesse saber que era possível enfiar um pênis ereto pela goela abaixo se o conhecesse a técnica correta, mas eu não conhecia.

A Mrs. Romagna diz que a maneira ideal de marcar um lance livre é respirar fundo e aguentar e depois relaxar ao fazer pontaria. É a maneira de conseguir o que ela chama de "tranquilidade de espírito". O mais engraçado é que era muito parecido com o conselho de Gwen à amiga sobre como fazer o que ela chamava "um boquete bem gemido de cinco estrelas". "Aí, há umas três semanas", dizia Gwen naquela sua voz rouca, "enfiei o pau daquele garoto italiano de Little Neck na garganta e, sabe, eu podia jurar que aquilo tinha mais de 20 centímetros e a grossura de uma lanterna".

— Não pode ser! — exclamou a outra.

Foi então que ouvi a batida na parede, o que fez disparar um míssil de medo dentro da minha cabeça. Engoli em seco e sentei direito.

— Ei, quem está aí? — perguntou Gwen.

Devo ter feito um barulho qualquer sem perceber. Seria possível que ela e a sua coestrela não soubessem que eu estava no cubículo ao lado desde o princípio da conversa?

— Eu — respondi, estremecendo, e senti o suor escorrendo pela gola da blusa.

— Eu, quem?

— Teresa Silva.

— Que raio de nome é esse?

Gwen cuspiu a pergunta como se eu fosse um mau gosto na boca.

— Estou na sua aula de inglês — repliquei. Eu me esforcei para fazer uma voz sólida, mas saiu frágil e distante, como se eu não fosse nem de perto tão real como elas.

— Tem certeza? — perguntou ela, desconfiada.

— Claro. Acho que você nunca reparou em mim.
— Onde é o seu lugar?
— Na fila da frente.
— É aquela que tem um cabelo castanho *mousy* e mechas caindo nos olhos?
— É, devo ser. — Não tinha certeza do que queria ela dizer com aquele "mousy" nesse contexto. "Ratoso"...? Mas soava como a palavra certa.
— A menina portuguesa que está sempre calada? — perguntou a amiga de Gwen.
Também devia ser da mesma turma, mas não reconheci a voz dela.
— Sim — disse eu.
— Bem, ouve uma coisa, sua merdosa! — rosnou Gwen. — É melhor não dizer a ninguém o que ouviu ou eu acabo com você!
Bateu na parede do compartimento com toda a força para que eu percebesse que estava falando sério. Meu coração corria desabalado pela rua escura dos meus medos. Eu me perguntei se deveria oferecer dinheiro para ela me deixar em paz.
— Não digo nada — disse eu. — Juro.
— Então, onde é que eu estava? — perguntou Gwen à amiga.
— 20 centímetros.
"Esforcei-me para não ouvir, mas que mais podia eu fazer, Meritíssimo?"
Gwen começou a cochichar, mas suficientemente alto para que eu ouvisse. Provavelmente lhe agradava a ideia de ter uma menina portuguesa ratosa invejando suas aventuras sexuais.
— Antes de começarmos — disse ela —, ele disse que era DJ num clube da moda em Great Neck, e eu acreditei que era. Tinha um jeito descolado. E tinha um Rolex verdadeiro no pulso... sério, todo em ouro! — Soltou uma risadinha. — Eu coloquei a pulseira de metal do relógio em volta das bolas dele enquanto o chupava.

— Boa!

— Mas sabe de uma coisa? Umas semanas depois disso, quando ele me levou de carro para o apartamento dele em Little Neck, descobri que era um farmacêutico desempregado. Vivia na merda de uma pocilga! Tudo aquilo cheirava a erva... até as almofadas. Pff! A única coisa decente que ele tinha era a merda do Rolex.

Gwen e a amiga pareciam cacarejar enquanto riam, e depois ela continuou e disse que tinha chupado o farmacêutico italiano desempregado pela segunda vez e que ele deve ter contado aos amigos o quanto ela era talentosa porque agora o celular dela não parava de tocar e tem homens com nomes como Gino e Sal, de tão longe como New Jersey e até Maryland, mandando propostas porcas para o Gmail dela. Pelo visto, aprender a respirar pelo nariz e treinar os reflexos para não se engasgar é a chave para se ser popular. E Gwen está obviamente excitada por toda a atenção que recebe. Como se ficar de joelhos fazendo seu número de engolir espadas com classificação X fosse a passagem para a vida de luxo que ela planejava levar. Quantos boquetes custará uma mansão estilo rancho em King's Point e um BMW conversível? Será que é isso que Gwen pergunta a si própria à noite, estendida na cama sonhando com o futuro? Fiquei ali sentada com a minha Bud, rezando para que ela acabasse o cigarro e fosse embora.

A Mrs. Romagna estudava budismo zen quando vivia em San Francisco nos anos 1990, e é por isso que nos dá conselhos tipo: "Tranquilidade de espírito é a chave para foul shooting"; e "Você deve fundir-se no seu drible" e "Deixa que a cesta te diga o que deve fazer".

A princípio algumas das garotas da equipe ficavam rindo quando ela dava alguns dos seus conselhos zen, mas acabamos nos habituando a não fazer a mínima ideia do que ela queria dizer. Agora só fingimos que entendemos. Que provavelmente é o que fazem os monges zen quando o roshi faz algum sermão. Roshi é como os zen budistas chamam os guias espirituais. A Mrs. Romagna diz que antes eram todos japoneses, mas agora também há alguns americanos. Ficam sentados na posição de lótus, esvaziam a cabeça de tudo e cantam em japonês. E ensinam aos discípulos como fazer o mesmo. Sempre que nos fala em budismo, a voz da Mrs. Romagna torna-se profunda e segura, como se citar a "Roda da Vida" e o "Nobre Caminho das Oito Vias" pudesse nos poupar de uma má reencarnação. Eu escrevo dentro da minha cabeça, em itálico, as tiradas que ela diz. Não ficariam bem se não fossem realçadas. *Habita a bola, Teresa!* é minha favorita. Gritou quando eu peguei um rebote difícil, mas deixei que Amber McCann roubasse a bola. Amber é uma sênior e só tem 1,20 metro e pouco, mas tem um corpo de pitbull, e agora sempre que eu pego um rebote me abraço à bola como se fosse o cofre do tesouro e bato a bola para trás e para a frente para o caso de ela tentar pôr aquelas mãos gulosas nas moedas do tesouro. A Mrs. Romagna me mostrou como se faz, mas eu não tinha percebido que precisava colocar os cotovelos para fora e enfiá-los em quem se aproximasse demais, mas depois vi Kevin Garnett fazendo isso num jogo da NBA. Kevin é pivô dos Boston Celtics. É incrivelmente alto e esguio — realmente elegante. Se a Torre Eiffel fosse uma pessoa, seria Kevin Garnett.

— Mas se eu habito a bola, não consigo ver através do couro para saber para onde vou —, respondi à Mrs. Romagna.

— Teresa, você acabou comigo! — disse ela, rindo. O riso dela é como uma buzina. Acho que ela faz de propósito para repararem nela, como os garotos que colocam piercings nas sobrancelhas ou na língua.

"Cara Gwen, é a via
Para alguém ser popular
Uma garganta funda?"

Anotei este haicai no meu caderno de química depois de Gwen e a amiga jogarem as bitucas na privada e saírem do banheiro, mas esse eu não vou entregar ao Mr. Henderson para créditos extra. Uma coisa é descer do nosso pedestal, e outra é nos arriscarmos a chocar um professor que faz tudo para nos facilitar a vida.

Liguei para Angel de dentro do meu cubículo para ler haicai para ele, esperando que desta vez ele respondesse. Ia mudar o nome de Gwen para Liz para ele não saber de quem se tratava, mas ele tinha o celular desligado. Ou talvez o tenha jogado fora, por ter decidido nunca mais voltar para Long Island. Tratamos a *Mrs.* Romagna assim, embora ela seja divorciada. Uma vez nos contou que tinha conhecido o Mr. Romagna num retiro budista em Sonoma, em 1994, e que tinham se apaixonado quando partilhavam uma tigela de tabule. Agora, ele é um roshi auxiliar em San Francisco.

Se fossem espertos, o diretor Davenport ou a Mrs. Barbosa teriam tentado me encontrar pelo celular. É que eu teria respondido. Meu número não está na lista, porque eu não escrevi, mas podiam ter ligado para minha mãe para saber.

Uma das nossas reservas, Susanna Wagonstein, diz que a Mrs. Romagna é completamente sapatão e que uma vez a viu de braço dado com uma mulher supersexy, mais nova do que ela, no Miracle Mile Shopping Center, mas, talvez, Susanna esteja inventando baseada apenas na aparência de nossa treinadora. Tem um cabelo louro espetado como o de um porco-espinho e os ombros de um defesa de rúgbi, além de bíceps enormes, e tem o sentido prático e eficiente de um tanque de guerra. Mas é dona, também, daqueles enormes sorrisos à Julia Roberts e olhos lindos, verdes com umas pintinhas pretas. E de vez em quando faz coisas realmente femininas, como bater os cílios quando uma de nós faz um grande lançamento. Fica com um ar cômico quando faz isso — é como um jogador de hóquei tentando passar por Heidi Klum. Se realmente *é* lésbica, deve ganhar muitas cantadas. Sei lá, é bem capaz de receber mais telefonemas do que Gwen.

Antes eu gostava muito dela. E, mais importante ainda, confiava nela. Jogávamos em casa contra a Syosset. As arquibancadas estavam só meio cheias, porque a maior parte dos pais e dos nossos amigos acha que basquete feminino é para esquecer, embora nunca tenham a coragem de dizer isso em público por não ser politicamente correto. Mamãe não veio porque a única coisa de que gosta menos do que de esportes é dos dois filhos que tem. E Pedro não apareceu porque quem iria buscá-lo em casa e levá-lo de carro até minha escola? Angel estava sentado na primeira fila, roendo as unhas, todo nervoso por minha causa. Usava uma camiseta preto e branca dizendo "The Who: Live At Leeds". A imagem no peito mostrava Pete Townshend tocando as cordas da guitarra. A camiseta era o modo de Angel fazer todo mundo ver que a música atual é uma porcaria comparada com as canções que os Who, os Beatles e os Stones faziam nos anos 1960.

Amber e eu jogávamos como base na nossa equipe. Ela tem uma cara fresca, muito sardenta, com um corte de cabelo muito infantil, de maneira que todos pensam que é uma idiota, mas é muito hábil para driblar e tão séria como um punho fechado quando está em campo, de tal modo que ela é a responsável por avançar com a bola. Eu ajudo quando é preciso. Pode ser que um dia nos tornemos amigas, porque jogamos bem juntas, mas no ano passado ela recusou um convite para comermos qualquer coisa depois do treino e ainda não tive coragem para convidá-la outra vez.

A Syosset não era grande coisa, com exceção de sua ala, com 1,80 metro e pouco, tênis brancos do tamanho de pés de pato, mãos de polvo e cabelo castanho comprido, preso num rabo de cavalo. Corre em passadas desajeitadas, para a frente, como se a cabeça fosse pesada demais para se aguentar sempre erguida, e tem braços e ombros impressionantes. Parece bastante com Katy Perry, a cantora.

Lançou três vezes seguidas, a 5 metros, quase da linha de lance livre, que as segurou no jogo. A nossa ala, Marlene Madison, parecia uma flor murcha ao lado de Katy. Tinha só 1,79 metro e era tão lisa como uma tábua de passar. Os braços pareciam varas de pescar. Era uma situação terrível. Marlene era o máximo em me passar todos os boatos que recolhia, e a voz dela — pronta como um elástico — era perfeita para o sarcasmo, mas realmente não era feita para o esporte.

Meu dia não estava correndo nada bem, mas havia feito dois lances de 3 metros de junto da linha de fundo e um lance livre, e por isso acabei a primeira parte com cinco pontos. Quem diria que eu me sentiria tão bem num campo de basquete? O placar estava 17 a 14 no intervalo, em grande parte graças a Sikki, que tinha oito pontos, incluindo um de fora da linha de três pontos, que foi parar na cesta como um míssil teleguiado. Uma vez ela me disse que as meninas na Índia normalmente não jogam basquete, mas que ela estudara em uma escola britânica. É a melhor no ataque da nossa equipe. Consegue driblar muito bem pela esquerda. Às vezes entra na área que a Mrs. Romagna chama de "A Zona", e não há maneira de pará-la sem fazer uma falta.

Logo no princípio do segundo tempo, consegui o empate com cinco pontos, marcando um *lay-up*, passando Katy. A técnica delas pediu imediatamente uma interrupção e berrou com ela por não ter se enfiado na minha frente para me bloquear e me obrigar a fazer uma falta.

O treinador da Syosset era um tipo enorme, com uma grande barriga, que usava um casaco verde xadrez e o cabelo grisalho à escovinha. Marlene disse que parecia um brontossauro que tinha comprado as roupas na liquidação do Kmart, e nós só paramos de rir quando a Mrs. Romagna disse que não devíamos ser cruéis. Ficou com medo do carma ruim, claro. Acho que pensou que Marlene e eu estávamos a pouquíssimos insultos de voltar ao mundo como minhocas. O que ela não entendia, claro, era que uma minhoca não se importa em passar o tempo todo se arrastando debaixo da terra, comendo folhas, e que está pouco se lixando que os budistas da Califórnia a considerem uma forma de vida inferior.

Durante o intervalo estava longe de me preocupar com o carma — fosse ele mau, instantâneo ou outro qualquer —, por isso me dava um real prazer que o brontossauro estivesse aos berros com Katy. Ela trazia a mão apertada contra o peito como se estivesse à beira de um ataque de lágrimas. Isso me mostrou que era uma pilha de nervos. Como eu. Mas agora eu não estava nervosa. Quando estou em campo, eu me sinto confiante e com os músculos prontos, embora isso não me impedisse de reparar que estar bem naquele momento queria só dizer que Katy devia se sentir muito mal. Estávamos presas numa gangorra. Às vezes, Katy precisava era de um adulto que a fizesse se sentir um monte de merda para dar o máximo de si no jogo, porque na segunda parte ela melhorou muito, pegando todos os rebotes e encestando um par de ganchos. Mesmo assim, conseguimos nos manter à frente até faltarem sete minutos para o fim, quando a Syosset empatou, 29 a 29, com um lançamento que entrou na cesta por sorte. Na próxima vez que ficamos com a bola, Amber avançou pela linha de fundo e passou para trás para Sikki, que fingiu ir para a direita e foi para a esquerda, rodeando a menina que a marcava. Mas a jogada do dia foi de Katy. Com um grande salto, bloqueou o *lay-up* de Sikki por trás. E pimba!

Foi uma coisa que ou era de vomitar ou era heroica, conforme a ponta da gangorra em que você estivesse. Uma das bases da Syosset acabou apanhando a bola e lançou-se num avanço rápido sem adversários à vista e logo elas estavam dois pontos à nossa frente e com todas as reservas aos berros e batendo palmas aos pulos. Lançando fogo pelas ventas, a Mrs. Romagna pediu uma pausa e nos acusou aos gritos de sermos preguiçosas, o que não parecia possível pois eu estava com tão pouco fôlego que era como se tivesse passado um trator no meu peito. Fez um diagrama no bloco dela. Todos aqueles X, O e linhas rabiscadas queriam dizer que eu tinha que fazer cortina à defesa de Sikki para que ela pudesse fazer um lançamento sem obstáculos da direita da linha de lançamento livre. Minha cortina deu certo, mas a bola de Sikki bateu na parte de trás da cesta e foi para fora. Depois de uma breve disputa pela bola, ela veio na minha direção, agarrei-a e enfiei-a de tabela de uma distância de 3 metros e pouco.

Empate, 31 a 31.

Enquanto corria de volta para a defesa, ouvi Angel berrar:
— Go, girl!

Talvez o berro lhe saísse mais gay do que o normal. Não tenho certeza. Seja como for, mal os breves aplausos morreram, um grupo de garotos nas arquibancadas atrás dele desataram a berrar "Go girl" numas vozinhas fininhas e esganiçadas, como se fossem afetadas *drag queens* do Chelsea. Havia um monte de gente rindo. Um dos garotos aos berros era Dermot O'Grady, o imbecil do assessor de imprensa de Gregory, o que me fez pensar que Gregory podia muito bem ter dito para ele ir ao jogo e aproveitar alguma chance de chatear Angel ou a mim. Quero dizer, ele sabia com certeza que Angel vai a todos os meus jogos. Quando uma garota da parte de cima das arquibancadas gritou "Vai-te embora, boiola", Dermot e os capangas começaram a cantar "boi-o-la... boi-o-la...!". Estremeci. E me senti dividida em duas. Metade de mim sentia arrepios e a outra metade pairava lá no alto, olhando para baixo, de olhos pregados no campo e nos rapazes na torcida, com uma espécie de espanto distante, tipo isso-não-pode-estar-acontecendo. Angel abraçava a si próprio como sempre faz quando está assustado, esforçando-se para ficar o menor possível. "Tenho que desaparecer!" — foi o que eu imaginei que ele estava pensando.

A Mrs. Romagna desatou a me chamar aos berros, e quando finalmente a encarei, ela levantou um punho e gritou:

— Teresa, volta para a defesa!

Virei-me. O jogo continuava. Nunca teria acreditado se não estivesse lá. "Quero lá saber da merda do jogo, tenho é que ir ajudar aquele garoto na fila da frente!" — era ou não era isso que um budista teria dito? Não fiz a pergunta à Mrs. Romagna, mas de um modo vago era o que eu devia já estar pensando, porque compreendi que ela não servia para nada. É incrível como nosso respeito por uma pessoa pode desaparecer num simples instante. Já nem sequer acreditava que ela fosse uma boa técnica. E comecei a pensar que todos aqueles conselhos zen não eram mais do que a merda de uns artifícios new age. Provavelmente o ex-marido se divorciou porque percebeu que ela era uma fraude. E talvez as pessoas que não saíam do armário tinham medo de sair em defesa de um gay. Voltou a gritar comigo, numa voz desagradável, mas eu não me mexi.

O Mr. Johnson, que ensina matemática avançada, corria em direção ao grupo de rapazes que não paravam de entoar "boi-o-la!" por trás de Angel. É pequeno, mas forte, e eu esperava que ele agarrasse pelos colarinhos um dos garotos, que o içasse para fora das arquibancadas e o arrastasse para fora do ginásio. Em vez disso, agarrou o ombro de Angel e lhe disse alguma coisa ao ouvido. Mais tarde, Angel me contou que ele tinha dito: "Ouça, meu filho, vai ter que ir embora."

Enquanto eu os observava, um batom passou zunindo ao lado das cabeças deles, foi parar no campo e deslizou até junto de mim. E foi então que tive a impressão de que meu coração deu um mergulho e que o ginásio ficou às escuras, e até pensei que alguém tinha apagado as luzes. Um dos dois árbitros deve ter apitado, porque as outras jogadoras pararam no meio e olharam em volta como atores à espera de instruções. Um rapaz perto da saída berrou:

— Volta para suas bonecas, boiola!

Se não tivessem atirado o batom das arquibancadas, será que tudo teria acabado melhor e eu recusaria a cerveja de Ginny ou pelo menos beberia só um gole? Apanhei o batom e agarrei-o com força; estava tão furiosa que até tremia. "Já chega!" — era o que eu sabia e sabia com tanta certeza como sabia meu nome e de onde tinha vindo e que não era americana e que não o queria ser, se isso queria dizer que tinha que aceitar coisas como aquelas. Estava pronta para voltar para Portugal ou para qualquer lugar, mesmo se isso significasse viver com mais dificuldades. E nunca chegar a ser escritora. "Chega!" era o que deixava o corpo todo tremendo.

Não devia chegar uma altura em que todos que nos veem compreendem pelo cansaço que se lê nos nossos olhos que não podemos aguentar mais, e deixem então de tentar continuar a nos provocar ou nos rebaixar e que simplesmente nos estendam a mão e peçam desculpa? E se não for assim, como poderão esperar que nos tornemos as pessoas que tão desesperadamente queremos ser? "Sabe, Meritíssimo, peço desculpa por ter que dizer isso, mas realmente não me surpreende que os alunos levem armas para as escolas em todo o país e matem colegas e professores. Só me admira é que as paredes das nossas salas de aula e dos recreios não estejam mais manchadas de sangue." Tudo nos Estados Unidos é realmente maior e mais espetacular do que no resto do mundo, mas será que realmente queremos que seja assim?

Gritei para as arquibancadas:

— Quem atirou a porra desta merda? — Pelo menos acho que foi isso que eu gritei. Não tenho bem certeza. O ginásio palpitava à minha volta, como se estivesse prestes a explodir, e a única coisa de que eu tinha certeza é de que precisava me atirar aos berros a alguém e não parar de berrar por muito tempo. Mais tarde, pouco antes de eu voltar para casa, Sikki me disse que eu tinha agitado o punho com os olhos pregados em Dermot e nos capangas dele, o que provavelmente significa que não é só Pedro que deseja ser o Incrível Hulk.

Uma garota sentada na parte de cima das arquibancadas, com cabelo castanho curto, penteado de maneira a parecer despenteado à Hollywood, agitou a mão em minha direção e fungou desdenhosa, rindo. Recuei e atirei o batom em direção a sua cabeça com toda a força que eu tinha. Falhei por pouco, mas bateu com um barulho impressionante contra a madeira das arquibancadas, o que me deu um certo prazer.

— Holy Shit! — gritou a garota. Tinha levado as mãos à boca e tinha os olhos lacrimejando.

Alguns espectadores começaram a berrar uns para os outros, mas já ninguém gritava "boiola". Uma pequena vitória. Angel estava debruçado sobre os joelhos, a cabeça entre as mãos. Alguém agarrou meu braço por trás. Ia dar um murro em quem quer que fosse, mas depois percebi que era a Mrs. Romagna. Vi sua cara de sapatão inclinar-se para mim, tão perto que até sentia o cheiro de canela das pastilhas Dentyne que ela usava.

Horas depois, já no meu quarto, eu repararia nas marcas vermelhas que seus dedos deixaram no meu braço. A mais leve era redonda, onde ela havia espetado o polegar na pele macia junto ao meu cotovelo. Durante uns instantes, fiquei puta por ela ter me agarrado com tanta força. Que direito tinha ela de pôr as patas em cima de mim? Agora, acho que talvez seja bom ter uma recordação física de que tinha chegado ao limite e de que já não posso confiar nela nem em mais ninguém para perceber isso mesmo.

— Para com isso, Teresa! — gritou ela num sussurro, e pareceu maior do que eu me lembrava, inchada pela fúria.

— Parar o quê? — gritei de volta, porque eu não tinha começado nada.

Quando ela me abanou, senti as lágrimas prestes a romperem, mas esfreguei o rosto com força para contê-las. Ela me puxou para junto das outras, todas ali à toa como fazem os meninos à espera de um adulto que lhes diga o que fazer. De repente, até a própria Mrs. Romagna perdeu bastante o controle. Se uma pessoa está precisando de ajuda e nós não damos só porque ainda não saímos do armário, somos bem capazes de ficar com vontade de gritar. Ou de bater noutra pessoa que nos tenha mostrado que nunca conseguiremos viver abertamente aquilo que somos — e nesse caso essa outra pessoa era eu. Grande sorte para nós duas, porque eu estava muito perto de tornar a vida dela um bocadinho mais difícil.

— A senhora melhor do que ninguém devia compreender! — gritei eu, arrancando o braço das mãos dela.

Ainda agora acho que disse o que devia ter dito. Se ela *era* lésbica, então tinha uma dupla responsabilidade de defender Angel e eu. E se não era, também devia saber como se sentia quando a zoavam por parecer que era e por isso devia ter feito tudo o que podia para nos apoiar. Se querem saber o que penso,

penso que ela é uma covarde. E dizer a todos que é budista é só uma maneira de provar a si mesma que é alguém especial.

— Ouça, Teresa — replicou ela, agitando o dedo diante da minha cara —, a única coisa que eu compreendo é que você tem que se controlar. Ainda temos um jogo para ganhar.

Como não tive coragem de dizer que conseguia vê-la por trás da máscara, calei o bico. Eu me limitei a ficar ali plantada como um ponto de exclamação à espera da frase mortífera que ainda não tinha me ocorrido. Sikki tocou meu ombro e disse com um encolher de ombros:

— Minha mãe está sempre me dizendo "não se esqueça de que a maior parte das pessoas é idiota".

Noutras circunstâncias eu seria capaz de cair na gargalhada, mas naquele momento não me servia de nada. Tudo ainda poderia melhorar, mas depois a Mrs. Romagna anunciou que ia colocar Susanna para me substituir.

— Teresa, vai ali para o banco para ver se se acalma! — mandou ela.

Susanna não era capaz de enfiar uma bola na cesta nem que tivesse uma escada ao lado da tabela. E um bloqueio ou uma cortina, então, nem pensar. "Está tentando nos fazer perder?", era o que me dava vontade de gritar para a Mrs. Romagna, e comecei a protestar, mas quando ela me olhou com a testa franzida, eu parei porque percebi que não era a única pessoa no ginásio que tinha chegado ao limite. Antes de sentar, eu me virei para ver o que acontecia com Angel, mas ele tinha ido embora. E Dermot e os capangas idem. Também não vi o Mr. Johnson.

A Mrs. Romagna correu e se ajoelhou no meio da roda de jogadoras pronta para fazer um diagrama do jogo. Eu me sentia como se ela tivesse me atirado para fora. Apertei os braços em volta do peito e, quando ela me olhou de relance, eu respondi com um olhar assassino para que ela percebesse como eu a odiava. Eu queria fugir. E não parar até estar tão longe da escola que nunca mais me encontrassem. Aposto que foi isso que Angel sentiu quando escapou do ginásio.

Mal o jogo tinha começado de novo, jogaram uma bola de papel amassado, que bateu na minha cabeça e caiu no chão. Carla Vitale — nossa ala reserva — pegou e desenrolou a bolinha. Mostrava uma figurinha magra como um pau. "I No Speak English", estava escrito dentro de um balão de história em quadrinhos, saindo do que devia ser minha boca. Tinha seios minúsculos, lábios grossos e cabelo emaranhado. Tinha um aspecto vagamente africano. Certamente quem o escreveu acha que Portugal fica na África. Os americanos são uns reais imbecis em geografia, por isso é bem possível.

Durante a meia hora seguinte, enquanto pensamentos de vingança voavam em círculo dentro da minha cabeça, fomos alternando com a Syosset no comando do jogo. Sikki e Amber nos mantinham no jogo. Quando estávamos a três minutos e vinte e três segundos do fim, uma das jogadoras adversárias levou uma pancada forte no queixo em um passe mal calculado, começou a chorar, e os árbitros marcaram uma interrupção por lesão. A Mrs. Romagna virou para trás e olhou para mim, e eu via que estava decidindo se devia me mandar de volta para o campo ou não. Fechei os olhos porque achava insultante estar à mercê de uma falsa budista, mas passados poucos segundos percebi que ela detestava mais perder do que me ver contente.

— OK, volta para lá, Teresa — disse ela, num tom contrariado, como se não tivesse escolha.

Estávamos perdendo por dois pontos.

Tendo em conta a maneira bastante previsível como funcionam os jogos de basquete feminino, eu tinha certeza de que se conseguisse impedir Katy Perry de voltar a marcar, nós podíamos ganhar, por isso troquei com Marlene a marcação defensiva sem perguntar nada à Mrs. Romagna, até porque já tinha decidido não voltar a falar com ela até que me pedisse desculpa. Nessa altura, já tinha notado que Katy ficava desorientada se não estivesse numa posição no poste alto do garrafão, por isso fiquei plantada no caminho quando ela atravessava o garrafão para seu ponto favorito, fazendo com que colidisse comigo, batendo nas minhas costas. O árbitro apitou e marcou falta por carregar a bola, que era o castigo certo, mas eu a irritei de tal maneira que ela ficou andando em círculos, batendo os pés e agitando os braços. Depois de ter sacudido a poeira, continuei a provocá-la sem parar. Então, por um processo alquímico qualquer, minha raiva tinha se transferido para Katy. Não era justo, mas era assim. E na verdade eu a odiava. Odiava o modo torto como ela corria, e o modo como seu rabo de cavalo saltitava para cima e para baixo, e até odiava a cruz de prata que usava no pescoço. Odiava-a por ser tão alta. Nos minutos que se seguiram nenhuma equipe marcou. Colada a Katy na defesa, comecei a chateá-la. Dizia-lhe: "Veja bem, Katy, não pense que vai marcar mais algum ponto nesse jogo."

— Meu nome é Ariel, idiota.

— Oriole? — perguntei, pronunciando o nome errado de propósito.

— Ariel! — rosnou ela.

Depois ela pegou uma bola e disse: "Olha aqui, cretina!"

Virou-se de costas, curvou-se sobre a bola e, apesar de toda desengonçada para driblar decentemente, era suficientemente forte e determinada para marcar com toda a facilidade. Entra Amber... Aquela pequena pitbull surge do nada e saca a bola das mãos de Katy que foi parar em Phoebe, uma das nossas avançadas. Phoebe passou a bola para Marlene, que a devolveu a Amber e, depois de ter driblado todo mundo, me passou a bola com um passe estilo beisebol quando eu atravessava o garrafão. Atirei um lançamento de bandeja de costas, a bola rolou em volta do aro e entrou.

Estávamos empatadas. Faltavam 42 segundos para acabar o jogo.

Na próxima posse de bola da Syosset, Katy tentou forçar passagem me empurrando, para poder ficar parada na borda do garrafão, mas eu não estava nem um pouco a fim de deixar que ela dominasse o campo e por isso devolvi o empurrão, e foi então que ela decidiu que era agora ou nunca que ganharia o Oscar. Atirou-se para a frente com um gemido como se tivesse sido atropelada por um caminhão de mudanças, e como não havia nenhum caminhão à vista, o árbitro marcou falta para mim.

— Mas ela me empurrou primeiro! — disse eu.

Ele revirou os olhos. "Falta para o n.º 14", disse ele da sua mesa. Era bastante parecido com Danny De Vito — baixinho e inchado como um pavão. Dava para ver que ele adorava dar ordens a meninas adolescentes.

Suspirando teatralmente, levantei a mão como manda a regra, para que o árbitro principal percebesse de quem era a culpa. Não disse nem mais uma palavra a De Vito, o que acho muito maduro da minha parte. Mas quando me dirigia para a linha de lance livre, Katy vinha na minha direção e riu na minha cara, e aquela presunção toda foi demais para mim, e eu mostrei-lhe o dedo do meio.

Meu gesto pornográfico não durou mais que um centésimo de segundo, mas Danny viu. Talvez seja possível dizer que o Destino estava pacientemente à minha espera, como durante todos esses dias.

— Número 14, expulsa do jogo! — gritou ele, e fez um gesto com a mão como se estivesse atirando uma bola contra a parede com toda a força. A multidão explodiu em vaias e protestos. Agora estavam do meu lado. Pouco demais, tarde demais. A Mrs. Romagna veio em minha direção como se tivesse medo que eu me jogasse na garganta de Danny, mas eu estava espantosamente calma. E até estava grata. Percebi que não queria ganhar nem perder. Queria era sair dali. Dando as costas para o campo, me senti como se tivesse desligado o telefone depois de falar com quem nem sequer desejava falar. Agora me ocorre que lá pelas tantas fui eu que manobrei o Destino para fazer o número que me expulsou dali. "Será possível, Dr. Rosenberg?"

— Espera por mim no vestiário, menina! — ordenou a Mrs. Romagna.

Senti mais uma bola de papel nas costas quando saía do campo. Nunca chegarei a saber qual era a espirituosa mensagem que trazia escrita. Ou se a figura magrela teria emigrado da África para o norte, para a Europa. Não tomei banho. Não queria que minha sensação de grato alívio fosse por água abaixo. Sentei num banco de madeira diante do meu escaninho, debruçada para a frente, achando estranho não estar presa numa jogada, com Katy ou outra pessoa qualquer na outra ponta, observando as gotas de suor que pingavam da minha testa caindo silenciosamente no chão de cimento, escutando os sons abafados que me chegavam do ginásio. Tirei o tênis e as meias e ia começar a limpar entre os dedos dos pés quando Sikki e Marlene entraram aos pulos no vestiário, numa grande confusão e aos berros.

— Ganhamos! — gritavam.

As outras apareceram correndo logo a seguir, entre gritos e risadas, dando tapinhas nos armários, como se tivéssemos tirado 10 no mesmo exame. Marlene se inclinou e me deu um beijo estalado no rosto.

— Grande jogo, Teresa! — disse ela, radiante e falando com sotaque britânico. Tinha passado férias em Londres no verão passado e agora, quando está feliz de verdade, começa a falar como Lady Di. Nunca tinha se mostrado assim tão afetuosa.

— Quase estraguei tudo — disse eu, para ver se ela se mantinha tão encorajadora.

— Não, foi super nas situações críticas!

Passou no teste. Bom princípio de uma amizade.

Estava tão ansiosa para contar a Angel o happy-end que peguei o celular que trazia no bolso do jeans. Mas antes de conseguir ligar para ele, Sikki sentou ao meu lado no banco e explicou como havíamos ganhado: Katy falhou nas duas marcações de falta, e depois na nossa posse de bola, Amber tinha levado uma rasteira quando avançava pela linha de fundo e esfolou um joelho, e depois de a Mrs. Romagna ter colocado iodo no arranhão, Amber marcou um ponto numa das duas marcações de falta, e então a jogadora da Syosset que tinha apanhado a bola fora da linha de campo atirou-a para longe, para Katy, mas Marlene conseguiu tocar a bola com um dedo, atirando direto para as mãos de Phoebe, que passou para Amber, que gastou em dribles o tempo que faltava.

Havíamos ganhado por um ponto.

Sikki explicou isso tudo falando muito rápido, quase sem fôlego, e o sotaque de Mumbai dava à história um tom exótico, fazendo com que ela soasse mais importante do que realmente era, como se o jogo tivesse se passado num local mais elevado e tivesse sido entre o Bem e o Mal e não entre dois grupos de garotas suburbanas.

— Eu te toquei com a ponta do dedo — disse Marlene, quando Sikki acabou, encostando o dedo do meio para imitar meu gesto pornográfico, e rimos nos braços uma da outra, como irmãs.

Sikki levantou a mão aberta para um todos-por-um, mas eu entrelacei meus dedos nos dela e dei um bom apertão, e ela sorriu timidamente — uma extrema felicidade assomando acima de uma cortina de embaraço.

Marlene me contou que Amber estava sendo entrevistada para o jornal da escola, o que devia me deixar com inveja, mas não deixou.

E então apareceu a Mrs. Romagna para estragar a primeira alegria que eu experimentava com as minhas colegas de equipe. Sikki, Marlene e todas as outras se eclipsaram, embora eu ainda ouvisse um ou outro sussurro. Estavam à escuta, já se sabe; conseguir evitar a iminente conversa com a técnica era coisa que exigia muito mais força de vontade do que uma garota de 15 anos podia ter.

— Aquele rapaz da primeira fila com quem estavam implicando é seu amigo? — começou a Mrs. Romagna.

Estava em pé, encostada em um armário. Tinha um bloco de notas debaixo do braço, como uma verdadeira profissional.

— Sim, é meu melhor amigo — disse eu.

— Ele é gay, Teresa? — perguntou ela em voz baixa.

— Não falo sobre a sexualidade dos meus amigos com pessoas em quem não confio — disse eu.

Não sei onde fui buscar a coragem para lhe dizer a verdade. Embora agora me pareça que não era realmente coragem, porque o que tinha acontecido no ginásio tinha me deixado numa espécie de terra de ninguém, fora do meu eu normal. A Mrs. Romagna abanou a cabeça em assentimento e afastou o olhar; talvez achasse que eu tinha razão em não confiar nela ou talvez estivesse apenas tentando descobrir como podia me ferrar.

— Está bem — disse ela, dando uma pancadinha no armário. — Está suspensa por dois jogos.

Tinha uma expressão dura. Quando ameacei protestar, ela levantou a mão para indicar que minha audiência estava terminada. Não queria que eu dissesse nem mais uma palavra, o que para mim significava que estava preocupada que eu pudesse encostá-la à parede. Talvez suspeitasse que eu era mais forte do que ela, mesmo sendo apenas uma garota — afinal, eu tinha defendido Angel, e ela não.

— Acho que tenho o direito de saber por que é que está me suspendendo — disse eu, na esperança de ainda poder negociar uma trégua.

— Ah, Teresa, por favor — desdenhou ela. — Não me faça de idiota. Podia ter machucado aquela garota com o batom que atirou nela. E fez com que toda a equipe ficasse mal quando insultou o árbitro.

"E você fez má figura ao agir como se o basquetebol fosse mais importante do que a vida", contra-ataquei na minha cabeça. Não ousei dizer e me limitei a abanar a cabeça. "Não lute pelo que está certo. Não se arrisque. Finja que as coisas importantes não são importantes" — eram essas as lições que ela queria me ensinar. E percebi imediatamente que nunca me encaixaria nesse molde. Na Hillside High, não. Nem em nenhuma equipe onde ela fosse técnica. E percebi outra coisa: a Mrs. Romagna não ia com a minha cara. Jamais tinha ido.

Senti isso na voz dela. E talvez ela tivesse razão nisso; se formos analisar, eu praticamente a tinha desmascarado em público. E, talvez, também não devesse ter atirado o batom.

Xeque-mate.

Explodi em lágrimas. Ela me deu uma palmadinha no ombro e foi embora. Eu me sentia escorregando para o desespero — o coração em ruínas.

Não tinha nenhum respeito pela Mrs. Romagna, mas mesmo assim teria gostado que ela me abraçasse e me dissesse que tinha jogado bem. Talvez faça parte da coisa de ter 15 anos. Uma das piores partes.

Minhas colegas de equipe voltaram para junto de mim, hesitantes, Marlene na frente, depois um grupinho de cada vez, como os Munchkins voltando para junto da Dorothy depois de a Bruxa Má do Oeste ter desaparecido num rompante de fogo e fumaça.

— Manda ela se foder! — disse Marlene em voz baixa, estalando os dedos. Mordia uma maçã e me ofereceu um pedaço, mas não me apetecia.

As outras diziam para eu não me chatear, que duas semanas passavam num instante. Disse para elas que não me importava, mas a voz que saiu não era a minha. Minha voz verdadeira não disse nada porque, se dissesse, podia deixar escapar que meu capítulo Basquetebol na Hillside estava encerrado. Ali sentada, com as outras tomando banho, senti um impulso imperioso de me machucar de tal modo que nunca mais me recuperasse. E compreendi que se me negasse tudo o que sempre quis, incluindo o basquetebol, estaria provando ser mais forte do que todos os outros. Seria uma espécie de triunfo às avessas.

Liguei para Angel depois de ter me vestido e de me dirigir para a saída dos fundos da escola. Estava me preparando para ir a pé para casa, pois minha mãe não podia me buscar. Tinha a mochila no ombro. E não tinha tomado banho. Ao discar o número, percebi o que eu estava esperando — que a voz de Angel me salvasse de mim, que falar com ele fosse a magia que me faria me sentir bem por ter cedido perante a Mrs. Romagna. Mas quando ele atendeu, mal o conseguia ouvir. Uns ruídos metálicos ressoavam de tal maneira que abafavam sua voz.

— Onde você está? — perguntei.
— No trem... no comboio — disse ele secamente.
— Pra onde você vai?
— Manhattan.
— O que tem em Manhattan?

— Tudo o que não tem em Long Island.

Ri. Era uma tentativa de acreditar que estava tudo bem e que essa era uma conversa banal.

— Não vejo onde está a piada! — cortou ele.

— Não queria...

— Você só piorou as coisas! — interrompeu ele. — Fez o jogo deles.

Era tão injusto ele estar berrando comigo que senti um aperto na garganta.

— Mas estava só tentando ajudar — repliquei, desesperada.

Desligou. Contei 60 segundos, para dar tempo a mim e a ele para nos acalmarmos, depois voltei a ligar.

— Vou desligar o celular. — Foi a primeira coisa que ele disse. — Preciso ficar sozinho um pouco.

— Angel... — Disse seu nome para me manter ligada a ele, mas não sabia o que devia dizer, por isso me limitei a deixar correr o silêncio.

— O quê? — disse ele, finalmente. Estava amansando.

Naquele momento não sabia ainda porquê, mas me lembrei de uma vez que o Mr. Henderson tinha nos contado que sua primeira memória era a de tentar comer um botão da camisola da mãe e do gosto do plástico duro, de como gostou de ter o botão na boca, e depois de como a mãe brigou com ele ou de como enfiou os dedos na sua boca quando ele desatou a chorar. Do que ele se lembrava, era da rápida sucessão de emoções.

— Era como ser atirado para fora de um trem — disse ele na aula.

— Angel, qual é a coisa mais antiga de que você lembra? — perguntei.

— O que você quer dizer com isso? — perguntou, também em português.

Era um grande alívio não ter que falar em inglês. Era como entrar no carro e dirigir para casa depois de acabarmos na casa de uns primos cretinos quaisquer que nem sequer queríamos ter visitado.

— De que é que você se lembra de quando era bebê?
— Para que você quer saber isso? — perguntou desconfiado.
— Por que não ia querer?

As palavras dele pareciam vindas de uma memória distante:

— Estou sentado na areia, na praia, meu pai está lá, mas está muito longe de mim, e aí eu me arrasto para junto dele, e o calor e o estalar da areia... da areia debaixo das minhas mãos e dos meus joelhos... É a sensação de estar me aproximando dele, de tudo o que eu podia desejar.

— Parece ser uma memória boa — observei eu.

Ele não respondeu. Dava para ouvir o barulho e os rangidos do trem. Estava à espera que ele dissesse como se sentia ou me perguntasse minha primeira memória, mas se via que ele não estava na mesma onda.

— O que te disse o Mr. Johnson? — perguntei finalmente.
— Que eu tinha que sair do ginásio.
— Só isso?
— Quando eu estava saindo, disse para eu não ir à escola por uns dias e só voltar depois. Disse que as pessoas têm memória curta.
— E Dermot e os cúmplices, você sabe deles?
— Não. Nem me interessa. Essa fase da minha vida está encerrada.
— Está falando da escola?
— Talvez.
— O que você vai fazer se deixar a escola?
— Não sei. Nesse momento o que eu preciso é ficar sozinho. E preciso estar longe.

— Falou com a sua mãe?
— Liguei para ela. Disse a ela que hoje não ia para casa. Disse que estava com você e com a sua mãe. Por isso, se ela ligar, é isso que você deve dizer.
— Está bem, mas onde vai ficar realmente?
— Não sei. Teresa, tenho que desligar.
— Por que está me enxotando?
— Não tenho outra escolha.
— Que quer dizer?
— Que não posso fazer o que tenho que fazer se você ou alguém estiver por perto. Além disso, já não vale a pena.
— O que não vale a pena?
— Nós.
— O que quer dizer?
— Só pioramos as coisas um para o outro.
— Você não piora as coisas para mim.
— Pioro, sim. Se não fosse eu, você já tinha feito mais amigos. Podia se integrar mais. Podia ser popular.

Nunca tinha pensado nisso. Pelo menos, não de um modo que eu pudesse admitir para mim mesma.

— Não é verdade — disse eu. — E, de qualquer modo, eu não quero ser popular.

Não era completamente verdade, mas meus pensamentos voavam em diferentes direções, tentando descobrir alguma coisa consistente que desse um sentido a tudo que ultimamente tinha acontecido, e eu não estava segura do que quer que fosse.

— Teresa, tenho que desligar — disse ele. Soava como se tivesse tomado uma grande decisão, mas que não ia me dizer qual era.

— Me liga mais tarde? — perguntei.
— Talvez.
Desligou.

Sikki veio me encontrar quando eu estava sentada no muro de pedra na saída da escola, tentando descobrir se Angel estava limitando as minhas opções. Perguntou se eu queria uma carona para casa; a mãe dela vinha buscá-la dali a pouco. Agradeci e disse que minha mãe também vinha me buscar. Ficamos conversando um pouquinho, uma conversa leve, sobre o tipo de comida que a mãe dela fazia. Sikki disse que estava farta de comida indiana, o que me fez rir, porque eu adoraria ter comida indiana nem que fosse uma vez por mês. Quando lhe disse o que comíamos a maior parte das vezes, ela disse que dava tudo por uma lata de chilli Heinz com queijo ralado por cima. Disse que me viu com o punho erguido a berrar para as arquibancadas.

— Você me assustou — confessou ela.

— Até eu me assustei — disse eu.

Sorriu novamente — o sorriso tímido de uma adolescente que usava saris quando era pequena e que nunca iria parecer à vontade em roupas ocidentais, como a saia bege que usava naquele dia.

— Sua mãe acha mesmo que a maior parte das pessoas é idiota? — perguntei.

— Ah, o mais possível — disse ela, como se fosse uma coisa que não deixava margem para dúvidas, e usou o sotaque indiano para reforçar o efeito cômico. Rimos com gosto.

Dali a pouco apareceu a mãe dela ao volante de um Prius prateado. Uma verdadeira mulher duende de pele escura e cabelo grisalho. Sikki era quase 30 centímetros mais alta do que ela.

— Bye, Teresa — disse ela de dentro do carro, com um aceno afetuoso.

— Ciao — disse eu.

A mãe de Sikki passava a mão pelos cabelos da filha enquanto se afastavam.

Observando-as, percebi que havia um buraco dentro de mim no lugar onde Sikki tinha a mãe dela.

Angel não me ligou nessa noite. Tentei ligar para ele duas vezes, e nas duas vezes dei com o telefone desligado. Depois disso não voltei a falar com ele.

Nunca me perguntou se eu tinha voltado para o jogo ou se havíamos ganhado. Nunca me agradeceu por ter saído em defesa dele. Mas eu já pouco me importava com isso ou com o que quer que fosse. Desde que eu possa continuar aqui no meu cubiculozinho, sei que posso ficar OK. Aqui está sempre bom tempo e tranquilo, e todas as possíveis reencarnações são boas.

Mas logo depois a porta do banheiro se abriu e ouvi uma mulher chamar meu nome.

— Estou aqui. — Ouço-me dizendo, porque é uma voz de adulto e estou treinada para responder aos adultos.

— Sou eu, a Mrs. Barbosa — responde a voz, em um português enferrujado.

Acho que está na hora de sair daí. Teresa.

Levanto-me, cambaleante, com o estômago embrulhado, e puxo as calças para cima. Sinto as pernas entorpecidas e pesadas, e é num passo arrastado e vagaroso que saio do cubículo. Instantaneamente, a expressão da Mrs. Barbosa contrai-se num misto de emoções que não compreendo, talvez desapontamento e compreensão e tristeza, tudo ao mesmo tempo. Ela me abraça. Não grita comigo, ao contrário do que eu esperava. Segura meu rosto entre as mãos.

— Está bem, querida? — pergunta. Sinto seu hálito de café. E talvez também de chocolate. E percebo o pequeno buço escuro por cima do lábio.

— Estou bem.

Olha para o cubículo.

— Ah, Teresa... — exclama ela, e as palavras saem como um gemido. Entra e pega nas latas de cerveja.

Com elas na mão, abana a cabeça como se eu tivesse ido longe demais.

— Acho que é melhor jogar isso fora antes que alguém as encontre — diz ela, e lança um sorriso irônico, como se fôssemos cúmplices.

— Acho que estraguei tudo — disse eu.

— Está passando por maus bocados ultimamente — respondeu ela. — Mas isso *vai* melhorar, prometo.

Enquanto seguíamos pelos corredores vazios em direção ao gabinete do Mr. Davenport, ela contou sobre a ida de Leo Cheng ao gabinete do diretor porque a Mrs. Manolo mandou, e de como o diretor pediu a ela e ao Bigfoot para irem me procurar. Ela chama o Bigfoot de Senhor Gonzalez.

— Estou ferrada? — pergunto.

— É capaz de pegar pena de morte — diz ela.

Diz isso com ar sério. Não sei se está brincando. Aposto que passa a vida assustando os netos com o seu senso de humor especial. Devem sempre fugir dela chorando. Abana a cabeça e me dá uma palmadinha no ombro.

— Está com um grande bafo, não está?

— Acho que sim.

— Teresa, faltou às aulas. Os meninos estão sempre fazendo isso. Vai ficar de castigo uma semana.

Antes de entrarmos no gabinete do Mr. Davenport, ela levou um dedo aos lábios e entramos silenciosamente no gabinete dela, como dois ladrões de banco. Ela me disse para beber um resto de café da caneca e para eu me sentar na sua cadeira. Café simples. Sem leite.

A caneca é branca com uns grandes dizeres em vermelho: Grand Canyon, Arizona. A Mrs. Barbosa cruza os braços e fica me observando, como se temesse que eu escapasse. Mas o café me cai bem. E me esquenta. Nem sequer reparei que estava frio.

— Já foi para o Grand Canyon? — pergunto.

— Fui no ano passado, com os meus netos. Que maravilha, Teresa. Quando estamos lá, em pé na beirada, diante daquele espaço enorme e de todas aquelas cores, ficamos sem palavras. Veja só isto: são 24 quilômetros de largura e 240 de comprimento! E 1,50 quilômetro de profundidade! Olhamos dali da beirinha e vemos lá no fundo de todas aquelas pedras uma cobra pequenina... uma cobra verde-azulada lá no fundo: é o Rio Colorado. — E a mão dela desenha no ar a curva do rio. — E as cores e o pôr do sol, Teresa... — Suspira fundo e abana a cabeça.

Quando me inclino para beber o café, uma sensação me invade, como se eu e a Mrs. Barbosa fôssemos estrelas de um filme em preto e branco. A versão feminina de *Sementes de Violência*. Ela faz o papel de professora compreensiva, originalmente desempenhado por Glenn Ford. O que faz de mim Sidney Poitier.

— Acabou a cerveja! — diz ela, tirando a caneca de mim, para ver se está realmente vazia. Agita um dedo no ar, como se eu precisasse de uma ajuda visual para compreender seu inglês. — Quero que esta seja a última vez que te pegam com álcool.

— Prometido — digo eu.

Mas estou mentindo. Porque o que eu descobri naquele cubículo do banheiro é bom demais — há maneiras de nos desligarmos muito mais profundas e vastas do que eu tinha imaginado. Um enorme Grand Canyon cheio delas, com 240 quilômetros de comprimento e 1,50 quilômetro de profundidade, e ali mesmo, à minha espera para descer até o fundo, até àquela cobrazinha verde-azulada que vive lá no fundo. Mal posso esperar...

Capítulo 5

Quarta-feira, 2 de dezembro

TIO MICKEY PEGA NOSSOS CASACOS, coloca em cima de uma cadeira de encosto de junco na entrada e pede, a mim e a Pedro, para nos sentarmos no velho sofá de couro da sala de estar pequena e superaquecida.

— Que bom ver vocês dois aqui, finalmente — diz ele.

Ele me observa durante mais tempo do que eu acho conveniente, depois dá um sorriso dos grandes para me mostrar que não tinha mal algum. É um tipo curioso. De uma timidez surpreendente. Com dentes tipicamente portugueses, de uma imperfeição que nos tranquiliza — um pouquinho lascados e amarelados nas pontas. Sorrio de volta, sentindo um estremecimento, pois talvez não me importasse que tivesse algum mal, afinal. Depois, pego uma velha almofada gorda e a coloco por cima da barriga.

— É bom estar aqui — respondo.

Será que ficou me observando para ver no meu rosto as semelhanças com o meu pai?

Mickey já tinha duas latas de Coca-Cola e uma caixa gigante de Dunkin'Donuts com geleia em cima da mesinha baixa à nossa frente, no meio do jornal do dia, e meia dúzia de gérberas laranja esticando os pescoços verdes para fora de uma jarra de barro azul. Imagino que ele pense que o jantar com ele transcorrerá melhor se estivermos empanturrados de geleia e massa frita antes de nos sentarmos para comer o desastre que ele cozinhou. A não ser que minha mãe tenha lhe pagado para colocar veneno nos donuts. "E não se atreva a escrever 'paranoica' na minha ficha, Dr. Rosenberg, porque sabe muito bem que os problemas dela ficariam todos resolvidos se nos despachasse. Agora que o seguro do papai foi pago, ela podia perfeitamente passar umas mil pratas ao Mickey para que nos mande desta para melhor, e para isso seria preciso apenas alguns gramas de raticida nos donuts de geleia."

— Trouxe umas coisinhas para comer, caso estejam com fome — diz Mickey —, porque o jantar é só daqui a — dá uma olhadinha no relógio — vinte minutos.

— Nós gostamos de donuts — digo, toda expansiva, a expressão animada. — Não gostamos, Pedro?

Meu irmão faz que sim com a cabeça, ao mesmo tempo que franze os lábios. Minha cena expansiva é porque não quero que Mickey perceba a) que estou embriagada, e b) que estou arrependida de ter cometido o erro de aceitar jantar com ele.

— Como está sua mãe? — pergunta ele.

— Ocupada. Tem uma porção de pessoas que quer ver, comprar coisas novas para a casa, planejar viagens...

— Viagens?

— Ela sempre quis ir para Las Vegas. Diz que agora tem que ser.

— Pode ser que faça bem a ela. Pararia de pensar em... tudo o que se passou.

— Sim. E até já tem companhia para a viagem, um cara que anda telefonando para ela ultimamente... James Gluck.

— Ah — diz ele, atônito, e afasta o olhar para ponderar a informação.

Foi mamãe que nos deu o nome do novo namorado antes de nos deixar na casa de Tio Mickey. Falou assim de passagem quando estava copiando nomes e endereços para a nova agenda que tinha comprado na Staples.

— Vou sair hoje à noite com James — disse ela

Tenho certeza de que ela comprou uma agenda nova porque quer recomeçar a vida. Ou será que isso também é uma interpretação muito óbvia? Eu estava lavando a louça caríssima que ela tinha comprado na Macy's quando falou no encontro, nesse momento eu desliguei a torneira e larguei o pano de prato. Ia começar com as taças de champanhe. Fiquei com vontade de partir todas com um grande grito.

— É o homem que tem telefonado ultimamente? — perguntei.

Ela não olhou para mim. A ponta da língua enrolada encostava nos lábios. Faz sempre isso quando quer se concentrar de verdade. Pedro também o faz, mas se isso é *nature* ou *nurture* é coisa que não faço ideia.

— Sim, foi com ele que você falou. O nome dele é James Gluck.

— Duas sílabas — disse eu.

— O quê?

— O nome dele. Tem duas sílabas.

Revirou os olhos.

— E o que é que tem isso?

— Tem que se eu me concentrar em coisas sem importância, talvez não repare em mais nada.

— Ouça, Teresa, eu e James, nesse momento, somos apenas amigos — assegurou.

Não perguntei nada. E principalmente não queria saber se ela havia conhecido esse tal Mr. Gluck antes de meu pai morrer, e se isso queria dizer que o casamento dos meus pais era uma farsa já há muito tempo.

A louça nova era de um rosa translúcido e refinado. Perfeita para uma Barbie e suas amigas. Abri a torneira de novo e peguei na primeira taça de champanhe. Não conseguia imaginar que alguma vez a usássemos, mas talvez mamãe tivesse outras ideias.

— Minha mãe nos deixou aqui sem entrar porque disse que já estava atrasada para o jantar com esse Mr. Gluck — informo a Mickey.

— Você já o conhecia antes... antes de...

Coitado, está nervoso demais até para pôr um ponto de interrogação no fim da frase, e é simpático da parte dele ter ficado nervoso, por isso dou-lhe uma ajuda.

— Acho que não — digo. Ele mastiga a informação, sentado na cadeira de braços à nossa frente. Passo o apartamento em revista. Está mais vazio do que eu pensava que estivesse. E mais limpo. Vive para os lados de Union Turnpike, num prédio de tijolo já fora dos limites da cidade, não muito longe do Silver Moon Diner, onde papai costumava nos levar para comer uns biscoitos gigantes com gotinhas de chocolate. Há um cheiro de limão e de limpeza por toda a casa, e a mesa — redonda, com uma toalha vermelho-vivo — está posta com talheres de prata com ar antigo e com muita classe. Talvez tia Sofia tenha os deixado quando saiu de casa. Não há ponta de pó nas prateleiras nem na tela da televisão. E dá para ver que alguém andou esfregando as marcas de dedos perto do interruptor ao lado da mesa metálica num canto, que parece feita de peças sobressalentes de um tanque de guerra. Mickey deve ser bom cuidando da casa. Ou então arranjou uma faxineira para ter a casa apresentável. Uma "charwoman". É a palavra que Charles Dickens usa, e eu gosto do som enérgico e antiquado que ela tem. As janelas parecem também muito bem lavadas, embora o gramado descuidado e as hortênsias mutiladas não sejam a paisagem mais animadora do mundo. Não há dúvida de que não foi por causa da vista que Mickey veio para cá. Aposto que não ganha muito. Ou talvez esteja poupando para voltar para Portugal.

Foi o sabor grudento e adocicado da geleia no meu donut que me deu a ideia para mudar de assunto e esquecer James Gluck. Isso e a meia caneca de vodka que bebi antes de sair. Mas Mickey está com os olhos fixos no tênis Nike preto e branco, claramente perturbado, e não quero interrompê-lo. Quem sabe? Talvez esteja decidindo se minha mãe deve ser nomeada a Vaca do Ano 2009, o que faria com que ela já contasse com dois votos garantidos no concurso do fim do ano.

A vodka é minha bebida favorita nestes dias. Porque não deixa cheiro. Nem sequer a Mrs. Barbosa consegue farejá-la, e ela tem qualquer coisa de perdigueiro. Uma vez fui ao seu gabinete para dizer oi e lhe dei um beijo em cada lado do rosto só para testá-la, e ela não percebeu nada. Compro vodka Absolut porque tinha anúncios em todas as revistas que peguei no hospital quando visitava meu pai. Até agora, já comprei duas garrafas. Assim que chego em casa, coloco a vodka numa garrafa vazia de água Poland Spring e depois deixo a prova comprometedora no contentor do lixo por trás da Rite Aid. O som da garrafa quebrando é para mim o som que me diz que consegui mais uma vez enganar minha mãe e todo mundo na escola. Na maior parte das vezes, uso a caneca New York Red Bulls que papai comprou para mim quando fiz 15 anos e ele me levou a um jogo de futebol. É preta e tem dois touros vermelhos em pose de luta. Um deles é mamãe, e o outro sou eu. Até os meus 18 anos é ela quem ganhará a luta acirrada entre nós, mas depois vou para a universidade e nunca mais volto a vê-la. Pelo menos, é esse meu plano. Coloco a garrafa de Poland Spring na prateleira de cima do meu armário, na frente da caixa onde guardo as bonecas e o ursinho de pelúcia de quando era pequena. Pedro a viu há dois dias quando eu estava na ponta dos pés para pegar e beber um bom gole antes de dormir. Passava um pouco das dez horas, e eu estava ouvindo "Surrealistic Pillow", dos Jefferson Airplane, o último CD que o Mr. Henderson me emprestou, e já estava com o meu pijama favorito, de flanela azul. Esses dias, Pedro me segue com tal fidelidade e insistência que era capaz de conseguir um emprego de sócio da minha sombra. Até a porta do banheiro tenho que fechar à chave quando preciso entrar para tratar de coisas importantes. A canção de que mais gosto neste CD é "White Rabbit". Quando mamãe não está em casa, aumento o volume até os baixos estalarem minhas costelas e fantasio que sou Alice no País das Maravilhas e que tomo um comprimido para crescer e outro para encolher.

— Fico com sede no meio da noite por causa da insônia — explico ao pestinha, ao vê-lo com os olhos pregados na minha salvadora garrafinha translúcida.

— Eu também! — exclama entusiasmado, como se fosse uma grande coisa. Trazia a camisa de dormir vestida, que era uma das camisetas interiores do papai, mas sem calças de pijama.

— Então vai buscar água para você! — disse eu.

— Por que tem que ser sempre tão má? — choramingou, com as lágrimas aparecendo.

— Porque é o que está no contrato que assinei com papai e mamãe antes de você sair do ovo.

Ele apertou os olhos, como se estivesse me vendo desfocada.

— Ei, Teresa, quer ler comigo minha nova história em quadrinhos do Quarteto Fantástico? — Desde que papai morreu, Pedro se tornou mestre em desviar alegremente as conversas que não lhe agradam. Passa por cima de tudo o que não quer ouvir, especialmente das minhas piadas maldosas. Dei-lhe o nome de um novo super-herói: "Evasion Boy".

"Evasion Boy e Hulk num Universo a Naufragar". É a história em quadrinhos em que este pequeno idiota está enfiado. Ele e eu, embora eu ainda não tenha nenhum nome super-heroico. E, a não ser que Lois e Lana tenham crescido bastante, uma coisa de que estou certa é que não fui talhada para fazer a Mulher Maravilha.

Compro a vodka no Gumm's Liquor na avenida Willis. Uns dias depois de Angel ter saído da cidade, fui ver meu cofre do tesouro e descobri que tinha poupado 94 dólares, e por isso nem tinha que libertar nenhuma nota da carteira da mamãe.

Na primeira vez, fiquei esperando no estacionamento da Gumm's e convenci alguém a comprar a bebida para mim, um avozinho ítalo-americano de nariz adunco e remendos nos cotovelos do casaco. Reparou no meu sotaque e me perguntou de onde eu era, e o rosto dele se iluminou como um fogo de artifício no Quatro de Julho quando respondi que era de Portugal, porque três anos antes tinha passado férias no Algarve com a mulher. Adoro aliciar adultos para me comprarem bebidas alcoólicas. Eu me sinto como se fosse uma criminosa, sem o ser. Descobri que os velhinhos ficam contentíssimos ao ajudarem garotas da minha idade. Dá para ver perfeitamente nas faíscas que saltam dos seus olhos, que estão imaginando besteira. Talvez, mesmo com todos os ossos rangendo e o motor do coração falhando, o nível dos hormônios nunca desce até zero. O velhote italiano de nariz de coruja, que se chamava Joe, engoliu minha história de que mamãe queria fazer caipiroskas para a festa surpresa dos 44 anos do meu papai e que estava marinando o peru e não podia sair de casa e que tinha colocado na minha mão duas notas de vinte dólares para eu ir comprar vodka. A segunda vez, abordei um casal de idade que saía de uma Mercedes com um adesivo da Universidade de Chicago no vidro de trás. Para eles, mudei a história e fiz uma festa surpresa para meu irmão mais velho, que estava chegando de avião — adivinhem... — de Chicago, exatamente, onde estava fazendo um PhD em literatura portuguesa.

— Na Universidade de Chicago? — perguntou o marido, entusiasmado. Os cabelos ralos de um castanho grisalho puxados para tapar a careca ondulavam ao vento como uma bandeira esfarrapada.

— Não, na Northwestern.

— Nossa neta cursa a Universidade de Chicago — disse a madame.

— Grande escola. Mas infelizmente Danny não conseguiu entrar para lá.

A Mrs. Mercedes ficou toda contentinha por a neta dela estar numa escola melhor do que a do meu irmão mais velho, mas não queria saber de mim nem da minha história e disse ao marido que era ilegal comprar bebidas alcoólicas para mim, só que ele suspirou e disse:

— Ah, vê se tem coração, Billie, a menina está enrascada e a mãe dela está ocupada com o peru.

"Marinar" é uma palavra legal, aprendi com Jamie Oliver. E pode contar que os americanos quase sempre ficam todos nostálgicos e mansinhos quando ouvem falar de peru no jantar. Angel chama isso de T. S. — "Thanksgiving Syndrome".

O tal Joe me contou, enquanto estávamos no estacionamento encostados na sua caminhonete Ford, que sua falecida mulher se chamava Gina e que fazia um macarrão e uma lasanha vegetariana deliciosíssimos, mas eu não me importava porque já tinha a garrafa na mão e portanto não estava preocupada em conseguir a vodka.

Para levá-lo na conversa, a ele e ao excitado do outro velhote, e convencê-los a comprar a Absolut, pus minha saia de tweed caríssima e uma blusa de seda branca com uns grandes brincos navajo de turquesa. É o que eu chamo de minha Farda Fora-da-Lei

— E então, Teresa, como vai isso? — pergunta Mickey, me arrancando das minhas recordações.

Passeia o olhar de mim para Pedro, inclinado para a frente no seu cadeirão. Ficou animado de novo. Deve ter decidido o que pensar da minha mãe e não precisa pensar mais nela. Sorte dele.

— Quando eu era pequena em Lisboa — digo — todos os sábados, ao acordar, achava rabanadas à minha espera em cima da mesa da cozinha.

Os sábados *todinhos*!

— Devia ser bom! — diz em tom entusiasmado, mas eu vejo que ele não compreende porque eu resolvi me enfiar por esta longa e sinuosa estrada de volta à infância, e para dizer a verdade eu também não. Mas é o que há de bom em não nos importarmos: Não estamos nem aí!

— As rabanadas tinham um cheirinho tão bom como... sei lá, como jasmim, e eram *tão* docinhas. Eu as cobria com canela e açúcar. Era como um nirvana de menina para mim.

Mickey tem um riso viril, rouco. E as rugas à volta dos olhos são bonitas. Percebo que gosto de fazê-lo rir. E como estamos falando português, não me custa nada manter o ritmo cômico. Pedro enfia no nariz o indicador da mão com que agarra o boneco do Incrível Hulk, o que não é manobra fácil para ninguém, mas especialmente para um menino de 7 anos com tendência para se perder em sonhos. Na outra mão segura a lata de coca. Se tirar alguma meleca, das duas uma: ou vai limpar nas calças ou deixar cair no carpete. É difícil prever qual dos dois métodos será. Acho que depende do tamanho da meleca, mas é uma teoria em estudo porque tenho ainda que aprofundar a investigação. O carpete está bastante gasto e tem um monte de manchas escuras. É laranja — exatamente da cor da Aspirina

Bayer infantil. E aqui há um mistério: por que diabos alguém compraria um carpete cor de aspirina?

— Durante anos pensei que era minha mãe que as fazia para mim — continuo — e lhe dava grandes beijinhos estalados como agradecimento, mas depois, quando eu tinha uns 8 anos, as rabanadas deixaram de aparecer. Quando eu perguntei o que se passava, estava convencida de que a culpa era de alguém que tinha nascido há pouco e cujo nome agora omito — e ao dizer isso apontei com o polegar para Pedro enquanto tio Mickey lançou o devido sorriso tutelar para ele. — Mas sabe o que mamãe me disse?

"Que o cozinheiro do café da manhã... rufar de tambores, por favor!... era papai. Que não haveria mais rabanadas porque ele tinha começado a trabalhar aos sábados para poder sustentar dois filhos."

Aquele "rufar de tambores" português é capaz de não ser bem o "drum roll" americano... Mas nestes dias estou sempre tolhida entre duas línguas.

— Pois é... seu pai era um cara maneiro — disse tio Mickey. Bate no maço de Camel Lights para pegar um cigarro, pensando que essa história idiota e sem propósito era só o começo de uma noite muito enfadonha.

— Não é isso — digo eu, e solto um pequeno gemido de frustração, porque percebo que minha história despropositada, afinal, tinha um propósito, se ele esperasse um pouco.

— Então o que é? — pergunta ele, generoso.

Acende o cigarro com um estalido metálico do seu Zippo, a cabeça de lado, um pouco como um cão que tivesse ouvido um som estridente.

O cigarro faz ele fechar os olhos. Com sua camisa de flanela e seu jeans, parece um cowboy, só um pouco baixo demais para ser um cowboy americano. Se houvesse rodeios em Portugal, talvez ele pudesse ser uma estrela. E pudesse ter uma casa melhor.

Bebo um gole de Coca-Cola. — É assim, tio Mickey... Papai nunca me disse porque deixou que eu pensasse que era mamãe a estrela das manhãs de sábado. Porque eu imaginava todo o amor que ela havia colocado naquelas rabanadas. Quero dizer, o que sabia eu? Não passava de uma menina. Porque, veja bem, aquelas rabanadas eram a única prova física de que ela me amava, your Honor.

— Your Honor?

— É uma expressão que os garotos americanos usam, é como se dissessem "Meritíssimo Juiz" em português. E o que se passa, tio Mickey, é que eu nunca perguntei a papai porque deixou que ela brilhasse.

Estupidez minha. Porque agora até que eu gostaria de saber.

— Devia ser porque queria que você gostasse da sua mãe.

— Sim. É o que eu acho também, mas a verdade é que ele me enganou! E agora eu me sinto enganada pelos dois. Mas mais pelo papai. Fez com que eu gostasse da minha mãe, mesmo quando eu não devia. E isso me deixa chateada.

— Right — diz Mickey, em tom conclusivo, e em inglês, como dizem os americanos antes de começarem uma tarefa que lhes é imposta e que não tem a ver com eles, levanta-se e olha em torno da sala como que à procura de alguma diversão adequada para esses meninos superbizarros que vieram parar na sua casa.

Eu podia sugerir que me arranjasse algum Valium, porque já descobri que é o tipo de coisa que pode me impedir de continuar, continuar, continuar, como o coelhinho das pilhas Duracell. Ou podíamos ficar assistindo a sua TV plasma. E também é capaz de ter um baralho de cartas num lugar qualquer. Está parecendo que já está arrependido de ter nos trazido para cá.

Sem saber o que fazer, baixa o olhar com um sorriso amistoso para meu irmão e diz:

— Que tal a Coca-Cola?

— Ótima.

— Ainda bem.

Vendo Pedro fazer o Hulk subir uma escada imaginária, percebo que se sente intimidado pelo nosso novo ambiente e que não vai falar muito, por isso me intrometo:

— Está tudo muito bem — digo.

— O quê? — pergunta Mickey.

— Perguntou como estou, e eu não respondi como deveria, e estou respondendo agora. A vida vai mesmo bem. Quero dizer, por que não iria?

"Acha que ele entende o sarcasmo, Dr. Rosenberg? A maior parte dos portugueses não entende. Talvez o gene do sarcasmo tenha ficado de fora dos nossos cromossomos."

— Fico muito contente por as coisas estarem bem — diz Mickey, confirmando minha suspeita. Aspira uma fumaça gulosa do cigarro.

— Pedro é que não está lá muito em forma — digo eu.

Não sei bem porque me saiu aquilo. Provavelmente estava querendo me vingar de Mickey por ser muito tapado para entender meu sarcasmo. Ou então por querer mesmo que ele saiba o que se passa. Talvez seja por isso que eu cedi a mamãe quando ela insistiu para que fôssemos jantar com Mickey.

"Precisa dizer a minha mãe que meu irmão necessita de ajuda profissional para não se tornar um total psicopata" — esta poderia ser minha frase de introdução se me abrisse mesmo com ele. Mas não me atrevo a dizê-la, claro, porque desejar uma vida melhor para Pedro é um verdadeiro mau sinal. Entre outras coisas, significa que devo ter tomado uns goles a mais da minha Poland Spring especial antes de vir para cá.

— Que é que ele tem? — pergunta Mickey, a sobrancelha franzida.

Tem um olhar determinado. Como quem tem uma certa experiência em resolver problemas. Aposto que era um filho em quem se podia confiar. E provavelmente será também um pai de confiança.

— Tornou-se o herói da sua própria HQ — respondo. — Não se vende muito, mas tem um público fiel. Especialmente entre os meninos de 7 anos que vivem num universo paralelo.

— Teresa, agora você me deixou preocupado.

Mickey está ficando exasperado, e eu percebo — admirada, mas não desagradada — que gostaria de acabar com nossa feliz reunião.

Na verdade, se ele realmente se importasse, por que esteve tanto tempo à espera para dizer que queria nos ver?

— Também estou preocupada — respondo, como em eco. — Por isso, quem sabe, podíamos nos preocupar juntos! Como todos aqueles imbecis naquele programa estúpido, *Lost*. Enfim — acrescento, percebendo que estou me comportando pior do que era minha intenção e que devia livrar a cara de tio Mickey — isso no fundo não tem importância alguma. — Viro-me para Pedro. Está dando um gole de Coca-Cola ao Hulk e começou a imitar o som de quem bebe. — É ou não é, pequeno? — pergunto em inglês.

— Claro — responde ele, em português.

Talvez Pedro acredite que pode escapar dos perigos dessa noite se mantiver hidratado seu defensor de pele verde. Como a gravidade continua a funcionar no nosso universo paralelo, a Coca-Cola começa a escorregar do peito enorme do Hulk para o carpete. Pedro parece não perceber nada. Eu percebo, mas não sou paga para andar atrás dele e limpar o que ele suja na casa dos outros.

— Aguenta aí, amigo! — diz Mickey, disfarçando o susto com um risinho. Enfia o cigarro entre os lábios, ajoelha-se ao lado de Pedro, pega a lata e a coloca em cima da mesinha. — Acho que seu amigo já bebeu o bastante. — É legal a maneira como ele fala inglês e aguenta o cigarro oscilante ao mesmo tempo. É como se fosse um ventríloquo bilíngue.

— OK — diz Pedro, amável.

De repente, Pedro entornar a Coca-Cola era só para ter tio Mickey perto dele. O pobre do menino deve ter saudades de ser abraçado por um homem. "Por que não levanta e pega Pedro no colo?", pergunto eu em pensamento a Mickey, mas ele fica ereto e deixa o idiota do pequeno munchkin sentado na cadeira. É óbvio que Mickey também não é dotado de telepatia.

— O que é que você fez para jantar, tio Mickey? — pergunto.

— Tenho um frango no forno.

Mickey não dá sinal de limpar a Coca-Cola. Esse negócio de ser homem tem certas vantagens no departamento das tarefas domésticas.

— Então promete. Nós gostamos de frango, não gostamos, biscoitinho?

Pedro me lança um olhar de viés, porque quem costuma chamá-lo de biscoitinho é Angel.

— Onde está Angel? — pergunta. Voltamos ao inglês.

Este vaivém entre línguas está ficando cansativo. Fico no português.

— Viajando — respondo.

— Onde?

— Não faço ideia. Só me ligou uma vez nessas duas semanas e não me disse onde estava.

— Angel é seu namorado? — pergunta Mickey.

— Namorado? Ah! Não, ele é gay. Somos os melhores amigos um do outro. Pelo menos éramos. Mas depois que foi espancado por um imbecil, fugiu, e nem a mãe dele sabe onde está.

— O que ele disse quando te ligou?

— Que não me preocupasse com ele. — Reviro os olhos ao pensar no absurdo. — Ouça, é uma grande história e há peripécias demais no enredo para explicar agora. Pode ler tudo amanhã no meu blog.

— No seu o quê? — pergunta Mickey.

— Era uma piada. Esqueça.

Pedro me puxa pelo braço.

— Angel também vem jantar? — pergunta esperançoso.

— Não — rosno eu. — Não ouve o que te dizem?

Evasion Boy passa o olhar esperançado para tio Mickey.

— Posso ver televisão? — pergunta.

— Claro.

Mickey pega o controle em uma prateleira abaixo da televisão.

— Toma lá, amigo — diz em inglês e, voltando-se para mim, acrescenta: — É melhor ir para a cozinha para ver como está o jantar.

— Tudo bem — respondo. — Nós prometemos não colocar fogo na casa enquanto está fora.

É outra piada, mas Mickey não ri. Pelos ombros caídos e o tremor no maxilar, vejo que esta é a última vez que aceita ficar com a gente. Enquanto ele não está, dou uma olhadinha pela sala para ver onde guarda as bebidas. Há uma arca de roupas horrorosa num canto, e começo por ali. Lá dentro, estão empilhados, no fundo, uns cinquenta LPs, uma bola de boliche e um monte de tralha coberta de pó e teias de aranha. Mas nada para beber. Tem álbuns e mais álbuns da Amália Rodrigues. Algumas das capas trazem o nome dele escrito, "Miguel Rangel". Quatro sílabas. E os nomes rimam, também, o que me dá uma ideia...

There once was a man named Miguel
Who's dinner was going to hell...

São os primeiros versos de uma lengalenga, e talvez consiga convencer o Mr. Henderson a me dar mais uns créditos por conta dela. Mas Pedro interrompe minha busca pelo terceiro verso.
— O que está procurando? — pergunta.
Vira para mim só por um segundo. Está vendo *Futurama*. Adora Leela, a ciclope fêmea com cabelo púrpura enrolado em S como uma cauda de esquilo. Eu gosto do velho professor. Anda por ali se arrastando como se tivesse sujado as calças sem querer. Às vezes, para me fazer rir, Pedro começa a andar como ele. E eu aperto o nariz como se ele tivesse feito cocô nas calças, e ele adora.
— Estou vendo se encontro o cadáver — digo eu, numa voz insinuante.
Ele se vira para mim mais uma vez e se endireita, um coelhinho atento, à procura de alguma coisa interessante.
— Que cadáver?
— A vítima. Há sempre uma vítima no *CSI*.
— Nós estamos no *CSI*?
— Sim, eu sou Sara Sidle e você... você é o detetive Jim Brass. Então onde acha que está o cadáver, Jim?
Pedro passa o olhar pela sala, num ângulo de 360 graus. Parece completamente mole e flexível. E todo a minha disposição, para o torturar ou amar, como eu quiser. Pedro aponta para a porta de um armário, junto à entrada do apartamento.
— Ali, Teresa.
— Sara — lembro-lhe eu.
— Ah, pois é, Sara.
— Hummm. É melhor verificarmos.

Dentro do armário há um aspirador desconjuntado. Por trás do aspirador, estão quatro garrafas vazias de vinho da Califórnia. Está ficando mais quente. Nesse momento, tio Mickey volta à sala.

— O que é que vocês dois estão procurando? — pergunta, curioso.

— Só checando se há cadáveres.

— Cadáveres?

— É um jogo que eu e Pedro costumamos jogar, "Descobrir o cadáver".

Ele não mostra a mínima surpresa, o que é enternecedor.

— Bem, o jantar sai em dez minutos — diz ele.

— Posso beber uma cerveja?

Aparecem umas rugas na sua testa.

— Uma cerveja?

— É, uma bebida fermentada feita com hops e água. — Digo "hops", em vez de "lúpulo", porque não sabia ainda a palavra portuguesa.

— Quantos anos tem?

— Agora? Dezesseis — minto eu.

— Sua mãe deixa você beber cerveja?

— Sim, mas só uma por dia, e só no jantar. Ela compra Budweiser no Gumm's da Willis Avenue.

Acho que foi o pormenor da Gumm's que o convenceu. E aquele "só uma por dia" também foi um bom toque. É que não me agradaria nada que ele descobrisse que a Ilha Teresa anda bastante à deriva esses dias.

Quando ele volta para a cozinha, vou até a porta para observá-lo, porque gosto daquele jeito masculino, desconjuntado, como ele se mexe, e foi então que o cheiro escuro, apetitoso, do frango assado me atingiu em cheio. Que cheirinho português! E que luxo ser levada e transportada num tapete mágico de volta ao passado por um simples jantar! Talvez pudéssemos nos mudar de vez para a casa de Mickey. A casa ficava lotada com três pessoas, mas eu não me importava de dividir a cama com ele. Quando tio Mickey se abaixa para pegar a cerveja do freezer, meus olhos ficam presos a bunda dele. Incrivelmente bacana para um cowboy imigrante de meia-idade.

— Quer um copo? — pergunta em voz alta.

— Não. Bebo na lata ou na garrafa. O que tiver.

Levanta e estende uma garrafa de Heineken.

— Toma.

— Saúde! — digo eu. — Obrigada.

— O prazer é todo meu. — E acrescenta: — Não gosto de ter pessoas na cozinha enquanto estou cozinhando. — Mas diz isso de forma simpática. E me enxota, abanando as duas mãos, o que acho adorável.

— Já vou, já vou — digo eu, rindo.

Pedro está de novo vidrado no *Futurama*, o rosto tremeluzindo sob a luz da tela. O narizinho de elfo não deve estar a mais do que uns 30 centímetros de Leela e das outras personagens do desenho animado. Talvez precise da radiação para se manter acordado. É o episódio em que eles descobrem a cidade de Atlanta, da Georgia, no fundo do mar.

A Heineken tem um sabor mais carregado e denso do que a Bud. Eu gosto.

Mickey deve ser fã de Martin Scorcese, porque tem *Os Bons Companheiros*, *O Último Concerto de Rock* e *Taxi Driver* na pilha de DVDs por baixo da mesinha da sala, mas também tem coisas tão desinteressantes como *Batman The Forty Year Begins* e *O Virgem de 40 Anos*. As gavetas da escrivaninha não rangem quando as abro, o que é um alívio. No fundo de uma delas, em cima das cópias dos reembolsos dos impostos dos últimos anos, tem um pacote de Camel Lights com alguns maços dentro. Tiro um e enfio no bolso do jeans. Não sei bem por quê, ainda mais que descobri no banheiro das meninas que não sou grande coisa fumando, mas de graça... Eureka! Debaixo dos papéis dos impostos está a coleção de DVDs pornô. As atrizes semidespidas têm o mesmo ar das prostitutas de segunda que Angel e eu encontramos espalhadas em frente à Penn Station, na porta de uma delicatéssen, e os títulos são incríveis: *Man-Hammer 2, Naughty Nights, Valley of Vixens*... No fundo de todos há um chamado *Tinker, Tailor, Soldier, Slut*. Meu coração dá um salto quando o pego e vejo que tem na capa um sósia do Daniel Craig vestindo apenas um sobretudo aberto e sob a ameaça de um chicote empunhado por uma sedutora loura de seios enormes, sorrindo diabolicamente, envergando um corpete vermelho e preto. Nome: Brie Verbena! Adoraria ver o DVD para saber se Brie chicoteia mesmo o falso James Bond, mas tenho a impressão de que esse deve ser muito assistido e Mickey daria logo por sua falta. Ponho-o no lugar e fecho a gaveta cautelosamente. Fico vendo *Futurama* um bocadinho, o braço por cima dos ombros de Pedro, sentindo que estava exatamente onde devia estar, provavelmente porque aquele pornô vagabundo prova que tio Mickey tem uma vida secreta, tal como eu. Agora que pensei nisso, eu podia fazer chantagem e obrigá-lo a comprar toda a vodka que eu quisesse! Então, isso só prova que nunca saberemos quem é que um homem deseja ter na cama até estarmos ao seu lado entre os lençóis. Ou pelo menos até espionarmos o fundo das suas gavetas.

Pedro levanta os olhos para mim com uma expressão de súplica, só para se certificar de que eu sei que ele quer que eu fique com ele. Dou-lhe um beijo na parte de cima da cabeça e aspiro o cheiro morno do seu cabelo.

— Não se preocupe, vai ficar tudo bem — digo em voz baixa.

Desapareceu toda a minha pressa em falar sobre ele para o tio Mickey. Os ventos da tranquilidade que sopram sobre mim fazem eu me lembrar do tempo em que descobri o caminho de volta para a avenida Willis depois de ter me perdido de bicicleta no Williston Park. Dou um beijo de gratidão no gargalo da minha Heineken.

Minutos depois, Mickey entra na sala com uma bandeja de prata com a gloriosa ave em cima, de um tostadinho dourado, cheirando a tudo de que tenho saudades em Portugal e rodeada de uma coroa de batatas fumegantes. Tudo tão bonito que bato palmas.

— Espero que esteja OK — diz ele nervoso, colocando a bandeja em cima da mesa de jantar. — É o primeiro jantar que faço em muito tempo.

Está usando duas luvas de cozinha. Uma branca e preta, com desenhos de cones de sorvete. A outra é vermelha.

— Uau! — exclama Pedro.

— Sim, uau! — concordo.

Mickey está radiante. Abre os braços, como que recebendo seus próprios filhos.

— OK, vamos lá! — exclama.

Agarro o Pedro, conto um, dois, três, depois solto. É uma velha brincadeira nossa, e ele corre para a mesa, gritando como uma ave tropical voando para o paraíso. Mickey corta o frango, mas para Pedro é tempo demais; ele estende o prato, aos saltos na cadeira, para pedir a coxa, sua parte favorita. Tiro uma asa e dois belos nacos de carne branca. Mickey serve batatas para Pedro e depois para mim e só no fim serve a si próprio. Passamos o molho à volta da mesa. Pedro coloca, a bem dizer, metade em cima da coxa de frango e das batatas. Usar garfo e faca parece trabalhoso demais e come como um homem das cavernas. Não tarda a ter as mãos pingando molho. Eu ia dizer alguma coisa, mas Mickey faz um gesto indicando que não se importa.

— Tudo bem — fala em voz baixa. E por uma vez é verdade, está tudo bem. O frango, uma maravilha de calor e de gordura, que deixa meus lábios e a língua ardendo. E há semanas que não comia com tal apetite. Mickey deve achar que tem à mesa dois lobos esfomeados.

— Está OK? — pergunta, à espera de parabéns.

— Está brincando? — digo eu. — Está divino! Não está? — pergunto a Pedro.

Pedro acena para confirmar. A camisa já está toda cheia de nódoas de gordura. Felizmente é branca e posso lavá-la com bicarbonato de sódio antes de a mamãe pregar um sermão. O Hulk está em pé em cima da mesa, de frente para o frango como se estivesse de olhos postos numa segunda coxa. Mas meu maninho está tão absorvido no festim que nem se lembra de que seu herói está à espera do seu prato principal também. Mickey vai à cozinha buscar uma garrafa de vinho tinto português e enche seu copo. Quando repara no meu olhar fixo no vinho, diz que eu já tive minha cerveja do dia e que agora é ou Coca-Cola ou água.

— Ah, eu nem gosto de vinho — digo eu, o que é só meia verdade para dizer que prefiro cerveja ou vodka.

Falamos da R & S Plastics, Mickey e eu. Ele diz que todos têm saudades de papai. Que ele e os outros estão sempre falando nele.

— Ah, ia esquecendo, a Vera, da expedição, mandou beijos para vocês dois.

— Eu também mando um beijo — digo eu.

Pela primeira vez, falar do meu pai não me dá vontade de fugir para longe. Acho que é porque Mickey também gostava dele, o que nos deixa, os três, dentro do mesmo barco se enchendo de água por todos os lados. Ele fica um tempo apreciando Pedro comendo suas batatas com a mão, como se fosse o espetáculo mais maravilhoso do mundo. Sorri para mim e pisca o olho, cúmplices na mesma conspiração de silenciosa admiração. Meus pais me levaram uma vez a Pisa, eu tinha 5 anos, e vimos a Torre Inclinada. Papai costumava dizer que eu fiquei pasma e feliz ao mesmo tempo. É assim o sorriso de Mickey para Pedro, como se meu maninho fosse a Torre de Pisa — louco, mas maravilhoso. Não sorrio de volta, porque não demora, daqui a uma hora ou assim, que Mickey esmague no cinzeiro o cigarro do fim do jantar e diga "Ei, não foi legal?" e vá buscar as chaves na tigela chinesa em cima da mesinha para nos dirigir de volta para casa, e tudo voltará ao normal, como se nunca tivéssemos estado aqui, e não voltaremos a vê-lo durante um bom tempo, talvez nunca mais, e por isso nada disso — nem sequer seus olhos úmidos de felicidade contemplando Pedro — tem qualquer significado. Praticamente, não digo mais nada a partir de então. O tique-taque do tempo me rouba de tudo o que valeria a pena dizer. E de todos os prazeres triviais de um bom jantar. Pedro comeu duas taças de sorvete de chocolate para fechar a refeição, e nessa altura a barriga dele tinha inchado.

— Parece que está grávido — diz Mickey, com espanto.

Eu rio para disfarçar meu desespero.

A meu pedido, Pedro faz sua imitação do Professor de *Futurama* para nos divertir, as costas curvadas como um C e os braços pendentes. Adora estar em um palco, mas não demora para que suas forças de menino cedam e caia esparramado no sofá. Quando Mickey esmaga o cigarro e olha para o relógio, o pânico desenha uma linha vermelha diretamente de mim até a porta, e para evitar ter que segui-la, eu digo que lavo os pratos. Ele protesta, e eu pego no braço dele, dizendo baixinho:

— Assim Pedro fica um pouco sozinho com você. Por favor, fique com ele só uns minutos. Se não fizer isso por mim, faça pelo meu pai.

Mickey me dá um beijo no rosto. E acaricia meu ombro antes de ir para junto de Pedro. Tem mãos quentes. Como as de papai. Lavar os pratos evita que meu coração exploda. Sempre gostei de limpar. E o simples movimento da mão é uma boa cura para meus males. Ouvir as vozes deles na sala faz com que eu me sinta protegida. O melhor de tudo é saber que Mickey só poderá arrumar os pratos e os copos na manhã seguinte, e isso significa que minha presença aqui não desaparecerá inteiramente quando eu sair. Depois de ter acabado, digo a mim mesma que tudo ficará bem se eu não começar a chorar. Enrolo o pano de prato no puxador da geladeira, onde o encontrei, e depois vou para a sala. Pedro está deitado com a cabeça nos joelhos de Mickey, perdido na terra dos sonhos, e Mickey faz cafuné no meu irmão. O Hulk caiu das mãos do meu maninho para o chão. Sem danos, felizmente. Parece que os três foram assim dispostos por um artista moderno. Talvez Lucien Freud — o pintor contemporâneo preferido de Angel. Mickey faz um gesto para chamar minha atenção e pergunta sem pronunciar nenhuma palavra:

— Acordo?

— Não — respondo, também muda. — Podemos levar Pedro assim até o carro e o deitamos no banco de trás.

Mickey desliza para o lado com todo o cuidado e coloca uma almofada sob a cabeça do menininho.

— Vou só ao banheiro e depois saímos — diz ele.

Vou buscar nossos casacos e me abraço a eles. Meu coração bate-bate, como se estivesse num daqueles desenhos animados em que os piratas obrigam as vítimas a caminhar por uma prancha sobre o mar. Agora vejo que o jantar foi um grande erro.

Não tanto por mim, mas por Pedro; ele seria capaz de esquecer como poderiam ser as coisas se não tivéssemos vindo. Mickey voltou para sala, com o cabelo ainda molhado penteado para trás. Acho que estava com calor. Devo ter ficado de olhos fixos nele, porque me pergunta baixinho:

— Que foi, Teresa?

— Venha um segundo à cozinha — respondo, e coloco os casacos em cima da cadeira com braços.

Tenho que falar na vida que levamos *devagar*. Não quero assustá-lo. E acho é melhor se me concentrar em Pedro e me deixar de fora. Fico ao lado da bancada, que agora parece ser meu território. Mickey para no meio da cozinha. Os olhos dele brilham com uma curiosidade divertida. Deve estar à espera de mais alguma das minhas piadas. Talvez o vinho o tenha deixado um pouco tocado.

— Que é? — pergunta.

Baixo os olhos, sem saber por onde começar, e fico surpreendida com o que escapa:

— Quando chegamos, ficou me encarando, não tirou os olhos de mim. Posso perguntar por quê?

— Não me lembro. Não tirei os olhos de você?

— Seria por reparar como sou parecida com o meu pai?

— Bem, realmente tem *mesmo* os olhos dele.

— Sério?

Ele confirma com um aceno da cabeça, com ar divertido, achando que é uma boa coisa, e procura os cigarros no bolso da camisa.

— Que se passa, filha? — pergunta ele. Tratar uma menina por "filha" é uma coisa bastante comum em Portugal. Significa: "menina" e não realmente "filha", sei disso, e é essa a razão por que não consigo conter as lágrimas. Ele me abraça. Um abraço quente e forte. Sinto seu cheiro de tabaco e outra coisa que não consigo definir, mas que tem a ver com ele ser homem. Gostaria que ele me pegasse no colo e me pusesse para dormir. Gostaria de passar a noite aqui.

— Pedro pode ficar aqui? — O pensamento pesa tanto dentro de mim que nem consigo me imaginar fora deste abraço. — Só por uma noite, tio Mickey. Por favor! — Mickey começa a me embalar nos braços, o que me deixa corada e carente de um modo que é novo para mim. Quando me encosto mais, ele não me afasta. Levanto o rosto para ver o que ele pensa, e os olhos dele *são* espantosos — Angel tinha razão — e parecem ver tudo, e o que ele pretende de mim está preso no silêncio dos seus lábios. Todos os meus erros ao longo das últimas semanas não são assim tão maus, afinal, se serviram para me conduzir até este momento. Dou-lhe um beijo nos lábios. Ele se afasta de mim arfando e me agarra pelos ombros, assustado. Mas não há por que ficar assustado. Quero que minha primeira vez seja com ele. Quero fazê-lo feliz. Levo a mão ao peito dele, depois baixo-a até a protuberância do seu sexo, que cabe de forma perfeita entre meus dedos.

— Quieta! — grita, e me dá um safanão. Com tanta força que sinto falta de ar. Ele me sacode com força.

— Me deixa sair! — grito.

Eu me afasto dele e saio correndo. Na sala, Pedro me olha com uma expressão interrogativa. Acabou de acordar.

— Fica com tio Mickey! — ordeno.

Corro para a porta, para a entrada, para fora do prédio. Ao chegar nas hortênsias na calçada, Mickey chama por mim, e eu fujo correndo. Tenho a chave de casa no bolso e quero chegar lá o mais depressa possível, mas choro tanto que não vou longe. Eu me escondo atrás de uma casa na esquina da rua e me sento protegida por uns arbustos enormes de espinhos. Está escuro onde estou, pois a luz da rua é tapada pela parede da casa. Culpa minha. É o que quer dizer meu tremor.

Ainda assim, Mickey não tinha o direito de me bater. Abafo os soluços com ambas as mãos. Os sons da noite — um cão latindo ao longe, carros passando na Union Turnpike, um rádio tocando música rap — querem dizer mais do que o habitual. Acabei de atravessar uma passagem invisível, e estes são os sons que tenho que seguir se quero sobreviver. Passados quinze minutos, levanto e sigo. Estou gelada. Devia ter trazido o casaco. Desço a Union Turnpike aos tropeções, cansada de lutar, de pensar. Mas agora sei o que tenho que fazer para que tudo acabe bem. E, pelo menos uma vez, minha mãe poderá me ajudar.

Capítulo 6

Terça-feira, 8 de dezembro

OS TRANCOS E SOLAVANCOS DO TREM da Long Island Railroad me fazem cochilar imersa em fantasias futuristas, com peripécias surpreendentes e irônicas que vou inventando até que, depois da Jamaica Station, meu celular tocou, e eu fui atirada de volta ao meu lugar apertado, me perguntando quanto tempo ainda falta para nosso trem abafado e abarrotado chegar à Penn Station. Infelizmente, no momento em que consigo pegar o celular do bolso e levá-lo ao ouvido, estamos entrando a toda a velocidade pelo túnel abaixo do East River, e perco a ligação.

Penso em ligar para minha mãe assim que chegar a Manhattan, para ver como Pedro está, mas se ele conseguiu voltar a adormecer, posso acordá-lo. Hoje não foi nada fácil arrancá-lo da cama. É sempre lento para acordar, como se os sonhos — sempre protetores — compreendessem que o mundo real é um lugar perigoso, mas hoje, para conseguir que ele fizesse outra coisa além de bocejar e se espreguiçar, tive que arrastá-lo para o banheiro e molhar seu rosto.

Antes de obrigá-lo a se levantar, pus a mão na sua testa para ver se tinha febre, mas estava normal.

— Está bem? — perguntei, quando finalmente ele estava em condições de dizer alguma coisa.

— Acho que sim — disse ele, encostando a cabeça na minha barriga.

Segurei o queixo dele.

— É capaz de ser um princípio de gripe. Vamos perguntar a mamãe se pode ficar em casa hoje.

Embaixo, mamãe enfiou o termômetro na boca de Pedro entre duas dentadas na sua torrada, e confirmamos que tinha 37 exatos.

— Toma o café da manhã e se arruma para a escola — disse ela.

Tanto eu como Pedro podíamos ver que ela ainda o acusaria de estar fingindo se disséssemos mais alguma coisa, por isso ficamos de boca fechada. Enquanto eu microondava o mingau de aveia do meu mano, mamãe me disse que havia uma promoção pré-Natal na Macy's, com lençóis mais baratos.

— Que cor prefere para sua cama? — perguntou, animada.

Não há nada que levante mais o quociente de felicidade de mamãe do que uma expedição a um shopping suburbano ou, melhor ainda, a um *outlet*.

— Azul — interveio Pedro antes de eu poder responder.

— Agora não está mais com sono? — perguntou ela, e não estava propriamente sendo simpática.

Ele se endireitou na cadeira e disse:

— Quero lençóis azuis. — Como se dormir numa cor diferente fosse exatamente aquilo que poderia levá-lo de volta para o Planeta Normal. Acho que também queria impressionar mamãe mostrando a grande atenção que lhe dedicava.

— Sshhh — disse ela. — Fale quando for sua vez.

— Cor-de-rosa — respondi.

Minha mãe gostaria de ter uma filha como a Barbie, e como essa fantasia de bonequinha de plástico não me custaria nada dali a uns dias, por que não me render?

Depois de mais uma dentada na torrada, perguntou:

— E toalhas?

— Cor-de-rosa, também. Com renda na ponta, se encontrar.

Ela franze os olhos, mas de maneira simpática, como se estivesse agradavelmente surpresa por ter que mudar minha ficha da seção "Espertinha demais" para "Estranhamente encantadora".

— Nunca te imaginei chegada a rendas, Teresa — diz ela, e inclina-se para beber mais um gole de café.

— Deve ser porque estou ficando mais feminina com a idade — respondo, e levo o mingau de Pedro para a mesa, dou-lhe um copo de suco de laranja e peço para parar com as marchas do Hulk nos joelhos. — Coma — digo eu — senão vai perder a pele verde e ficar todo pálido.

Depois eu me sento com a minha granola com passas e o chá.

Enquanto mamãe rabisca mais umas coisas na lista de compras, seu mastigar preguiçoso, de lado a lado, fazia com que parecesse uma ovelha tonta.

— Já é minha vez? — pergunta Pedro, quando acha que é seguro voltar a falar.

— Vai, diz então — responde mamãe, pousando o lápis, como quem aceita Pedro como uma parte inevitável da rotina matinal.

— Azul! — grita ele.

Mamãe tapa as orelhas, para deixar bem claro que Pedro continua a ser a chatice número um.

— Não grita! — atira ela. — Não sou surda. Embora não falte muito se continuar aos berros.

— Azul — diz ele, num sussurro, com as mãos tapando a boca, como se fosse uma informação top secret.

Fiquei com vontade de rir, mas mamãe logo diria que não o encorajasse.

— Então fica azul — diz ela. — E como é capaz de continuar a fazer xixi neles até ficar adulto, acho que vou comprar uns conjuntos extra.

Para não ter que ver a cara satisfeita dela, cheia de razão, fico observando a rua por uma abertura nas cortinas.

— Ou amarelo — rebate Pedro.

— Então, o que você quer? — pergunta mamãe, perdendo a paciência.

— Azul e amarelo — diz ele, com uma risadinha — Assim é... azurelo!

Muito bem sacado, pensei eu, e sorrio. Minha mãe revira os olhos.

— Vou comprar azul-escuro — decide ela. — Assim não dá para ver tanto as manchas.

— Não vai me perguntar de que cor quero as toalhas? — diz Pedro.

— Vão ser brancas — informa mamãe.

"Será possível que mamãe tenha nascido sem o mínimo senso de humor, Dr. Rosenberg?"

— Boa! — exclama Pedro, saltitando contente na cadeira. Até parecia que ela tinha acabado de propor um passeio até o Aeroporto Kennedy para almoçar com os pilotos da Jet Blue. Quando Pedro concorda com ela até parece que estão lhe fazendo cócegas. Pode ser que ache que se concordar com tudo o que ela diz, conseguirá evitar o forno, como uma cobertura de parmesão ralado.

— A que horas você volta? — pergunto a mamãe.

— Quando voltarem da escola já estou aqui. E os lençóis novos também. — Pisca o olho e dá um estalo com a língua, como a amante de um mafioso em um melodrama dos anos 1940.

Estou convencida de que se os cientistas pudessem estudá-la, descobririam que a glândula pituitária da minha mãe libera um dilúvio digno de Noé cada vez que entra em uma loja. Ou quando tem um cartão de crédito na mão. Ou até quando ouve a palavra "liquidação", os saldos à portuguesa. Angel disse uma vez que, quando tem um orgasmo, é possível que grite os nomes das lojas de Roosevelt Field: Bloomingdale's! Macy's! Pottery Barn...!

Depois de enfiar meus livros na mochila, Pedro veio para perto de mim e começou a choramingar que sua barriga estava doendo e que tinha vontade de vomitar. E eu sentei na borda da banheira, com ele ajoelhado ao lado da privada, até que o mingau de aveia e metade de uma banana fizeram seu reaparecimento em cena.

Fomos à cozinha, e dei-lhe um copo de água, porque ele dizia que tinha um gosto ruim na boca. Depois levei-o de volta ao quarto. Pedro come meia tigela de mingau de aveia e meia banana todos os dias. Talvez, até um garoto de 7 anos precise de pelo menos um ritual com que possa contar.

— Você vai ficar em casa — ordenei eu. — Por isso coloca o pijama outra vez.

— Mas mamãe precisa ir às compras — replicou ele, com medo.

— Mamãe que se foda! — disse eu.

Ele fez uma careta por me ouvir dizer um palavrão.

— Estou falando sério, Pedro. Está gripado e vai ficar em casa!

Atirei a mochila para trás do ombro e fui ao quarto de mamãe dizer o que se passava. Estava à espera de uma discussão, mas quando ouviu que ele tinha vomitado, pôs o cigarro no cinzeiro e disse que ia ligar para Diana cancelando o programa das compras.

Quando saí de casa, estava tudo calmo. Pedro estendido na cama, com mamãe lendo *James e o Pêssego Gigante* para ele. Talvez, se ele ficasse doente todos os dias, ela acabasse descobrindo seus desaparecidos instintos maternais. Ou isso ou o sufocava com uma almofada. Os livros preferidos de Pedro são *A Fábrica de Chocolate, Onde Vivem os Monstros* e *Pêssego Gigante*. Gosta de ilustrações enormes e coloridas e de rimas malucas. Agora que penso nisso, eu também era assim na idade dele. O que pode significar que somos mais parecidos do que eu gostaria.

A caminho da estação de Mineola, parei no Café Lisboa para tomar um cappuccino, pois tinha ainda um bom tempo até o expresso das 8h18 para a Penn Station. Angel tinha com ele os horários do trem quando me ligou há quatro dias, por isso eu já sabia que o das 8h18 chegava ao destino às 8h53. Angel gosta dos detalhes e da precisão — horários de trem, tabelas de raízes quadradas, listas das capitais dos estados, tabelas de top hits... Acho que o perigo para um obcecado por detalhes como ele é acabar submerso pelo acúmulo de fatos e números. Quando ele ligou, eu e Pedro estávamos ocupados enchendo, pela segunda vez, a máquina de roupa na lavanderia. O nome que apareceu na tela do celular era "Caetano Cabral", já que nunca me dei ao trabalho de mudar para "Angel". Tinha engolido dois shots rápidos de vodka uma meia hora antes e por isso eu me sentia como se flutuasse dentro do meu próprio corpo. Atendi cautelosamente, pois não queria que ele adivinhasse o que eu ia fazer. Se adivinhasse, era capaz de tentar me convencer a não o fazer.

— Sou eu — disse ele. E acrescentou precipitadamente: — Já sei que deve estar chateada comigo, mas espero que não.

— Não, não estou chateada — garanti, pois o meu primeiro instinto é mentir, mas depois de dizer aquilo percebi que provavelmente era verdade. Deixei a maior parte da minha zanga com Angel na casa de Mickey. Deixei lá um monte de coisas, se formos analisar.

— Espera um momento — pedi. E depois disse a Pedro: — É pessoal.

Ele ficou onde estava, como que à espera de uma gorjeta. Ou de um biscoito para cães T Bonz Porterhouse. De repente um cheiro pestilento me atingiu. — Ahhhh! Você soltou um pum? — perguntei.

— Talvez — disse ele, enfiando os lábios na boca, que era sua maneira de pedir desculpa e de se preparar para um ataque verbal.

Mas eu não era minha mãe. Pelo menos, ainda não. Por isso me limitei a abanar o ar de volta para ele e disse:

— Sai daqui, Fredorento! — Era do que eu lhe chamava sempre que ele deixava escapar um dos seus peidos silenciosos-mas-mortais. Fredorento era uma combinação de Frederico e fedorento.

— Quer que eu dobre a roupa que tiramos do secador? — perguntou.

— Boa ideia. Ou... — Enfiei a mão no bolso e tirei os vinte dólares que mamãe tinha me dado. — Ou então vai buscar uma porção de frango com molho picante e crepes de vegetais e uma sopa wonton no Slow Boat to China.

— Não, sozinho não vou! — choramingou. — E mamãe disse que depois podíamos comer lá!

— Está bem, então vai dobrar a roupa. E sai daqui!

Guardei o dinheiro, e assim que meu irmão desapareceu na esquina, disse a Angel:

— Pedro estava aqui, mas já o despachei. Agora anda sempre atrás de mim. E andar com um garoto de 7 anos colado em mim não é exatamente minha ideia de uma vida decente.

Ele riu, como que aliviado por ver que não íamos discutir.

— É mesmo bom falar contigo — disse ele.

— Sim — disse eu, evitando dizer a mesma coisa, porque era capaz de eu ainda estar um pouco ressentida, afinal.

— Como é que estão as coisas por aí? — perguntou.

— Melhor do que nunca. Um espetáculo.

— Está bem, esquece — disse ele, depois de um suspiro sofredor. — Podemos falar nisso tudo quando a gente se encontrar. Olha só — disse ele, com renovada energia —, quando vi a data no jornal de hoje, me lembrei do que tinha que fazer e do que tinha prometido a você.

— Não estou entendendo.

— Disse que quando eu fosse a Strawberry Fields, no Central Park, levaria você comigo.

Senti dentro de mim soltar-se uma mola. Percebi que eu tinha desejado uma última aventura e ali estava ela!

— E então, quando você vai? — perguntei entusiasmada.

— No dia 8. Aniversário da morte de John Lennon. Pode ir?

— Puxa, Angel, é dia de escola. Não sei se posso.

— Estou vendo que *está* chateada comigo.

— Estou só cansada. Há dois meses que não durmo direito. E não sei se devia matar aulas. — E só para mim acrescentei em voz baixa: — E a vodka parece que está perdendo o efeito.

— Olha, Teresa, encontra comigo lá. Pode ser que eu vá embora um dia desses e por isso é a última oportunidade que temos.

— Para onde você vai?

— Quero viajar.

— Faz bem — disse, e estava sendo sincera. Só que a mãe dele ia acabar numa unidade de cuidados intensivos se ele não voltasse depressa para casa. Quando fui jantar na casa dela há uma semana, tinha a aparência daquelas modelos heroin-chic das revistas femininas: olheiras cinzentas por baixo de olhos abatidos, rosto esquálido, cabelo de rato sem brilho...

O pior de tudo foi começar a me fazer perguntas fantasiosas e desesperadas. E esperando que eu lhe desse respostas sérias. "Você acha que Angel conseguiu dinheiro suficiente para comprar uma passagem para o Brasil?" "Acha que eu devia pedir à polícia para procurá-lo?" E a melhor de todas: "Será que ele teve um ataque de amnésia?" Só não ri porque pensei como é difícil estar naufragada num país estrangeiro. Podem crer.

— Vem se encontrar comigo na Central Park West na esquina com a 72 — propôs Angel. — Nove e meia, está bom? Ou é muito cedo?

— Não, está OK. Qual é o metrô mais próximo?

— Pode apanhar o Seventh Avenue Express na Penn Station até a 72.

Foi então que ele me falou no expresso das 8h18 da Mineola até a Penn Station.

— E aí, vem? — perguntou.

Se eu fosse encontrá-lo no Central Park, ele iria me associar sempre a John Lennon. Cada vez que cantasse "The Two of Us" ou "Hey Bulldog", pensaria em mim. Mas iria considerar isso um consolo ou uma praga?

— Vou sim — disse eu, já que de uma maneira ou de outra ficaria protegida de retaliações.

— Ótimo. Mas não diz nada para minha mãe.

— Está bem, mas devia ligar para ela um dia destes. Parece uma figurante da versão brasileira da *Noite dos Mortos-Vivos*.

— Você esteve com ela?

— Ela me convidou para jantar na quinta-feira. Comprou uma pizza no Luigi's. Disse que não estava com cabeça para cozinhar. No dia anterior tinha se queimado no fogão, porque esqueceu que estava ligado. — Ouvi Angel como aspirando o ar.

— Era uma queimadura grande?
— Tem ataduras na mão. Diz que sente latejar.
— Foda-se — disse ele.
— Sim, parecia coisa grave.
— Ela sabe que estou bem, ligo para ela de vez em quando, por isso não sei porque está tão preocupada.
— Porque você não conta onde está morando. Ou como é que arranja dinheiro para comer.
— Se eu digo a ela onde estou, vai fazer tudo para vir me buscar. Sei como é.

Ficamos calados um tempo. Ele devia estar lutando contra o sentimento de culpa. E eu estava pensando que ele não precisava de tantos segredos; ver a mãe de vez em quando não lhe custava muito. Será que não via que ter uma mãe que se preocupava com ele era melhor do que uma mãe que não liga nem um pouco?

— Mas deixa isso pra lá. Como está meu biscoitinho? — perguntou ele, esforçando-se para fugir para longe das más notícias.
— Não me leve a mal, Angel, mas acho que não tem nada com isso.
— O que você quer dizer com isso? — perguntou, em uma voz irritada.
— Se quer saber como Pedro está, fala com ele. Eu ganhava muito mal para ser secretária dele, o plano de aposentadoria era péssimo e eu me demiti.
— Mas ele não tem telefone.
— Bingo! Então terá que falar com ele pessoalmente.
— Isso não vai acontecer — disse ele, sombrio.

Deve ter pensado que era um truque para fazer com que ele voltasse para casa.

— Só estou dizendo que gostaria que mantivesse contato com Pedro. Está sempre perguntando por você. Você e o Hulk são os dois modelos masculinos dele, na verdade. Talvez isso explique por que é que a página dele na Wikipédia diz que ele está completamente virado do avesso.

Silêncio. Devia estar arrependido de ter me telefonado.

— Não tem que ser agora — acrescentei, para tirar o peso de cima dele — nem daqui a um mês. Mas gostaria que falasse com ele daqui a uns anos, mesmo que não tenha falado com ele antes. E que o ajudasse. É pedir demais?

— Que houve? — perguntou ele. — O que está acontecendo com Pedro?

— Nada que seja diferente do costume. Não está muito bem, mas isso você já sabe. E se você for embora, vai passar uns tempos sem te ver.

— Talvez você pudesse trazer ele ao Central Park.

— Ídolos do rock mortos ainda não significam nada para ele. Nem sequer os vivos, para dizer a verdade.

— Mas *eu* significo alguma coisa para ele — disse ele, triunfante.

— Sim, você sim. E por isso mesmo é que não o levo. Já tem desapontamentos demais. Por isso se não prometer que vai manter contato com ele, não posso levá-lo.

— Eu... eu não posso prometer nada. Neste momento não posso. Talvez mais tarde.

Depois de desligar, fiquei com pena da mãe dele. Enquanto o telefone dela tocava, tentei listar as dez composições de John Lennon preferidas de Angel. A primeira era *The Two of Us*. Depois, *I Am the Walrus, Yer Blues* e *Revolution*... Mas não me lembrava do resto. Quando a Mrs. Cabral atendeu, disse a ela que Angel parecia estar bem.

— Ele disse... disse onde estava? — perguntou, como uma mulher atravessando na ponta dos pés uma linha de esperanças quebradas.

— Não, lamento muito.

— Se ele ao menos concordasse em mudar de escola — disse ela, e soltou um queixume rouco que me deixou arrepiada.

Se a mãe de Angel era um caso típico, diria que os brasileiros exprimem suas emoções mais abertamente do que os portugueses.

— Ele não quis deixar a Hillside? — perguntei, chocada.

— Não. Queria aguentar. Disse que era importante. Que não ia mudar a vida dele por causa de um Gregory Corwin qualquer e outros como ele. Que era uma questão de princípio.

Parecia um sentimento muito digno, mas errado. Um garoto de 16 anos não devia ter que combater na linha de frente da libertação gay. Especialmente quando os trogloditas eram em maior número.

— Mas então tem dinheiro para isso? — perguntei. — Quero dizer, para pagar uma escola particular?

— Não, mas disse que ia fazer outra hipoteca da casa e que pediria um empréstimo. Discutimos isso, mas ele disse que não.

— Pode ser que não queira vê-la com dívidas.

— Pois é, só que eu já tenho dívidas. O que são mais quinze mil dólares nessa altura?

— Ouça, Mrs. Cabral — disse eu —, não se zangue comigo, mas por que convenceu Angel a retirar a queixa contra Gregory Corwin?

— Eu? — exclamou ela, com a voz indignada. — Eu não convenci ele de coisa nenhuma. Ele é que disse que polícia e tribunais só tornavam as coisas ainda piores e que, no fim, nada mudaria. Discutimos muito, muito, mas ele não cedeu.

Então Angel tinha mentido e deixou que eu colocasse a culpa em cima da mãe dele. Estranho. Especialmente da parte de alguém que achava que eram princípios que estavam em causa aqui.

— Teresa, queria que você me dissesse uma coisa... uma coisa sobre Angel — disse ela, hesitante. — É uma coisa pessoal, mas você é a melhor amiga dele e...

— É — interrompi eu. — Angel é gay.

Era a segunda vez que eu me exaltava, se contarmos a Mrs. Romagna. E sem dúvida nenhuma a última, felizmente. Apesar de todas as provas em contrário, eu não fora feita para uma vida na linha de frente de *coisa nenhuma*!

A Mrs. Cabral respondeu com o silêncio. Imaginei-a se agarrando à possibilidade de que ser gay seria apenas uma fase. A última esperança dos pais em pânico — pelo menos é o que mostram os filmes.

— Não me diga que não sabia disso há muito tempo — eu disse —, porque eu não acredito.

— Eu não tinha certeza, Teresa. Sério. Quero dizer, como é que eu podia ter certeza?

"Podia ter perguntado! Ou bastava dar uma boa olhada nos pôsteres que ele tem no quarto!" — era o que me dava vontade de gritar, mas de que ia servir fazer com que ela se sentisse ainda pior do que se sentia?

— É gay — repeti. — E ele vive bem com isso.

— Então, por que ele me pediu que retirasse a queixa? Não sei... Depois de algum tempo, fiquei com a sensação de que uma parte dele achava que ele merecia que zombassem dele e que o perseguissem.

Nunca tinha pensado nisso antes.

— Acho que é possível — disse eu, inquieta. Parece que tenho andado muito enganada sobre Angel numa série de coisas. Talvez uma parte das razões que o levaram a ir embora foi minha incapacidade de ver mais longe do que o contentamento dele por ser gay. — Enfim, agora já tem uma porção de coisas para falar com ele a próxima vez que encontrá-lo.

Depois de ter desligado, descobri que minha frustração dava o impulso imperativo de que eu precisava para planejar meu fim. A internet mostrou-se realmente útil. Dá a impressão de que podemos ter um encontro com a Morte em cada farmácia da esquina se soubermos o que procuramos. E o conteúdo da minha garrafa de Poland Spring me ajudaria a localizar o alçapão para o Outro Lado rapidamente, porque uma boa mistura de álcool, tranquilizantes e analgésicos pode ser fatal, mesmo em pequenas doses. E eu não estava pensando em tomar uma pequena dose.

Mamãe guarda o Valium num esconderijo supersecreto dentro da caixa de costura, por isso a única coisa que eu tenho que fazer é ir a uma farmácia Rite Aid e comprar um bom analgésico que não precise de receita médica e lá vou eu, "Aiô, Silver!", de guias no último quadradinho. Será que ela acha mesmo que consegue manter os comprimidos fora do meu alcance?

"Apesar do que possa pensar, Dr. Rosenberg, meu suicídio não vai ser um pedido de socorro. Vai ser uma porta se abrindo e outra se fechando." E a porta que se fecha tem que se fechar antes que tudo fique ainda pior e eu acabe com as chances de mamãe com o Mr. Gluck ou outro qualquer que se siga na sua lista de solteiros elegíveis. Não é que me preocupe com ela. Mas é que iria tornar as coisas piores para Pedro. E eu NÃO NÃO NÃO queria destruí-lo. Se eu ficasse aqui muito mais tempo, provavelmente era o que iria acontecer. Indiretamente, pelo menos. Porque eu destruiria o que restava da nossa família, e mamãe iria retaliar destruindo a mínima esperança de Pedro vir a ser uma pessoa normal no segundo volume da história da sua vida. As famílias são assim — cascatas de emoções destrutivas. Pelo menos, é o que minha experiência diz. E na escola também ia falhar em tudo. Dava a impressão de que ter um D em inglês seria desejar demais. Na sexta-feira da semana passada, o Mr. Henderson me contou que nunca tinha convidado aluno algum a casa dele, mas que se eu quisesse podia me dar umas aulas particulares.

— Pode ser — respondi, mas ele percebia que aquilo era um não e baixou a cabeça como um rapazinho enquanto eu saía.

Minha canção favorita de John Lennon é "Remember". O piano é tão obsessivo e estranho, mas é bonito também. E nada de acompanhamentos floreados ou coros para desviar nossa atenção da voz de John. Ou a desviar de nós a atenção dele.

Tirei 42 no teste que o Mr. Henderson aplicou no dia anterior, a pior nota da turma. O mais engraçado é que foi melhor do que eu pensava. Ele escreveu no topo da página em grandes letras vermelhas: "Estou desapontado com você, Teresa, mas sei que as coisas não têm sido fáceis ultimamente, por isso venha falar comigo."

Gluck. Procurei o nome na internet. Vem do alemão "Glück", que quer dizer sorte ou felicidade. Ao que parece, os próprios alemães têm problemas em distinguir entre as duas.

Ver o fim próximo nos dá a liberdade de fazer praticamente tudo — bom ou mau. Mas o que acontece é que eu não quero teimar na guerra com minha mãe. Não tenho forças. E não quero continuar a desapontar o Mr. Henderson. "Estou dizendo a verdade, Meritíssimo. Estou sempre exausta. Sinto-me como se estivesse correndo sem sair do lugar, mesmo quando estou deitada na cama."

Fui pesquisar a origem do nome "Silva" na internet: quer dizer floresta ou bosque em latim, por isso se mamãe e o Mr. Gluck casarem, formarão uma floresta feliz. "Não sei o que isso significa, Meritíssimo, mas também não estou muito empenhada em descobrir." E não tenho ilusões quanto a portas se abrindo diante de mim. Sei que não vou entrar por ela e encontrar meu pai à minha espera para me dar um dos seus grandes abraços, macios como lã. Vou atravessar a porta e não vou encontrar nada nem ninguém. Mas não encontrar nada é mesmo o que eu quero. A parte chata de partir é magoar pessoas que não quero magoar. Como por exemplo, as da minha equipe de basquete.

Marlene, Sikki e Amber vieram falar comigo ontem na hora do almoço e insistiram para que eu voltasse para a equipe.

— Vamos jogar contra a West Hempstead na semana que vem, e até agora elas ganharam todos os jogos, e eu preciso ter você jogando comigo para termos uma chance — disse Amber, a voz suplicante.

Marlene acrescentou insinuante:

— Conto tudo sobre a vida sexual da Mrs. Romagna se você voltar.

Todas rimos muito com isto.

— Seria muito bom ter você outra vez nos treinos — acrescentou Sikki, com sua sinceridade a Mahatma Gandhi. — Ah, e minha mãe gostaria que você viesse jantar em casa um dia desses. Eu disse que você gostava de comida indiana, e ela disse que ia fazer korma de vegetais, que é a especialidade dela.

Sikki disse "speciality" e não "specialty", e o modo como disse era tão preciso e tão bonito que me deu vontade de abraçá-la, mas não queria sentir mais do que o que já sentia. Sikki também diz "loo" em vez de "bathroom" e "hang on" em vez de "hold on" e "kit" em vez de "uniform", mas agora estamos todos acostumados ao estilo British do seu inglês.

Prometi às meninas do time que ia começar a treinar com elas na segunda-feira. Entre "high-fives", fiquei vendo elas se afastarem sabendo que nunca mais voltaria a vê-las. Não estava triste. Nada. Sentia-me cheia de alívio, da ponta dos dedos da mão a dos dedos dos pés, por não ter que voltar a mentir para elas. Sentia-me também orgulhosa de ter conseguido disfarçar tão bem meus sentimentos. "Decidir custa, fazer é fácil." Pelo menos, foi esse lema que comecei a repetir dentro da cabeça.

Depois de ter descoberto as drogas de que precisava, imprimi a informação e escondi tudo no meu armário, na prateleira de cima, dentro da caixa onde guardo as bonecas com que brincava quando criança, debaixo do guardanapo onde tinha colocado meu Valium. Dentro da caixa de bonecas, tenho um gatinho com olhos de botões a quem eu chamava Lola. O mais estranho é que decidi que Lola era um gato macho. Era meu favorito. Dormia com ele em cima da barriga. Mamãe e papai diziam que eu afirmava ter dado à luz o gato. É incrível como é barata uma viagem para o outro mundo. Se contarmos a meia garrafa de Absolut que ia beber, consegui preparar tudo por talvez uns 25 dólares. Trinta, no máximo. Claro que ficou mais barato porque mamãe forneceu o Valium. Roubei cinco comprimidos de cada vez, três dias de investimento. Se suspeitou de alguma coisa, não disse nada. Acho que andava muito ocupada com o Mr. Gluck lhe dando voltas à cabeça. Também comprei mais uma garrafa de Absolut há uns dias porque estava ficando sem. Foi um velhote indiano de Bijapur que comprou para mim. Quando me estendeu a garrafa, disse:

— Agora espero que não beba nada disto, menina. — Adorei ouvi-lo tratar-me por menina.

— Claro que não, sir — disse eu.

Ele gostou daquele "sir", e quando lhe disse que era portuguesa, me contou que Bijapur tinha sido a capital de um sultanato muçulmano e que os portugueses tinham conquistado uma parte do território em 1510. Aprende-se uma porção de coisas perto de uma loja de bebidas, descobri eu.

Sei que minha mãe tem todo o direito à felicidade, e provavelmente devo parecer uma vaca para quem me ouve falar dela, mas será que ela precisava começar a caça a outro homem tão depressa, a seguir à morte do meu pai? Não podia ter esperado um ano? A não ser que já tivesse começado antes. Às vezes penso que ela e meu pai já tinham deixado de se amar. Nestes últimos anos, nunca os vi darem nem sequer um beijo espontâneo no rosto. Quando eu era pequena, andavam sempre os dois agarrados como elos de videira. Alguma coisa mudou. E eu nem sequer me dei conta, a não ser depois de ele morrer.

Pelos meus cálculos, uns 150 miligramas de Valium davam para retardar o mundo o suficiente para eu poder saltar para fora sem me machucar. Depois engolia vinte comprimidos para as dores e os empurrava com o máximo de vodka que conseguisse aguentar, talvez até uma garrafa inteira. Pelo que diziam os sites que estive consultando, a mistura ia acabar com o meu fígado, mas que importância teriam uns 200 gramas de tecido em mau estado aqui dentro depois de morta? Além disso, meu fígado deformado ia dar à Sara Sidle mais alguma coisa para examinar. Deito com Lola em cima da barriga e fico dormindo para sempre. Os comprimidos de Valium da mamãe são brancos e redondos. Parecem pequenos demais para fazerem grande estrago, mas experimentei um na semana passada para ver como é e, durante umas sete horas, me senti como se eu fosse feita de qualquer coisa fofinha e quentinha. Estupidamente, tomei-o na quinta de manhã, porque foi o dia em que o Mr. Henderson decidiu dar aquele teste-surpresa. Por isso é que fiquei tão admirada por ter tirado mais do que vinte. Ainda não conheci o Mr. Feliz, embora ele já tenha vindo aqui em casa duas vezes quando eu estava. Das duas vezes, fugi direito para meu quarto e me recusei a sair de lá. Já sei o aspecto que ele tem, porque havia uma fotografia dele, daquelas 7 x 12, escondida no caderno de endereços da mamãe, que se soltou e caiu no chão da cozinha quando eu peguei no caderninho. Como é próprio de um "Glück", a fotografia ficou de cara para cima. Ajoelhei para ver melhor e reparei que ele espiava por entre duas folhas de palmeira com aspecto de plumas. Usava um daqueles casacos de safari com bolsos por toda a parte, que os correspondentes dos noticiários da televisão vestem, para que quem os veja perceba que estão num cu de Judas qualquer do terceiro mundo, sofrendo sérias privações, como falta de uísque e de amendoins no bar do Hilton. Nas costas da fotografia estava escrito: "El Yunque, Maio 2008". El Yunque é uma floresta tropical em Porto Rico. Fui ver na internet. Calculei que a foto devia estar na seção G do caderno de endereços e foi aí que a coloquei de volta. Como não houve nenhum grito por eu ter vasculhado as coisas dela, devo ter acertado. Se ela guardasse a foto em outra seção qualquer e eu fosse apanhada, teria dito que não havia sido eu — que Pedro queria saber se ela o tinha incluído no caderninho. E mesmo que ela brigasse com ele, não fazia mal, porque já estava acostumado que lhe berrassem pelas mais erradas razões.

    Decidi que deixaria o maço de Camel Lights que roubara de Mickey na mesinha de cabeceira de mamãe, debaixo dos dois frascos de Valium e do seu lápis roído e em cima das revistas de resorts de férias. Ela ficaria cogitando como teria ido parar ali. Talvez no meu funeral visse Mickey sacar do bolso da camisa um maço de cigarro e reparasse que era de Camel Lights e juntasse as duas coisas. Faria perguntas a ele, mas ele responderia que eu e Pedro tínhamos adorado o frango assado com batatas e que nessa noite não tinha acontecido nada de especial. Um homem que dá um tapa numa garota de 15 anos não vai ter coragem de contar à mãe dela o que realmente se passara.

    Mickey tinha telefonado na tarde seguinte ao jantar na casa dele, mas assim que ouvi sua voz, meu coração caiu nos pés, e eu desliguei o telefone e o coloquei no gancho com todo o cuidado, como se fosse uma granada pronta para explodir. Não voltou a ligar.

    Ainda tenho algumas esperanças de um dia desses encontrar um e-mail dele pedindo desculpas. Nas minhas fantasias futuristas, deve chegar no dia do meu funeral. O timing irá fazer todo mundo que me conheceu chorar, naturalmente. Até a Mrs. Romagna. E qual o morto que não deseja uma coisa destas?

A brochura de férias mais recente de mamãe era dos cruzeiros Princess Caribbean. Tinha marcado com um círculo o Southern Caribbean Medly, que partia de Fort Lauderdale, 18 de dezembro. Por isso já sabia mais ou menos onde ela iria passar o Natal: nas Bahamas, em Granada, Aruba... Não acreditava que minha morte a fizesse mudar de planos, mas acho que estou sendo cruelzinha. Talvez ela fique em casa, deliciada por poder odiar a filha que a privou de conseguir um belo bronzeado.

Na noite do jantar, tio Mickey levou Pedro para casa de carro. Subiu as escadas com o garotinho tonto de sono no colo e tocou a campainha, mas eu não respondi. Mickey devia ter percebido que mamãe ainda não tinha voltado do seu encontro, porque o carro dela não estava na garagem.

— Teresa, por favor, me deixe entrar — disse ele, do lado de fora da porta. — Queria me explicar. Por favor, estou muito chateado. A culpa é toda minha. Você não fez nada de errado.

Fugi da janela de onde estava a observá-lo, me precipitei para o banheiro e fechei a porta, porque a voz dele me soava frágil e perdida, e eu não queria sentir pena dele. Não queria sentir nada por ninguém a não ser por mim mesma. Assim que ouvi o carro se afastar, deixei Pedro entrar. Quando abri a porta, deparei com ele sentado nas escadas diante da entrada, com o Hulk passeando em cima da barriga e do peito dele até o topo da cabeça. Parecia que estava imaginando o King Kong escalando o Empire State Building.

— Entra, Kong — disse eu.

No verão passado, pouco antes de as aulas começarem, Angel arranjou a versão em preto e branco de *King Kong,* com a Fay Wray. Vimos como parte de uma sessão dupla de domingo, juntamente com *King Kong vs Godzilla*. A Mrs. Cabral fez pipocas e comprou batatas fritas e guacamole, e toda aquela horrorosa representação e todas aquelas caras japonesas dobradas, combinadas com a cafeína do guaraná que bebíamos, tiveram como efeito um caso de nível mundial de risadinhas em mim, em Angel e em Pedro. Foi um grande dia.

Depois de ter levado Pedro para dentro, fechei a porta à chave, o coloquei na cama e sentei no meu quarto com a vodka na mão. Não bebi nada. Limitei-me a pousar a garrafa em cima do peito e em cima da cabeça, e a deixei ali. Não era o King Kong nem nenhuma criatura dessas. Era apenas uma garrafa de água Poland Spring, mas ainda bem, porque seria minha salvação se começasse a ficar apavorada.

O Mr. Feliz tem cabelo curto, começando a ficar grisalho, penteado para o lado. Seu olhar parece inteligente, e deve ter uns 45 anos. Pensei que talvez haja uma Mrs. Feliz e que foi ela quem tirou a fotografia, e fui buscar uma lupa para ver com atenção os dedos dele, mas não percebi se usava ou não aliança. Não se lhe veem os dentes, mas apostava que são de uma perfeição hollywoodesca. Se não fosse um correspondente jornalístico, devia ser advogado de uma firma na Wall Street. Com uma casa enorme em Great Neck, onde teríamos uma TV HD gigante e uma máquina Nespresso e uma piscina e um pastor-alemão com um nome bem americano, como Slinky ou Skipper ou Elmer.

Eu odiaria, ele e seu Slinky, mesmo se não fosse para fazer minha mãe infeliz. "Tão certo como eu me chamo Teresa, Meritíssimo!"

É assim: talvez mamãe esteja dizendo a verdade, e ele não seja nenhum caso sério. Talvez sejam só just friends. Mas se ele não se casar com ela, há de aparecer qualquer outro substituto de papai daqui a um ou dois anos, um tipo que seja o suprassumo do americano, achando que é muito exótico ter uma namorada portuguesa e que não seja dos que ficam tremendamente constrangidos com o inglês indecifrável dela nem com os seus olhos de dançarina do ventre, e que a leve à Bloomingdale's da 59th e da Lexington para comprar um daqueles vestidos decotados Donna Karan, e que goste de exibi-la nos hotéis cinco estrelas de Las Vegas e de Fort Lauderdale e, às tantas, até de Lisboa.

A parte mais perfeita do meu plano era a de minha mãe ser a fornecedora do Valium. Só isso já põe nos meus lábios um grande sorriso maldoso, que imagino igual ao do Mr. Burns, dos *Simpson's*. Porque quando mamãe encontrar meu corpo, deverá ligar para o 911 ou, se ela não tiver cabeça para tanto, o Mr. Feliz vai fazê-lo, e nosso Detetive Jim Brass local virá aqui e mandará fazer uma autópsia, e Sara Sidle vai fazer uns testes com o conteúdo do meu estômago e descobrirá que o Valium fazia parte da mistura fatal e perguntará a mamãe onde é que eu poderia tê-lo conseguido, e um sobressalto horrorizado deve fazer com que mamãe leve as mãos à boca.

O pesado sentimento de culpa nunca mais a largará inteiramente.

"Por isso, Dr. Rosenberg, sempre haverá um happy end, como vê." Quem é que acham que vai interpretar meu papel no filme da minha vida? Voto numa estrela recente e já sei qual eu quero: Brie Verbena! O anúncio gigante no Times Square me mostrará com a baba escorrendo, no tribunal, vestida com o uniforme de basquete muito justinho, com um ar incrivelmente sexy: "And introducing Brie Verbena as Teresa Silva!" O papel da minha mãe precisa ser de Meryl Streep. Só uma atriz com o talento de Meryl será capaz de dominar tantas e tão sutilmente diferentes maneiras de levantar a sobrancelha e fazer aquele sotaque com precisão. Papai, eu gostaria que fosse interpretado pelo ator que fez Luka em *ER*. É lindo de morrer e tem o sorriso mais doce que existe, e tem uma aparência vaga de português. Podia engordar uns 20 quilos para o papel, deixar crescer os pelos das orelhas e aprender a espalhar o molho de tomate por toda a cara quando come uma fatia de pizza com cogumelos extra do Luigi's. Acho que é legal da minha parte deixar que seja Angel a escolher seu ator. E talvez Brad Pitt possa fazer tio Mickey. O título devia ser *Teresa Island*. Soa muito bem. E também soa bem em português: *Ilha Teresa*. Para o filme ser crível, será que Teresa escreverá um bilhete de despedida para seu irmão Pedro, algum momento antes do clímax da cena da morte que dará a Brie Verbena o Oscar de melhor atriz?

Foi esta pergunta que há duas noites me arrancou da cama e me levou ao banheiro às três da manhã. Observando minha cara no espelho, perguntando-me se um pouco de sombra nos olhos e de rímel tornaria menos pesado para meu irmão ter que olhar para minha cara morta, percebi que tinha que escrever alguma coisa. Porque não queria que ele pensasse que a culpa era dele. Comecei e interrompi várias vezes meu bilhete de adeus. Às três da matina, o pequeno hobbit apareceu na porta do quarto e perguntou se podia dormir na minha cama.

— Voltou a regar os gerânios? — perguntei eu.

Falo em código e com voz compreensiva, porque não quero que ele pense que a torneira dele pingar um bocadinho é o problema mais grave do mundo. Porque não é, mesmo que mamãe ache que sim.

— Hoje não — respondeu, todo orgulhoso.

É bom que se sinta orgulhoso por não fazer xixi na cama. Sério. Temos que ter orgulho dos nossos pequenos triunfos, senão quem o fará por nós?

Ponho o caderno debaixo do travesseiro, dou uma palmada no colchão, e ele se joga para mim, como sempre faz. Agora sou a verdadeira casa dele. Eu sei que sim. Mas em breve terá que mudar de casa. Assim são as coisas. Porque também não confio em mim no que se refere a ele. Eu sei que comecei outra vez a ser noventa por cento simpática com ele porque estou a poucos dias do apito final. Se fosse para ficar aqui mais uns tempos, quem sabe se não iria unir meus esforços aos da Momzilla para acabar com ele completamente? Talvez eu aprendesse a gostar de espetar agulhas no coraçãozinho dele como ela gosta.

Temos gerânios ao lado da casa. Foram plantados pelas pessoas que viviam aqui antes. Pedro gosta muito deles. Gosta de regar todas as plantas do pátio. Às vezes acho que ele seria mais feliz como jardineiro do que como piloto da Blue Jet.

Abraço com força meu irmão, com ele pegando no sono. Foi a única vez que chorei desde que decidi o que ia fazer. Sentindo aquele corpo macio, observando o suave sobe e desce do peito, percebi que sentiria muitas saudades dele. Se bem que na verdade não seja assim, pois eu não vou estar em parte alguma. Por isso não faz sentido estar me sentindo tão perturbada, mas eu não estava chorando por isso fazer sentido. Talvez sentir-me vazia por dentro e tentar preencher esse espaço com lágrimas não seja nunca uma questão de lógica.

— O que você tem? — pergunta ele, acordando, virando-se para mim, os olhos meio fechados pelos sonhos esquisitos que tem. Eu estava sentada contra a parede, em fantasias sobre o Outro Lado e sobre que recordações de mim Pedro mais frequentemente terá.

— Nada, volta a dormir — digo eu.

— Tem alguma coisa.

Senta-se na cama e limpa a cara.

— Gosto de você — digo eu. — Não quero que duvide disso nunca, está bem?

Nunca falei assim sério com ele. E nunca tinha dito que gostava dele. Acho que queria deixar este momento gravado em sua memória. Queria deixá-lo tão fundo nele que nunca desaparecesse, e foi por isso que segurei a mão dele entre as minhas. Daqui a anos, quando estiver se sentindo só, gostaria que Pedro se lembrasse que a irmã mais velha pegou sua mão numa noite de dezembro de 2009 e que não a largou durante um bom bocado de tempo.

E percebi também outra coisa: que estava também dizendo a Angel que gostava dele.

Pedro fez que sim com a cabeça e se encostou em mim. Quando beijei sua cabeça, estava não só me despedindo dele, mas também de Angel — de uma forma mágica, a distância. Porque acho que não seria capaz de lhe dizer em palavras quando me separasse dele em Manhattan. É estranho como Pedro e Angel se confundem na minha cabeça. Ou, de repente, não é nada estranho. E o amor apaga as fronteiras entre pessoas.

Passado algum tempo, Pedro levantou a parte de cima do meu pijama e enfiou a cabeça dele por baixo. Era uma coisa que ele fazia às vezes. Sentia o hálito quente contra minha barriga, como cócegas. Aquilo me incomodava um pouco, mas eu não me importava. Passei os braços em volta dele, com cuidado para deixar uma abertura que o deixasse respirar, e fechei os olhos.

Adormeci, e, quando acordei às seis da manhã, ele estava outra vez na cama dele, todo despido e fora dos lençóis, mas com as meias nojentas calçadas. Às vezes imagino que ele deve ser raptado todas as noites por marcianos, que o examinam da cabeça aos pés e voltam a calçar suas meias. É o cartão de visita deles.

Não voltei a chorar depois dessa noite. Talvez eu tenha soluçado tanto que me livrei dessa necessidade. E depois foi fácil escrever o bilhete de despedida. Ter dito "Gosto de você" tornou mais fácil escrevê-lo. Depois disso, escrevi: "Você não tem NADA a ver com o fato de eu ter me matado. NADA. Por isso, trate de ter uma vida boa. Trate de se tornar um piloto da Blue Jet ou um artista de história em quadrinhos ou um ás do futebol ou um jardineiro ou outra coisa que queira ser. E, por favor, me perdoa. Sua irmã mais velha, Teresa."

Não escrevi nada para mamãe. Os resultados da autópsia serão meu bilhete para ela. Decidi tomar os comprimidos no próximo dia 10, uma quarta-feira, a não ser que Pedro apanhe mesmo uma gripe e tenha que ficar em casa, e nesse caso eu tenho que marcar nova data. Mamãe já me disse que nesse dia vai almoçar com Diana em Bayville. Eu vou para casa, tomo os comprimidos no meu quarto, fecho a porta, coloco para tocar "Ombra Mai Fu" e, quando ela me encontrar, já virei história.

A não ser que o primeiro a descobrir meu corpo seja Pedro, que volta da escola às três da tarde. E mesmo que minha maquiagem seja boa, minha palidez de zumbi vai deixá-lo traumatizado. Portanto, vou ter que fechar a porta da frente à chave. Mamãe nunca lhe deu uma cópia. Se der com a porta fechada, vai para o quintal jogar bola, como é seu costume. Não posso esquecer de deixar a bola lá fora antes de tomar os comprimidos. Ou então podia deixar um recado na porta da frente: "Pedro, há um furo no encanamento. Vá brincar no quintal até mamãe chegar. Teresa."

Ultimamente tenho pensado muito no futuro de Pedro. Penso muito no tipo de garota por quem ele vai se apaixonar. Mas... e se ele for gay? Minha mãe morreria de vergonha. Mais um happy end, pela parte que me toca.

Na véspera, dei um telefonema que já pensava em fazer desde que Angel desapareceu de vista. Telefonei para o CLAGS, Center for Lesbian & Gay Studies, na Cidade Universitária de Nova York. Falei com uma senhora chamada Julia Simms. Trinta e poucos, cabelo castanho sensual, lábios Scarlett Johansson, um pescoço comprido de ganso e brincos pendentes de ametista.

Foi assim que a imaginei, a julgar pela voz. Falei na necessidade de Angel entrar para a universidade. A princípio, mostrou-se aborrecida, e era evidente que estava louca para se livrar da pirralha com sotaque estrangeiro na outra ponta da linha, mas quando comecei a amansá-la com os meus superlativos sobre Angel, acho que consegui convencê-la de que falar comigo não era a enorme perda de tempo que ela pensava, e pouco depois já se mostrava bem-humorada e simpática. Só depois de desligar é que reparei que eu tinha esquecido de perguntar a Julia se ela era professora, administradora ou talvez uma simples secretária. O homem que tinha atendido perguntou qual era o assunto, e eu respondi que precisava de uma informação sobre inscrições, e então ele passou a chamada para ela.

Contei a Julia como Angel tocava solos kletzmer de hits das Andrews Sisters e como ele era tão devotado a John Lennon, que até pensava que os grunhidos no microfone de Yoko Ono nos vídeos do YouTube não eram *inteiramente* horripilantes, e como o vocabulário dele em inglês era superior ao de qualquer pessoa que eu conhecia, exceto o Mr. Henderson. Mas não comecei com essas coisas. Porque já sabia que tinha de ir direito ao ponto. Os americanos gostam disso — pensam que a eficiência é o que há de mais importante. Portanto comecei dizendo que Angel era gay e que tinha tirado 800 no SAT de aptidão de leitura crítica, e acrescentei que estava convencida de que ele já tinha todas as cadeiras que eram necessárias para entrar na universidade.

— Espero que não vá me dizer que também é uma pessoa decente — interrompeu Julia, depois de eu ter falado nos resultados de Angel no teste de leitura crítica — porque senão vou perceber que você inventou isto tudo.

— Bem, pode ser que não seja o mais leal, e pode ser que não se aceite tanto como me fez acreditar.

— Isso não seria de se estranhar em um jovem gay.

— Talvez não, mas acontece que ele deve disfarçar muito bem o que sente, porque eu nunca percebi isso. Por isso talvez ele seja um ator muito bom.

— Deixe lhe dizer uma coisa — começou ela, num tom de quem não brinca em serviço —, os gays e lésbicas adolescentes têm que aprender a usar uma máscara. Às vezes tiram essa máscara e outras vezes não. Faz parte das regras do jogo. Seja como for, ainda não me disse exatamente o que pretende que eu faça por ele e tenho uma salada de camarão olhando para mim de cima da minha mesa.

— Angel precisa se inscrever na City College ASAP porque a escola secundária não serve para ele.

— E por quê?

Expliquei então aquilo de Gregory Corwin e da Direção da escola, e do batom voador e da minha quase acidental denúncia da Mrs. Romagna. Julia não parava de dizer "Oh" enquanto eu ia fornecendo os detalhes mais sórdidos. Quando acabei, ela falou — por entre umas dentadas estaladas no sanduíche — que ela havia sido posta para fora de casa pelo pai dela quando estava no último ano da escola, por ter dito que era sapa. Foi essa a palavra que ela usou, sapa, mas na sua boca parecia engraçada e cheia de ternura. Depois, continuou Julia, tinha fugido de Fayetteville, na Carolina do Norte, para Atlanta, e viveu na rua até uma mulher mais velha, chamada Susanne, tê-la levado para a casa dela.

— E quando digo mais velha, quero dizer 25 anos! Ha! Ha! — Julia ria com um riso solto, como quem está explodindo. — Susanne foi extraordinária para mim — acrescentou —, e eu fiquei redondamente apaixonada por ela, só que ela não era judia!

Pensei que ela estava falando sério, até ser atingida por mais uma rajada de Ha! Ha! Ha! Gostei de ouvir a história de Julia porque tinha um happy end, pois agora trabalhava para a CLA-GS e tinha se casado com uma microbiologista alemã, chamada Angela. Gostei muito de Julia, mas, infelizmente, acabou não me servindo de grande ajuda. Prometeu que ia falar com uma pessoa da Comissão de Admissões da City College, mas não parecia que Angel pudesse se inscrever antes de acabar a escola secundária. Disse que me ligava depois de se informar, mas eu disse para ligar antes para Angel e dei o número dele.

— Vou voltar para Portugal daqui a dias — menti eu.
— Por quê, querida? — perguntou, em um tom preocupado.
— Minha mãe morreu. Meu pai quer que voltemos.

Experimentei essa mentira só para ter a sensação de umas férias num universo paralelo mais a meu gosto, e era uma sensação que prometia, mas então Julia me desejou boa sorte, se despediu, e, abracadabra, lá estava eu de volta a esse mundo.

Essa manhã, enquanto colocava Pedro de volta na cama, lembrei que devia ter enviado a Julia um CD com Angel deslizando para cima e para baixo no seu clarinete, com um solo de Benny Goodman, por ela ter dito que costumava tocar riffs de Clarence Clemmons no saxofone, e porque tenho um CD de Angel tocando "Moonglow", que é tão maravilhoso que seria possível jurar que é o próprio Rei do Swing tocando. E também devia ter ligado para a Columbia University. Angel diz sempre que é para lá que quer ir.

Foi só quando eu estava à espera do trem, na Mineola Station, às oito da manhã, que percebi que não tinha feito nenhuma dessas coisas porque há em mim uma parte cautelosa e traiçoeira querendo guardar algumas coisas importantes para fazer depois do dia 10 de dezembro. Mas não vou me deixar enganar. Angel que ligue para a Columbia, agora também pode mandar a Julia sua homenagem a Benny Goodman.

O melhor é que ia poder dizer para ele fazer isso tudo daqui a pouco. Porque acabamos de chegar à Penn Station. Está lotada com as pessoas que vivem nos subúrbios, e por isso demoro algum tempo para abrir caminho até o metrô da avenida Seventh e comprar meu Metro Card. O trem chega logo em seguida, mas assim que salto para dentro, o cheiro sufocante de excrementos enche meu nariz. É tanto o cheiro no nosso vagão, que parece a casa dos gatos no Zoo de Lisboa. Mas por quê? A sósia da Queen Latifah de cabeleira cobre sentada à minha frente lança-me um olhar cúmplice e faz sinal com a cabeça para o lado direito. Num dos lugares do canto, encostado a uma janela, coçando uma barba de uns 30 centímetros que mais parece uma cabeleira rasta desfeita, está um velhote com roupas em farrapos. Os sapatos pretos estão melados de marrom. Nem ouso olhar para as calças. Enquanto o observo, sinto um baque no coração. Era como se a Morte — a do velhote e a minha — apertasse já as duas mãos à volta do meu pescoço. Para ele, esta viagem de metrô é o fim da esperança. E talvez para mim também. Embora não tivesse sofrido nada semelhante. Seria o fedor? Ou a maneira como ele se encosta à janela com as unhas incrustadas de porcaria, como que ansioso por fugir da jaula? Talvez seja simplesmente a estranheza de ver trinta desconhecidos dentro de um vagão, esforçando-se por se comportarem como se nada fora do comum estivesse acontecendo.

O que eu sei é que enquanto o observava encostado à sua janela, um terror sinistro rasgou meu peito. Talvez eu tenha gemido ou soltado algum tipo de grito abafado de que não tive consciência, porque a Queen Latifah olha para mim, encolhe os ombros e faz uma careta como quem diz "só precisa aguentar até chegar à sua estação. Não podemos fazer nada". Mas é que ela não compreende; o que tenho dentro do peito não é o cheiro nauseabundo de um homem agonizando indignamente. Ou talvez seja, mas isso é apenas a parte mais óbvia. Mas é sobretudo o saber que dentro de alguns dias, minha última chance de vida se irá para sempre. Deixará de ter sentido o ter nascido, o ter lido para meu pai, o ter me enfurecido com a minha mãe. As centenas de palavras inglesas que consultei no dicionário durante o ano passado deixarão de ter significado, e até toda a vodka que emborquei ou todos os meus esforços para proteger Pedro. Nunca farei rabanadas para o homem por quem me apaixonasse, nem brincarei de Jogo das Emoções com os meus filhos. Nunca saberei o que é desejar me ver rasgada em duas pela paixão do meu marido. Nunca poderei ajudar Pedro a escolher seu primeiro apartamento e levá-lo aos restaurantes Szechuan, em Nova York, para um frango aos pedaços com molho picante. Nunca me sentarei em um avião pilotado por ele nem direi à aeromoça que por acaso é meu irmão quem está nos comandos.

Nada de uma segunda chance. Nada de reencarnações. Nada de paraíso.

Pelo menos o fedorento do nosso velho mendigo pode cuspir na cara da Morte e gritar que viveu, lutou, prosperou e falhou. E que talvez por uma década — ou pelo menos uns anos — foi lindo. Não sei explicar como foi, mas tê-lo ali ao meu lado me fez ver que tudo o que eu tinha pensado e escrito sobre minha morte era mentira. Até esse momento, estava apenas sendo espertinha. Estava vendo se vencia o duelo com a Morte com espertezas, como tinha feito com a minha mãe. Mas a Morte não é a merda da mãe de ninguém. E chega um momento em que Ela para de brincar. Agora, de fato.

O zero absoluto que vou fazer da minha vida parece ser a única verdade nesse momento, e, para evitar gritar por socorro, levanto, tateio o caminho para a saída e fecho os olhos, sentindo o coração lutar contra a pressão de desejar que tudo já tivesse acabado. Salto do trem na 72th Street e sento num banco, estonteada, confusa, exausta. Tiro o casaco, porque me sinto ensopada num suor que me parece de doença. Anseio por meu pai com tal intensidade que a palavra "Pai" se esconde no fundo da minha garganta à espera de voar para fora de mim. "Pai, vem me salvar!!!"

Um homem magro, com uma cara simpática, está sentado à minha frente, a pouco mais de 1 metro talvez, parecendo ter mais ou menos a idade do meu pai, e o boné de basebol com os dizeres Route 66 dá a ele um ar de alguém que talvez tenha viajado bastante. Sinto vontade de falar com ele. Gostaria de lhe pedir para se sentar a meu lado num lugar simpático qualquer para me contar a vida dele. Através da história de outra pessoa, talvez eu conseguisse encontrar o caminho de volta para minha.

É esse o sentido que dou à minha conversa com Julia. Liguei para ela por causa de Angel, mas foi por mim que falei tanto. Quem adivinharia?

Infelizmente, estou numa estação de metrô em Nova York e não numa aldeia em um longínquo planeta de ficção científica, onde, a qualquer momento, todo mundo ajuda desconhecidos que precisem de uma mãozinha ou de comida, se bem que, de qualquer maneira, nunca seria capaz de explicar em inglês a razão por que preciso falar com o Mr. Route 66 sobre meu pai e sobre morte e sobre para onde vou depois daqui.

Olho para o relógio — nove e vinte e quatro. Tenho que ir encontrar Angel daqui a pouco.

E então? Vou para a frente com aquilo?

É isso que preciso decidir.

Yes. Sim.

E por quê?

Porque nada mudou realmente. Nem mudará. E estou exausta demais para continuar lutando.

"Ou talvez, Dr. Rosenberg, porque não me coube *Glück* nenhuma."

Mas pode ser que eu esteja apenas sendo espertinha mais uma vez.

A saída do metrô dá para a Broadway. É um alívio estar em cima, na rua, ouvindo as buzinas estridentes dos carros e vendo a multidão apressada. Ao mesmo tempo em que me sinto exultante com a luz crua do outono, o vento gélido traz lágrimas aos meus olhos. Mas essa mesma umidade salgada faz com que sinta que volto a ser de novo eu mesma.

— Teresa!

Quando me viro, vejo Angel correr para mim, de cabelo cortado, mais alto do que eu me lembrava, muito mais magro, e senti um impulso para me afastar, não querendo reconhecer o poder que ele exerce sobre mim, mas não consigo. Caio em seus braços.

— O que foi? — pergunta ele.

— O que foi, o quê? Estava com saudades de você!

Nós nos abraçamos com força. Eu me esforço para que formemos um só corpo, eu e ele, e consigo, mas não é possível para dois amigos ficarem eternamente abraçados numa rua de Nova York nem em nenhuma outra parte de meu conhecimento.

— Ponha o casaco... ainda vai ficar congelada! — diz ele, me largando.

Visto o casaco. E rio, porque é bom vê-lo preocupado comigo. E por ter sobrevivido à minha viagem malcheirosa no mundo subterrâneo.

O cabelo de Angel está tão curto que não há sinal das mechas louras. Parece que está usando uma touca preta brilhante, e o rosto parece mais duro, mais anguloso, e por isso mais adulto. Os olhos, de um verde profundo, continuam doces, porém — a superfície de um profundo lago brasileiro. Está usando calças pretas justas, cinto cor-de-rosa brilhante, tênis All Star azul e uma camiseta perfeitamente passada dos Beatles — todos de bigode — posando com os seus uniformes do Sergeant Pepper's. Parece preparadinho para um dia de homenagem a John Lennon. É como se tivesse passado a vida se preparando para isto.

— Você cortou os cachos louros! — exclamo.

Ele passa a mão pelo cabelo e faz uma careta.

— Ficou ruim?

— Não, ficou muito bom! Com um ar de mais velho.

— E mais sério? — perguntou, inclinando-se até ficar da minha altura, implorando com os olhos que eu dissesse que sim.

— Não abuse da sorte — disse eu, numa tentativa de piada, com sotaque nova-iorquino.

— Está todo mundo lá — diz ele, esfregando as mãos de excitação.

— Onde?

— Strawberry Fields. Tem muita gente.

— Então você já foi lá? — pergunto.

Deve ter detectado a censura na minha voz.

— Não, claro que não! — assegura. — É claro que eu não iria sem você. Mas vim para cá pela Central Park West e vi centenas de pessoas por lá.

— Acho que eu devia ter pegado o trem mais cedo, mas se eu saísse tão cedo de casa, mamãe ia perceber que havia alguma coisa.

— Não, é melhor se houver muita gente. Se for preciso, abrimos caminho até lá na frente.

Começamos a descer a 72th Street em direção ao Central Park. Os edifícios de tijolos enormes me davam uma sensação de proteção. Dessa vez, é um alívio não ver ao longe — perder o horizonte.

— Fez boa viagem? — perguntou ele, a voz animada.

— Tranquila.

Trocamos olhares rápidos. Ele está nervoso. É agora o momento para um de nós fazer outro comentário idiota, uma porta para um dia juntos, mas eu acabei de perceber que nossa amizade quase desapareceu e isso me deixa sem palavras. Será que as amizades são assim tão frágeis? Não fazia a mínima ideia de que a nossa fosse.

— O nome do novo namorado da minha mãe quer dizer "sorte" em alemão — digo eu, finalmente. — Dá para acreditar?

Continuo e conto sobre o casaco dele estilo safari e da mansão que ele deve ter, de cinco quartos, dando para o estuário de Long Island, e do Slinky, seu adorável pastor-alemão. Rimos como loucos, graças ao alívio que é estarmos juntos de novo — e pelo medo de que a vida continue a querer nos separar.

— Liguei para a City College — digo eu, com necessidade de falar sério. Dou-lhe o braço. — E falei com uma pessoa do CLAGS sobre você.

— Por quê?

— Porque pensei que você podia querer começar a universidade mais cedo.

— Agora? E é possível?

Está entusiasmado com a ideia. Tem uma luz linda nos olhos.

— Ainda não me deram uma resposta definitiva — explico. — Disseram que provavelmente terá que acabar o ano júnior. Uma senhora que trabalha lá, chamada Julia, vai ligar para você depois de saber ao certo.

— OK, obrigado.

— Gostaria de começar já a universidade? — pergunto, hesitante.

— Talvez.

Encolhe os ombros e não diz mais nada. Dá a impressão de querer me dizer alguma coisa, mas tem medo. Alguma coisa desagradável.

Se bem que talvez eu é que tenha que fazer isso.

Havia grupos de pessoas dos dois lados da 72th Street ao longo do último meio quarteirão antes do Central Park West. Dava para ver, no meio das árvores, fãs cantando *Give Peace a Chance*. Angel está tão empolgado que parece vibrar.

— Vamos tentar chegar a Strawberry Fields por dentro do Parque. Venha!

Sigo-o, com ele aparecendo e desaparecendo por entre a multidão. Um cara novo, com uma cabeleira à Beatles, estilo esfregão, sentado numa cadeira de vime, toca "In My Life" numa flauta de prata. Dois rapazes passam, pedalando monociclos. Usam chapéus caídos de veludo verde e seguram entre eles uma bandeira dizendo "There Will Be a Show Tonight On Trampoline". Angel aponta para um prédio de tijolos ornamentado na parte norte da 72th Street. Lá também há uma multidão.

— É o Dakota — diz Angel.

Há bolas de sabão gigantes pairando no ar. Uma mulher atrás de nós, de jeans e casaco cáqui, mergulha o que parece uma raquete de tênis sem rede numa lata de lixo cheia de um líquido, agita a raquete no ar e faz mais uma bola de sabão trêmula e brilhante. Viro para o Dakota.

— Então foi ali que o mataram?

Angel confirma com a cabeça e larga minha mão.

Imagino Mark Davis Chapman em pé na calçada, pedindo a John Lennon um autógrafo na capa do *Double Fantasy*. Sabe já que mais tarde nesse mesmo dia vai matar John. Talvez tenha as quatro balas no bolso, e o peso delas, compacto e metálico, faça com que se sinta poderoso. Tem um segredo que seu ídolo não sabe. E vai mudar o mundo.

— Vamos, Teresa, temos que ir! — pede Angel, erguendo o punho e fingindo estar zangado.

A impaciência dele me agrada, porque significa que quer estar comigo. Essa *é* nossa última aventura. E por isso mesmo consigo aguentar o dia todo sem dizer o que vou fazer no dia 10.

Entramos no parque pela 77th Street e depois seguimos apressados passando pelas árvores desfolhadas e pelos ciclistas e pelos cães correndo com um ânimo selvagem atrás dos gravetos que os donos atiram e por um esquilo particularmente curioso, que me observa de cima de um montinho. Todo o parque cheira a sol e a grama. O ar é fresco e limpo, como deve ser em dezembro. Grupos dispersos se condensam em massas de homens, mulheres e crianças à volta do memorial. Angel pega de novo na minha mão e me conduz para a confusão, as pessoas abrem caminho para nós, e passamos uma fila de bancos verdes com os nomes dos fãs que doaram fundos para o memorial, e o som de guitarras vindo de um lugar qualquer ali perto começa a ser ouvido, e as pessoas cantam *"Revolution"* — a versão lenta do *White Album*.

> *But when you talk about destruction*
> *Don't you know that you can count me out...*

A gravidade da agitação de Angel nos empurra adiante, gradualmente, incessantemente, e dali a pouco ele indica com o cotovelo para eu passar à frente dele, dizendo "Passe, Teresa!", e com uma desculpa sussurrada me esgueiro para um lugar ao lado de uma garotinha com flores cor de fogo entrelaçadas no cabelo. À nossa frente, vemos um mosaico circular com uns 3 metros de diâmetro e no centro lemos a palavra IMAGINE, embora as enormes letras cinzentas e os desenhos geométricos em volta estejam cobertos de oferendas: três maçãs Granny Smith, uma máscara de morsa de borracha, um pinheiro bonsai, um táxi feito de papel machê pintado de amarelo, um diapasão, uma harmônica, uma fotografia de um bulldog com cara de zangado, um papagaio de papel em miniatura, uma boneca inchada com Aunt Mimi escrito no peito, uma caixa de detergente com os dizeres "Instant Karma", um boneco de mola em forma de Blue Meanie e imensos ramos de rosas e de crisântemos e de cravos. Junto ao M de IMAGINE, reparei nos aros de metal de uns óculos redondos como os que ficaram esmagados quando John caiu no chão depois de levar os quatro tiros. Esses não estavam partidos, mas quando olhei para eles me senti prestes a desmaiar.

Angel e eu estamos no centro de uns mil fãs concentrados em volta do memorial. Olho ao redor para a combinação de emoções no rosto das pessoas quando a garotinha ao meu lado — que não pode ter mais de 5 ou 6 anos — agarra minha mão sem me pedir, o que é maravilhoso, e levanta o olhar para mim com um grande sorriso de Conde Drácula, porque, por uma razão qualquer, tem na boca uns dentes de plástico como os dos vampiros, e eu sorrio em resposta. A mãe dela, com uma sobretudo escuro, como que disfarçada de espiã, diz "Eu e Lucy somos de Denver", e, não sei como, tenho a certeza de que o nome da pequena veio de "Lucy in the Sky with Diamonds", o que me parece ao mesmo tempo absurdamente cômico e imensamente comovente. Digo meu nome e o de Angel, e que sou de Portugal, e que ele é do Brasil, e a mãe da Lucy deve pensar que não vivemos em Nova York porque diz "Bem-vindos à América!" e eu sinto em todo o corpo um formigueiro, como quando está acontecendo alguma coisa fora do comum e sinto também que talvez eu e Angel estivéssemos destinados a encontrar a Lucy e a mãe dela e todos aqueles que estavam hoje ali reunidos.

Uma mulher de meia-idade, do outro lado do memorial, começa a soluçar e todos olhamos para ela e o marido ou o namorado dela — com os cabelos rareando, uma gola de pele e uma jaqueta acolchoada; traz o braço em volta da cintura dela, mas não faz nada para impedir que ela chore, e ela nem se dá ao trabalho de limpar as lágrimas. Como deve ser bom chorar assim! Era capaz de tornar tudo muito diferente. A mulher tem cabelo branco curto, um lenço preto de seda no pescoço, e um colar de várias voltas de contas cor-de-rosa e castanhas. Devia ser o que usava nos anos 1960, quando tinha minha idade e cabelos louros, e estava apenas começando a viagem para se transformar na mulher que viria a ser — a mulher que iria estar aqui em 8 de dezembro de 2009. Será que já então pressentia que os Beatles iriam significar tanto para ela quarenta anos depois? Talvez esteja chorando por qualquer outro motivo, que nem o marido conhece. Um amor há muito perdido. Ou um filho abortado durante o Verão do Amor.

Parece que entramos numa máquina do tempo, ao vir hoje ao Central Park, um lugar onde o presente se curva o suficiente para trás até encontrar o passado.

E é aqui, hoje, que dez mil ou mais histórias se encontram ao mesmo tempo, e o ponto que as tramas de todas elas terão em comum é o assassinato de um homem cuja voz entrou nelas quando tinham 10 ou 12 anos e nunca mais as deixaria.

Sinto as mãos de Angel nos meus ombros. E o queixo dele repousando no meu pescoço, tão próximo que sinto seu hálito.

— Chegamos — diz ele. — Marco zero.

— Fica com o meu lugar — digo eu.

— Não, não precisa. Estou OK. Posso ver por cima da sua cabeça.

Depois de acabar "Revolution", uma voz de homem começa a cantar "She Loves You", e, logo a seguir, nos juntamos a ele, e mesmo Lucy — miraculosamente — conhece o refrão. "She loves you, yeah, yeah, yeah!", entoa ela jubilosa na sua voz pequenina, tão fora de tom que deve estar dominada pelo feitiço sobrenatural de Yoko Ono, e começamos todos a balançar os braços, e a letra soa tão idiota que a mãe dela desata a rir e a chorar ao mesmo tempo, e é nesse momento que também eu sinto as lágrimas fazerem meus olhos arder.

Quando a canção acaba, Angel diz:

— OK, deixe então eu ir praí um pouquinho. — E trocamos de lugar. Ele tira do bolso um dos seus frasquinhos de areia e abre a tampa. Agacha-se, debruça-se sobre o mosaico e espalha uma linha do fino pó dourado no memorial, até mesmo em cima da barriga da boneca Aunt Mimi.

— Guarujá — explica ele, quando se levanta. — A praia favorita do meu pai.

Dou uma palmadinha no seu ombro.

— Fez bem. Mas... mas eu não trouxe nada.

— Trouxe sim. A areia é por nós dois.

Encosto a cabeça no peito dele. É minha imitação de Pedro encontrando um lar.

Um pouco mais tarde, enquanto a multidão canta "I'm So Tired", a mãe de Lucy diz que está na hora de voltarem para o hotel, para poderem ligar para o marido em Denver e contar que tinham estado junto do memorial, e quando me abaixo para dar um beijo na menina, ela diz no meu ouvido que está no segundo ano, e então eu replico que estou no décimo, e ela me dá um grande abraço cúmplice, como se estivéssemos em uma conspiração, e só depois de elas terem desaparecido é que percebo por que razão ela fez aquilo: por estarmos as duas matando aulas!

— Menina esperta — diz Angel, quando conto a ele minha intuição.

Chegou a hora de dar o lugar a outros fãs que também queriam estar na primeira fila, e eu e Angel dissemos um curto adeus a John — os olhos fechados, formando uma união fora do tempo — e saímos ziguezagueando por entre a multidão. Sentamos na grama ao lado de um rochedo gigantesco. Estou acabada. Sinto-me como se tivesse acabado um jogo de basquete com dupla prorrogação — um jogo que ganhamos depois de uma luta heroica.

Escolhemos um local perto de uma família com três crianças comendo queijo e maçãs em volta de uma toalha verde. É reconfortante ver a multidão debaixo das copas das árvores — como se estivéssemos no centro do mundo, mas também sozinhos. Ou como se fôssemos crianças, mas com os nossos pais à distância de um grito. O sol ainda brilha, por isso tiro o casaco e fico ouvindo a canção.

> *Thoughts meander like a restless wind inside a letter box,*
> *They tumble blindly as they make their way across the universe...*

Eu e Angel parecemos entrelaçados na mesma melodia etérea da caixa de correio de John. Por isso decido que, aqui e agora — flutuando livres dos nossos eus habituais — é o momento certo para lhe fazer as perguntas difíceis que têm estado à nossa espera.

— Onde você está morando? — começo eu.

Angel está sentado de pernas cruzadas. Não levanta os olhos para mim.

— Num apartamento na 19th Street.

— Quem vive lá?
— Um coroa... Thomas.

Angel arranca um tufo de grama. Parece envergonhado, por isso começo a suspeitar do pior. Pode ser que esteja se vendendo.

— Como é que você foi parar lá?

Deixa cair o tufo de grama da mão — como quando espalhou a areia. Talvez hoje seja o seu dia de largar tudo. E eu serei parte do que ele deixa para trás.

— Foi Thomas que me encontrou — responde Angel. — Começamos a conversar no meu segundo dia na cidade, no Farmer's Market em Union Square, e ele me pagou um almoço no The Coffee Shop, e eu disse que não tinha casa, e, então, ele disse que podia ficar na casa dele até encontrar um lugar.

— É simpático?
— É OK.
— Ele tentou... quero dizer, tentou fazer sexo com você?
— Só uma vez.
— E o que você fez?
— Fiz sexo com ele.

Angel me olha fixamente, para ver se estou chocada. Mas não estou.

— Acho bom — digo eu, sorrindo.
— Acha? — diz ele, em uma voz desafiadora.

Parece que quer que eu berre com ele. Ou que diga que fico com muitíssima pena que tenha perdido a virgindade com alguém que não ama. Se fosse assim, eu seria a pessoa errada para falar nisso.

A não ser que...

— Ele não te forçou a fazer sexo com ele? — pergunto.

— Não, claro que não. É só que... que não funcionou muito bem. Acho que eu estava nervoso demais. Ou ele. Ele deve ter sentido que era minha primeira vez, mesmo depois de eu ter dito que não era.

— Você disse que tinha mais de 16 anos?

— Não, ele sabia minha idade. — Olha para longe, por instantes.

— Deixei ele me beijar e me chupar. Mais nada. Senti que devia agradecer por me dar um lugar para ficar. — Volta a olhar para mim e faz um aceno com a cabeça. — Não me magoou. Sério. Senão eu dizia pra você. É boa pessoa.

Pelo modo como fala — hesitante, mas insistindo em me tranquilizar — percebo que está mais perturbado do que quer reconhecer. E talvez tenha feito mais coisas com Thomas do que está disposto a me revelar.

— Parece que você não se sente muito atraído por Thomas.

— Não.

— Quer dizer que não é daqueles que envelhecem bem, estilo Ian McKellen.

— É mais como o professor de *Futurama*.

Rio.

— Então não é assim tão ruim. O professor tem um jeito legal de andar!

— Sim, Thomas também, mas quase não tem cabelo e usa dentadura!

Trocamos um sorriso cúmplice. Quero dizer, *é* engraçado de um modo perverso.

— O que você fez na primeira noite? Antes de ter encontrado seu salvador desdentado — perguntei eu.

— Fiquei tomando chá num café em West Village até às duas da madrugada. Quando fechou, rodei por aí até às cinco e por fim acabei encontrando um restaurante aberto a noite toda perto da Universidade. Não me parecia seguro dormir ao ar livre.

— Não deve ter sido nada divertido.

— Não. Mas preferia isso a voltar para casa. Não podia continuar mais assim.

— Assim como?
— Com medo.
— De Gregory?
— Não é só dele: de mim. Se voltar, acabo outra vez deprimido e deitado na cama durante semanas... meses. E posso não conseguir sair do buraco outra vez.

Está me oferecendo uma segunda chance de lhe contar o que estou preparando — uma maneira de fugir me transformando em nada —, mas antes que eu possa pensar na minha história, ele suspira e diz:

— Mas ainda assim, arranjei um emprego.
— Parabéns! — exclamo.

Ele parece não notar que estou fingindo, o que é bom.

— Que emprego?
— Num restaurante grego em Chelsea.
— Atende às mesas?

Ele faz revirar os olhos.

— Quem dera. É só ajudar a pôr a mesa e arrumar.
— Quando começou?
— Há três noites.
— Então, daqui a pouco já pode descolar um apartamento... Quero dizer, com outros da sua idade.
— É, talvez. Mas do jeito que eu tenho poupado dinheiro, só se for daqui a umas décadas. Talvez eu viaje quando tiver juntado umas centenas de dólares.
— Com certeza vai conhecer alguém da sua idade para dividir uma casa — digo eu, empolgada, porque se continua a se distanciar da mãe, pode ser ela a cair de cama e nunca mais se levantar.
— Pode ser — responde ele, com um encolher de ombros, dispensando meu encorajamento, ou porque não acredita no que eu digo ou porque sente que a mãe dele o espreita de dentro da minha cabeça, não sei qual das duas coisas.

Ouvimos "Across the Universe". Angel dá a impressão de ter perdido a fé nas suas capacidades, o que parece confirmar que nunca se recuperou inteiramente da depressão. Será que percebe que está ainda lutando para sair dela? Ao fim de algum tempo, confessa:

— Pensei que vir aqui hoje ia me fazer feliz, mas me deixou ainda pior.

— Ouça, Angel, se viver com Thomas te chateia, não fique com ele.

— E para onde posso ir?

— Não sei. Mas vamos descobrir alguma coisa.

— Ele é bem bacana. Não incomoda. É só um pouco esquisito.

— Esquisito, como?

— É muito solitário. Passa a maior parte do tempo lendo. Não recebe visitas ou telefonemas de ninguém. Tem uma biblioteca enorme, mas está tudo coberto de pó. Vai à Strand e a outros sebos todos os dias. E compra comida de fora... quase sempre de um *delivery* na Segunda Avenida. Nunca cozinha. O apartamento... é como se nunca entrasse luz ali, e nunca há nada fora do lugar. Mas não é violento. É simpático e meigo. Só que é esquisito. É assim como a Ms. Haversham.

— Quem é a Ms. Haversham?

— É uma personagem das *Grandes esperanças* do Charles Dickens. Nunca sai da mansão decrépita onde vive, porque estava para casar com um cara, mas depois descobriu que ele era um canalha, roubou todo o seu dinheiro e abandonou ela no altar. Ela parou todos os relógios da casa exatamente na hora em que recebeu a carta dele dizendo que tinha roubado o dinheiro. Nem sequer tira o vestido de noiva. Ficou para sempre congelada naquele momento da sua vida.

— E Thomas é assim?

— Talvez. Parece sempre tão triste. Deve ter sofrido muito.
— Sofrido como?
— Os rapazes por quem ele se apaixona mais cedo ou mais tarde crescem, não é? E o deixam. E nem sequer pode falar neles ou nele próprio porque logo seria preso, talvez para sempre. Tem fotografias de alguns dos garotos com quem viveu. Todas arrumadas em cima da mesinha de cabeceira... em molduras douradas, como se fossem imagens sagradas.
— Sente-se só, está bem. Como muita gente. Se ele quer de você coisas que você não quer dar, não tem que fazer. Não pode fazer sexo com ele só para agradecer o alojamento.

Angel se vira e olha o memorial de John Lennon. Tem vontade de chorar, mas o orgulho não permite. Tenho a impressão de ter me enganado numa porção de coisas sobre ele. É possível que até nas coisas mais elementares.

— Por que retirou a queixa contra Gregory Corwin? — pergunto, delicadamente.
— Mamãe achava que eu não ia aguentar o julgamento... toda aquela atenção sobre mim.
— Ela diz o contrário. Disse que queria manter a queixa. Que você é que não quis.
— Olha, Teresa — diz ele, com voz irritada. — Nem sempre sei por que faço as coisas. Você sabe?

A pergunta me atinge como uma acusação. Eu me sinto como se tivesse engolido qualquer coisa suja.

— Não, claro que não — respondo.
— Não sei bem dizer por que não quis avançar com o processo. O que sei é que queria sair dali e não ficar encalhado na vida, e a polícia ia me impedir de fazer isso. Tinha que dar um jeito. Não vou andar por aí pedindo desculpa por querer salvar minha vida. Por isso, se outras pessoas ficaram magoadas... — encolhe os ombros — não posso fazer nada.

— Outras pessoas, quer dizer sua mãe
Confirma com um aceno da cabeça.
— E você. Não sou nenhum idiota. Sei que magoei você por ter ido embora, depois de tudo o que tentou fazer por mim.

Ficamos calados longos instantes. Compreendo que ficar fora do tempo nem sempre é uma coisa boa. Eu me sinto como se não houvesse lugar para mim em parte alguma, nem mesmo com Angel. É o que o dia de hoje significa.

— E depois ainda tem o que Marlene Madison me disse — diz ele.

— Marlene?

— É. Ela me pediu para não contar a ninguém, mas...

— Que foi que ela te disse? — interrompo eu.

— Disse que Gregory e os capangas iam me armar uma cilada quando eu saísse da escola no dia em que fugi. Que iam me mandar pro hospital ou me matar.

— Como é que ela sabia?

— Você sabe como é Marlene. Ela sabe tudo.

— Por que ela não me disse nada?

— Quando perguntei a ela por que estava me ajudando, ela disse que seu irmão mais velho era gay, mas que eu não podia dizer nada a ninguém porque só ela sabia. Por isso você não pode contar a ninguém.

— Não conto.

— Falando sério, Teresa, isso é importante — disse ele, como alguém que nunca confiou realmente em mim. — Prometi a Marlene.

Enquanto ele observa a multidão, percebo que quer me deixar. Precisa voltar para o Marco Zero. E compreendo também que nossa amizade acabou. Ele sabia antes de mim. *Essa* é a razão porque me convidou para o Strawberry Fields.

— E você, o que tem feito? — pergunta, mas só por um gesto de reciprocidade.

— Quer mesmo saber? — argumento.
— Claro.
"Mesmo que nunca voltemos a nos ver depois de hoje?", tenho vontade de perguntar, mas em vez disso digo:
— A escola está indo bem. E talvez eu volte para a equipe de basquete, mesmo que a Mrs. Romagna não me peça desculpa.
— Ótimo, você precisa estar nesse time.
Voltamos a nos calar. Fecho os olhos. Queria estar em casa, no meu quarto, e me embriagar de tal maneira que nunca mais voltasse a saber de que terra sou.
Ficamos vendo a família fazendo piquenique ao nosso lado. Falamos sobre o Central Park. Angel sabe quando foi desenhado e quem o fez. Tem sempre fatos e números na cabeça, e os usa para tentar preencher a crescente distância entre nós. Tenho vontade de chorar, mas Angel podia achar que era um pedido de socorro e me abraçar, e nossa proximidade seria apenas temporária e seria mais uma mentira, e se há coisa que não quero é mais mentiras na minha vida. Logo depois, meu celular toca. É minha mãe.
— Olá — digo eu.
— Teresa, graças a Deus seu celular está ligado.
— O que aconteceu?
— Pedro está mal. Estou com Diana, e estamos seguindo a ambulância para o hospital.
O medo me faz levantar num salto.
— O que aconteceu? — pergunto.
Angel levanta-se também e pergunta por gestos o que se passa, mas não há tempo.
— Fui à Macy's — diz mamãe — e quando voltei para casa...
— Foi à Macy's? — grito. — Mas ele já estava doente. Como pôde deixar um menino de 7 anos sozinho?

— Era só meia hora, para comprar lençóis. Pedro estava dormindo pesado. Não pensei que pudesse acontecer alguma coisa de mal.

— É a pior mãe do mundo — declaro, para que fique registrado. E porque não quero ter mais mentiras na minha vida, como disse.

— Está bem, fui estúpida. Mas quer que eu te conte o que se passa ou quer só fazer eu me sentir mal?

— Continua — disse eu.

— Quando cheguei em casa, fui ao quarto dele, e ele estava dormindo, mas tinha um ar pálido e a testa muito fria, por isso tentei acordá-lo, mas não conseguia.

— Mamãe, ele não morreu, não é?

Posso sentir toda a minha vida rodar em volta da resposta dela.

— Não, está só fraco... muito fraco. Acho que tomou alguns dos meus comprimidos... do meu Valium.

— Quantos?

— Não sei. Quando entrei no quarto dele, encontrei o Hulk no chão e tinha sete Valiums perto dele. Contei. E havia uma garrafa de Poland Spring derramada.

Sufoco. E minha sensação de queda é física. Tonta de culpa, deixo-me cair agachada.

— Teresa! — grita mamãe.

— Ouve bem, mamãe. Se ele dividiu os comprimidos com o Hulk, quer dizer que tomou oito.

— O quê? — pergunta ela. — Não entendo.

Levanto-me novamente.

— Diz ao médico que ele tomou oitenta miligramas de Valium! — grito eu. — E talvez os tenha engolido com vodka. Mas provavelmente não conseguiu beber muito..

— Vodka? — interrompe ela.

— Eu tinha um pouco no meu armário. Foi ver no meu quarto? Ele deve ter colocado a cadeira da minha escrivaninha junto ao armário para chegar à garrafa. Estava na prateleira.

— Que garrafa?

— De vodka! Não está ouvindo? Estava na garrafa de Poland Spring que viu no chão do quarto dele.

Meu irmão deve ter encontrado as receitas de morte que eu tinha escrito quando andou mexendo na minha caixa das bonecas. Por isso sabia que eu ia me matar no dia 10. E deve ter escutado meu telefonema para Angel quando combinamos de nos encontrarmos no Central Park. Provavelmente também encontrou meu bilhete para ele, embora eu tenha escondido na gaveta da minha escrivaninha. Na verdade, tem me seguido há semanas. Aposto que até tomou um dos meus Valiums na noite anterior. Para experimentar. Por isso é que foi tão difícil acordá-lo. Deve ter pensado que era bom ter uma boa noite de sono. Ou talvez tenha achado que se o suicídio era bom para mim, também seria para ele. Provavelmente ainda não percebeu que morrer é nunca mais voltar.

— Teresa! Teresa! — grita minha mãe, histericamente. — Está aí?

— Estou, estou — respondo eu.

— Ouça! — pede ela. — Para que você tinha vodka no armário?

— Para me embebedar. Mas isso agora não importa. Tenho certeza de que ele tomou sete comprimidos... setenta miligramas. Não oitenta. Diz isso ao médico!

A questão agora é a seguinte: será que ele tomou os analgésicos? Se tomou, vai morrer, pouco interessa o que fizermos. Sei que é assim.

— Também havia analgésicos com o Valium? — pergunto.

— Analgésicos?

— Umas cápsulas brancas grandes.
— Não.

Pedro sempre teve medo de engolir cápsulas. Talvez tenha dado uma olhada nelas e colocado o frasco no lugar.

— Também tinha Valium no armário? — pergunta mamãe.

Começa a perceber quem é que realmente que pôs Pedro em perigo e vai enterrar os dentes e as garras em mim e nunca mais largar quando perceber tudo.

— Sim. Quinze comprimidos. Se o Hulk tomou sete, Pedro tomou outros sete, porque devia ter tomado um ontem à noite. Por isso é que de manhã estava tão sonolento.

— Tomou um ontem à noite?
— Acho que sim.
— Como pôde fazer uma coisa dessas? — pergunta mamãe.
— Isso o quê? — rebato eu.
— Esconder comprimidos e vodka num lugar onde ele podia encontrá-los.
— Não sabia que ele ia... — Me calei, deixando de me defender, pois mamãe tinha razão; devia saber que ele podia remexer minhas coisas. É um menino de 7 anos, esperto e desesperado, com uma irmã mais velha que devia ajudá-lo.

— Tem razão — digo. — Foi uma coisa completamente irresponsável. Se ele morrer... — Ia dizer "a culpa é minha", mas não consigo pronunciar as palavras.

Angel põe uma mão no meu ombro.

— Vem já para o hospital — diz mamãe.
— Qual é?
— Merton.
— Grande ideia! — digo eu, porque é onde papai morreu.
— É o mais próximo! — grita minha mãe.
— Vou já para lá.
— E não se atreva a desligar o celular!

— Não, claro que não.

Mamãe desliga.

— Pedro tomou Valium? — pergunta Angel.

— Sim, provavelmente sete. Tenho que ir. Ele está numa ambulância a caminho do Merton University Hospital.

— Vamos apanhar um táxi para a Penn Station — diz Angel. Consulta o relógio. — Há um trem para Mineola às onze e quarenta e três.

— Não precisa vir — digo eu.

Ele lança um olhar de desespero.

Mas tenho que ser dura com ele — por causa de Pedro, não por mim.

— Estou falando sério, Angel. Não quero que se meta nisso se não vai manter contato com ele. Ele te adora. E você tem obrigações com as pessoas que gostam de você, mesmo que nesse momento não queira.

Tem os olhos úmidos.

— Desculpa se estraguei tudo.

Antes de sairmos do parque, lanço um último olhar à densa multidão em volta do memorial. Não sei bem por que o fiz, até entrar no táxi. E então compreendi: se Pedro morrer, nunca mais deixarei esse momento e esse lugar, porque será onde descobri ter causado a única coisa que eu daria a vida para que nunca acontecesse. Vou habitar o pior momento da minha vida para sempre — como a Mrs. Haversham.

Strawberry Fields forever. Strawberry Fields para sempre.

Capítulo 7

Terça-feira, 8 de dezembro

FICAR ESTAGNADO NO PIOR MOMENTO da vida talvez seja uma coisa que acontece a muito mais pessoas do que imaginamos. Era o que eu diria a Angel, se conseguisse falar, mas não havia tempo. E diria também que o título que eu quero para o que estou escrevendo é *Strawberry Fields Forever*. Pelo menos na versão em inglês.

As portas da entrada para a Emergência do hospital se abrem diante de nós, e nos precipitamos para a Recepção para saber como ir para a Unidade de Terapia Intensiva. Era para lá que Pedro tinha sido levado, disse mamãe ao telefone, quando estávamos ainda no trem da Long Island Railroad, chegando a Mineola. Começou a chorar ao explicar que um dos médicos tinha lhe avisado para se preparar para o pior, que Pedro podia não escapar. "Talvez não sobreviva", sussurrou ela, com a voz rouca, que depois foi engolida pelo desespero, e Diana tirou o celular das suas mãos. E foi ela que me disse que os médicos tinham feito uma lavagem estomacal em meu irmão e tinham lhe dado medicação para contrabalancear os efeitos do Valium.

– Onde você está? — perguntou Diana. — Por que não chegou ainda no hospital?

E foi então que lhe disse que tinha ido à cidade e que estava no trem, mas que não demoraria muito. A resposta dela foi desligar o telefone.

A viagem até Mineola levou 37 minutos. Cada segundo gotejava dentro de mim como veneno. Da estação, eu e Angel corremos para o hospital, que ficava do outro lado de um estacionamento gigantesco, a uns 200 metros de distância. No trem, Angel passou o tempo me encorajando em voz baixa.

— Vai tudo correr bem, ele é mais forte do que você pensa — dizia ele. — Você não sabia que isto podia acontecer.

Não conseguia responder. Estava esmagada pelas imagens dentro da minha cabeça, com Pedro estendido como um boneco de trapos nos braços de um médico na ambulância. Sentia que meu coração ia explodir. Decidi também que, se falasse, estaria traindo meu irmão. Não tinha o direito à compreensão de Angel nem de ninguém.

Batia os dedos no assento e mexia no celular. Angel colocava a mãos nos meus joelhos cada vez que parávamos numa estação. Deve ter reparado que eu queria levantar e chamar de assassino a cada pessoa que demorava mais para sair do trem. E eram muitas. Não insistiu para que eu dissesse alguma coisa. Compreendia que eu não podia falar. Talvez ele também acredite em magia. Será que teremos sempre isso em comum, nós dois, aconteça o que acontecer no futuro?

Esperar que as pessoas saíssem e entrassem no trem foi a pior das torturas por que passei. Pior ainda do que a viagem de carro para o funeral do papai.

Pedro tinha só 7 anos. Não merecia que pagasse pelos meus erros ou da minha mãe ou de quem quer que fosse. Devia estar chutando a bola só com as meias nos pés ou dando chilli Heinz ao Hulk. Não devia nunca ter estado ao lado do Anjo da Morte. Minha crença em ligações invisíveis entre acontecimentos separados tornou-se mais forte à medida que íamos passando por filas de apartamentos esquálidos e armazéns arruinados no Queens. Acreditava que se eu estivesse junto de Pedro, ele não morreria. Mas não estava. Pensei em Leonard William Gardner, o garotinho de 8 anos enterrado perto de papai no cemitério de St. Francis Wood. Pedro tinha se sentido atraído para a sepultura dele. Uma premonição? Se era, então não havia nada que nenhum de nós pudesse fazer.

Liguei para o tio Mickey logo que emergimos do túnel de Manhattan. Pensei que era porque ele adorava Pedro e iria querer saber o que estava acontecendo, mas não era. Ou, pelo menos, não era apenas isso.

— Aqui fala Mickey — respondeu, numa voz contrariada.

Ouvia-se um grande estardalhaço de máquinas em funcionamento.

— Teresa Silva! — gritei.

— Teresa, não desligue — disse ele ansioso —, estou no trabalho. Espera eu ir para um lugar mais sossegado.

Daí a poucos segundos, recomeçou:

— Ainda bem que ligou. Tentei ligar para você várias vezes para explicar, mas...

— Agora esqueça isso. — E contei o que tinha acontecido com Pedro.

— Ai, meu Deus — repetia ele, sem parar.

Só no meio da minha história é que percebi por que tinha ligado para ele.

— Ouça, Mickey, o inglês de mamãe é terrível. E o de Diana não é melhor. Nenhuma delas tem experiência americana para além dos shoppings, dos supermercados e dos salões de cabeleireiro. Não fazem ideia do modo de pensar dos americanos. Mas você faz. E está só a dez minutos do hospital, e eu ainda demoro pelo menos uma meia hora. Sei que está no trabalho, mas não...

— Vou já para lá — cortou ele.

— E por favor tem que dizer aos médicos como é importante salvar Pedro e discutir os tratamentos que eles precisam fazer. Traduza para minha mãe.

— Não se preocupe, já estou na rua. Vou pegar agora o carro.

Ver Mickey sair correndo imediatamente me deixou desarmada. Nem um suspiro de protesto ou de lamentação.

Meia hora mais tarde, ele foi o primeiro a nos ver, a mim e a Angel, quando entramos pelas portas duplas que davam para o corredor da UTI. Estávamos ofegantes por termos corrido tanto. Mamãe e Diana estavam atrás dele, falando uma com a outra em voz baixa. Mickey precipitou-se para mim, sorrindo de alívio, como se eu fosse a cavalaria chegando para salvar a situação. Engraçado o que um gesto de amizade pode fazer, porque eu confiei nele de imediato, e o tapa perdeu toda a importância. Me deu um beijo no rosto e depois apertou a mão de Angel.

— Como está Pedro? — perguntei em português, pois mamãe e Diana se aproximavam e iam querer saber o que dizíamos.

— Ainda não sabemos nada — respondeu Mickey. — Ainda está inconsciente. Estão fazendo testes.

Os olhos de mamãe estavam vermelhos e inchados, o cabelo, todo em desordem, e toda a sua maquiagem de dançarina do ventre, desfeita. Se eu estivesse para piadas, teria dito que parecia Marilyn Monroe com uma ressaca, mas todo o meu humor e esperteza tinham desaparecido.

— Graças a Deus que chegou, Teresa. — Estendeu a mão para meu braço.

Devia ter lhe dado um beijo, mas acho que ela não ia querer. Estávamos com medo uma da outra. Lia isso nos seus olhos injetados de sangue. Por que não tinha compreendido isso antes? Agora parecia a coisa mais óbvia do mundo. Passou o polegar pelo meu pulso e esforçou-se para sorrir.

— Lamento... lamento ter feito isso — disse eu, e tentei continuar, mas a voz me faltou.

— Falamos nisso depois — disse ela, com a voz meiga.

Éramos cinco pessoas juntas num lugar onde nunca tinham querido estar. Sentia a falta do meu pai. Perguntava a mim mesma se seria capaz de tomar o lugar dele.

— Quando é que eles saberão mais alguma coisa? — perguntou Angel.

— Não sabemos ao certo — respondeu mamãe. — Não é fácil conseguir informações. — Assoou o nariz num lenço.

— Quem é o responsável? — perguntei.

— Os médicos que estão lá dentro — disse Mickey, apontando a próxima série de portas duplas.

Entrei pela UTI antes de me dar um segundo para pensar se devia fazê-lo. Estava à espera que tivesse o aspecto de um cenário do *ER* da televisão — com todo mundo discutindo e correndo de um lado para o outro. Pedro estava na segunda cama. Tinha uma intravenosa ligada ao braço e uma máscara de oxigênio na cara. Os olhos fechados. Um monitor fixado na parede — como uma televisão mal ajeitada — mostrava o ritmo das pulsações, que estava em cinquenta e pouco.

Sentei ao lado dele e pus a mão no seu braço.

— Já estou aqui — disse eu. Apertei ligeiramente o braço, devagarzinho, mas com insistência. Queria que ele acordasse, mas não ousava dizê-lo. Quase ia dizendo "Já me castigou o suficiente", mas não tinha sido essa sua motivação, apesar de eu o sentir assim.

Uma enfermeira nova de cabelo louro curto veio me encontrar.

— Seu irmão? — perguntou.

Fiz que sim com a cabeça.

— Como está ele? — perguntei.

— Vou chamar um médico para falar com você. Um momento.

Enquanto esperava, ia sussurrando a Pedro que ele ainda tinha muito para viver, que frequentaria uma boa universidade, jogaria num time de futebol, iria para uma escola de pilotos.

— Quando estiver trabalhando na Jet Blue, vou ficar tão orgulhosa de você que irei a lugares de que não gosto só para voar no seu avião. Mesmo a lugares horrorosos como Las Vegas. E você me consegue passagens grátis, claro.

Angel apareceu a meu lado, pôs a mão no meu ombro.

— Eu e Angel vamos voar sempre contigo. Você nos leva ao Grand Canyon e ao Monument Valley, e vamos ver os locais onde John Ford filmou aqueles westerns que assistimos na casa de Angel, deve se lembrar, aqueles com índios e John Wayne e Jimmy Stewart, e depois voa conosco para Los Angeles, e vamos aos estúdios da Universal ver onde filmaram *Tubarão* e *ET*. Angel então deve ser famoso e, por isso, ele paga tudo.

Angel sorriu, de acordo. Não sei o que me levou a dizer que ele ia ser famoso, mas agora seria capaz de apostar que vai mesmo. Havia nele uma luz que as outras pessoas não tinham. Era independente dele próprio. Talvez fosse essa até a razão por que Gregory e os outros o odiavam. E se Pedro viver, eu vou ser escritora. Passar tudo para o papel iria me ajudar a me tornar a pessoa que quero ser. E fazer aquilo que sempre desejei podia me impedir de magoar outras pessoas novamente. Porque se vivermos nossos sonhos não serve para nos impedir de destruir a vida dos outros, que outra coisa o poderá fazer? A Mrs. Romagna uma vez nos disse que os Jains, um grupo religioso da Índia, viviam voltados a nunca fazer mal a nenhum ser vivo e chamavam a esse juramento "ahimsa". Naquele momento, me parecia a única maneira de viver uma vida.

— Ahimsa — disse em voz baixa para Angel.

Ele me lançou um olhar perplexo.

— As pessoas estão sempre pisando nas outras — expliquei.

Ele acenou compreensivo, como se fizesse sentido o que eu dizia, e apertou meu ombro.

Mamãe não veio para junto de nós. Ela e os outros queriam que eu falasse a sós com Pedro um bocado, o que era atencioso e generoso da parte deles. Angel sentou-se a meu lado. Fazia festas no pé de Pedro com uma mão e no meu braço com a outra. Era a ponte entre nós. Estava surpresa por Pedro não estar de meias. Não devia gostar de ter os pés à mostra, por isso tirei as minhas e as enfiei nos seus pés. Passados instantes, um homem baixo, na casa dos quarenta, de casaco verde e jeans desbotado, com um tufo de cabelo castanho emergindo da careca, veio falar comigo. Tinha no peito uma etiqueta com o nome: Dr. Philip Olsson.

— Desculpe, é da família? — perguntou.

— Sou irmã de Pedro — disse eu, levantando. — E esse é nosso irmão, Angel. Menti, porque não queria que o médico mandasse Angel embora. Mas também me pareceu certo, no momento em que o disse, por isso talvez não seja propriamente uma mentira.

— Seu irmão é um garoto durão — disse o Dr. Olsson, com admiração. — Scrappy.

Nunca tinha ouvido a palavra "scrappy", mas percebi o sentido.

— Aprendeu com o Hulk — respondi eu.

— Quem?

— O herói dele, das histórias em quadrinhos.

— Como está ele? — perguntou Angel.

— Está estabilizado — disse o médico.

— Isso é bom? — perguntei eu, porque tinha de estar cem por cento segura antes de descer do pico de ansiedade onde me encontrava.

O médico sorriu.

— Quer dizer que vai ficar bom.
— Tem certeza?
— Sim, agora está fora de perigo.

Minhas pernas cederam. O médico me agarrou e tentou me ajudar a voltar para a borda da cama, mas eu sentei ali mesmo no chão. Todos precisamos de um momento em que deixamos de nos esforçar para ser sensatos, e este era meu momento. Meus soluços eram de pura gratidão. Imagens de Pedro agigantavam-se dentro de mim. E a sensação de estar estendida na cama ao lado dele, agarrando-o com força. Interiormente, sabia que nunca mais o iria abandonar. Não inteiramente. Nem sequer quando fosse uma velha de 85 anos, lunática e desdentada, e ele o mais velho piloto na ativa. Vai lamentar-se a todos os amigos da irmã mais velha maluca, que regava as flores das fronhas das almofadas no lar da terceira idade e que continuava a querer estar a par dos horários de voo dele. Mas que era sua desgraça.

Não faço ideia de quanto tempo fiquei ali a balbuciar. Só uns dez ou quinze segundos. Angel e o Dr. Olsson me ajudaram a levantar e me levaram para a cama de Pedro. Recuperei a voz tempo suficiente para dizer a meu irmãozinho:

— Vai ficar OK. Vai tudo ficar OK.

Depois disso, recomecei a chorar, mas sorri ao médico, quando reparei no olhar preocupado dele, e não queria que pensasse que tinha perdido o juízo ou que precisava de algum comprimido ou injeção que me fizesse sentir melhor.

Angel precipitou-se para o corredor para encontrar os outros e os colocar a par das boas-novas. Entraram todos de supetão.

Em pé ao lado de Pedro, mamãe deixou pender a cabeça e chorava em silêncio. As lágrimas pingavam-lhe do nariz. Diana amparava-a, com ela sacudida pelos soluços. Nunca tinha imaginado que houvesse tanta emoção dentro dela. Tinha-me enganado redondamente sobre a profundidade dos seus sentimentos pelo filho. Angel apertava os lábios contra a cabeça do meu irmão.

— Estamos aqui, biscoitinho — dizia ele. — E todos aqui gostam de você.

Passado algum tempo, Mickey se abaixou e tomou minha cabeça entre suas mãos calejadas.

— Abençoada seja por ter me ligado, Teresa — disse ele, que foi a coisa mais linda que alguém me disse até hoje.

"Abençoada seja." Nunca esperei ouvir Mickey usar uma expressão assim. Era um homem cheio de surpresas. Quando olhei para ele — e olhei-o realmente — vi como era frágil. Tinha estado em cima daquele mesmo pico em que eu estivera, a meu lado. Lançou-me um olhar curioso, como de quem procura ler meus pensamentos.

— Peço desculpa por não ter falado contigo ao telefone — disse eu.

— Tudo bem — respondeu ele, e sorriu de alívio, por ver que não o odiava.

Todos os cinco falávamos em voz baixa uns com os outros — rindo como pessoas que acabaram de ser salvas —, observando o sono de Pedro.

Ao fim de algum tempo, Mickey disse que caía para o lado se não tomasse um café e fumasse um cigarro.

— Maria, quer vir comigo? — perguntou à minha mãe. — Parece que precisa de uma pausa.

Ela abanou a cabeça em negativa.

— Não, obrigada, Mickey. Mais daqui a um bocado, talvez.

— Vou eu! — interrompeu Angel.

— Ainda bem! — disse Mickey, contente.

— Eu também vou! — Juntou-se Diana.

Percebi, pela sua maneira de falar, que pretendia deixar minha mãe e eu a sós, e por isso lhe disse com os lábios "obrigada", ao que ela respondeu com um aceno cúmplice.

Mamãe estava sentada aos pés da cama de Pedro. Percebi que queria se aproximar mais dele, mas quando lhe disse para trocar de lugar comigo, me deu um tapinha na perna e disse:

— Não, é bom você estar perto dele, Teresa. Fique. Gosto de os ver juntos, você e seu irmão.

Gostava de ver mamãe com a maquiagem desfeita e o cabelo desarrumado. Gostava da imperfeição nela. Se ao menos este acidente a mudasse. E a mim.

Deixei que a salvação me inundasse e cantei para mim mesma uma canção de Leonard Cohen, que o Mr. Henderson tinha nos ensinado:

> *Ring the bells that still can ring*
> *Forget your perfect offering*
> *There is a crack in everything*
> *That's how the light gets in*

Passados alguns instantes, eu e mamãe começamos a falar em voz baixa. Minha vergonha fazia com que falasse aos solavancos, explicando por que tinha tirado o Valium dela e comprado a vodka. Mas não cedi ao medo de que ela nunca me perdoasse e não menti sobre ter querido pôr fim à minha vida. Não brigou comigo nem sequer se zangou, mas não conseguia compreender por que eu tinha pensado em me matar.

— Não consigo compreender — dizia ela. — Tem todas as razões para viver.

Pertencíamos a mundos diferentes. Isso é uma coisa que nunca mudaria, mesmo que aprendêssemos a ser melhores uma para a outra.

O Mr. Gluck apareceu um pouco mais tarde, depois de os outros terem voltado, trazendo cafés em copos de plástico para minha mãe e para mim. Beijaram-se na boca, ele e mamãe, e pelo modo como se abraçavam, via-se claramente o que significavam um para o outro. A intimidade deles me parecia agora uma coisa boa. Não me sentia zangada por mamãe ter mentido para mim. Que direito tinha eu de saber todos os pormenores da sua vida pessoal? Mesmo assim, tinha o pressentimento de que não ia demorar para que eu não estivesse assim tão contente por ela ter arranjado outro homem tão depressa. Talvez nunca venha a confiar inteiramente nela por isso mesmo.

O Mr. Gluck me deu um aperto de mão muito convicto, ansioso por causar boa impressão.

— Prazer em conhecê-la, Teresa — disse ele —, embora preferisse que nosso encontro tivesse sido noutras circunstâncias.

Depois apresentou-se a Mickey, a Angel e a Diana.

Tinha acertado quanto aos dentes perfeitos e quanto a sua profissão. Vivia em Garden City e trabalhava na East 55th Street como advogado financeiro. Tinha acabado de vir do escritório diretamente para o hospital. Quase ia lhe perguntando se tinha um cão chamado Slinky e uma máquina de Nespresso, mas ainda não sabia ao certo se ele tinha algum senso de humor. Não tinha nenhuma aliança no dedo. Divorciado, muito provavelmente.

Tínhamos ainda algum medo, claro, de que Pedro não estivesse completamente estabilizado e de que pudesse nunca mais acordar. Mesmo quando o Dr. Olsson nos disse que a respiração dele estava muito mais forte e lhe tirou a máscara de oxigênio, eu continuava a temer que as coisas pudessem acabar mal. Por isso estava convencida de que não podia perder meu irmão de vista nem por um segundo. Se o tivesse sob minha severa vigilância, ele não morreria. Quero dizer, as coisas podem sempre acabar mal a qualquer momento, mas provavelmente mais quando não estamos prestando atenção. Ou quando não sabemos o que está em jogo.

Queria chamá-lo pelo nome, mas não ousava. O Dr. Olsson tinha me dito:

— Ele dá a volta quando for o tempo de dar a volta.

Soava como mais uma das lenga-lenga budistas da Mrs. Romagna, e a expressão "dar a volta" me fazia imaginar Pedro às voltas sobre a própria vida, na ponta dos pés.

Pedro abriu os olhos um pouco depois das quatro horas. Bocejou como um gato, com a língua fora da boca. Depois olhou em volta. Não com ar desconfiado ou preocupado. Curioso, apenas. Como quem levanta a tampa de uma caixa para ver o que tem lá dentro, e a caixa — para sua surpresa — era um quarto de hospital. E dentro da caixa, sua irmã.

No momento em que voltou à vida, eu estava comendo as batatas fritas que Angel tinha me comprado. Mamãe estava adormecida numa cadeira de canto, o casaco no colo. Mickey tinha saído para fumar mais um cigarro. Diana tinha ido fazer xixi ou, mais provavelmente, estava num lugar qualquer falando com o Dr. Olsson, dado o fraco dela por homens baixinhos. Angel estava olhando pela janela, dizendo numa voz entusiasmada que parecia que ia nevar. Ele não sabia o que era neve até ter vindo para os Estados Unidos.

— Teresa? — perguntou Pedro.

Sentei-me aprumada. "Iá, sou eu. Everything is OK." Disse a mesma coisa em português para o caso de ele ter esquecido o inglês

— Está tudo OK.

— Oh — exclamou ele.

Aproximei-me mais dele e peguei sua mão. Angel veio para junto da cama e acenou.

— Hi, biscoitinho — disse ele.

— Hi, Angel.

Mamãe continuava a ressonar. Ia acordá-la dali a pouco, mas por enquanto queria meu irmão só para mim.

— Me dá uma? — perguntou ele, indicando as batatas fritas.
— Não sei se já pode comer. Teve um pequeno acidente.
— Ai, tive?
Confirmei com um aceno da cabeça.
— Mas agora está OK.
— Ah, é, acho que vomitei — disse ele.
— Iá, sua banana e o mingau de aveia voltaram ao palco. E você também, ao que parece. — E fiz cócegas debaixo do seu queixo.

Ele torceu-se, para me contentar, pois não sentia cócegas ali. E depois fechou os olhos novamente. Debrucei sobre ele para aspirar seu cheiro morno e lhe dei um beijo estalado, com ele me dando um tapinha na cabeça, e depois outro e outro, como fazia quando tinha 4 anos, só para se certificar de que eu era sólida e não ia embora, mesmo estando sonolento demais para abrir os olhos e ver que eu estava ali.

Capítulo 8

Sexta-feira, 29 de janeiro de 2010

O Dr. Olsson manteve Pedro um dia a mais no hospital, para observação. Passei quase todo o dia lendo em voz alta *They Came Like Swallows*, o que quer dizer também explicar para ele as palavras difíceis, pelo menos as que eu conhecia. Como minha mãe se perdeu logo na página dois, sentou junto à janela contemplando os pingentes de gelo nos beirais dos telhados, e os ramos das árvores curvados, envoltos de neve, provavelmente imaginando a vida mais leve, mais compacta e com invernos menos pesados se tivéssemos ficado em Lisboa, ou então estará sonhando acordada com a cerimônia de casamento cinco estrelas, com orquestra, fogos de artifício e bandeiras americanas, se o Mr. Gluck alguma vez se ajoelhar diante dela e fizer a grande pergunta. Muito possivelmente está viajando para trás e para diante entre várias possibilidades, em busca de uma vida melhor.

Como eu sempre fazia.

Mas não queria conhecer os pensamentos dela. Já tinha o bastante rodando na minha cabeça. E especialmente não queria saber se ela havia ficado sem fala quando percebeu que viemos parar no mesmo hospital de Long Island onde papai tinha morrido.

Calculei que eu sempre imaginaria como seria minha vida se meu pai tivesse conseguido iludir a superbactéria e voltado para casa recuperado. Quando eu tiver 60 ou 70 anos — muito mais do que os que ele atingiu — acho que ainda vou parar de vez em quando, me arrastando para a cozinha e para o café da manhã, pensando: "Se ao menos eu tivesse insistido para que o mandassem ao North Shore Hospital em vez do Merton." A tinta do meu passado está seca, e não posso apagar nada, por mais que eu tentasse.

— Um dia, num futuro nem por isso muito distante, irá aceitar as coisas como elas são — disse o Dr. Rangarajan, na nossa última sessão, naquela voz que eu chamo de Velho Sábio Hindu. — Continuará desejando que seu pai estivesse a seu lado, naturalmente, mas deixará de pensar no que poderia ter feito de diferente.

O Dr. Rangarajan é o meu psicoterapeuta e diz que todos os psis sabem que o tempo é um amigo em que se pode confiar. Quando fala, usa expressões inglesas, estilo "acted otherwise", para dizer "ter feito de modo diferente", porque estudou na Universidade de Essex, na Inglaterra.

— Nunca vou deixar de especular sobre o que podíamos ter feito de um jeito diferente — disse eu.

— Pensa assim porque tem 16 anos, mas eu tenho 47 e pode acreditar no que digo — respondeu ele, e fez girar a cadeira para dar uma olhada em suas notas, supondo ter levado a melhor.

Mas todos sabem que não desisto facilmente.

— Ou porque eu tenho razão e o senhor está enganado — disparo de volta.

— Explique isso — disse ele.

— Quero dizer, apesar de o tempo estar do lado de Mick Jagger na sua antiga canção, talvez não esteja do meu lado

Pensei que podia marcar mais uns pontos por conhecer "Time Is On My Side" dos Rolling Stones, mas o Dr. R não mostrou nenhuma admiração. Foi uma surpresa para mim porque não tinha ainda percebido que ele não entendia nada — e nada quer dizer "absolutamente zero" — de música pop.

— Ah, então vamos deixar isso completamente claro — retorquiu ele. — Teresa Silva acha que seu cérebro funciona de maneira substancialmente diferente do meu e do de todo mundo.

— Bingo.

— Então você é uma anomalia genética?

O Dr. R gosta de levar meus argumentos até suas últimas consequências lógicas para mostrar que posso não pisar solo tão sólido como penso. Uma técnica de Velho Sábio Hindu, é capaz.

— Não em todos os aspectos — respondi. — Só alguns.

— OK, aceito isso, por enquanto. Mas seja como for, dê-me o benefício da dúvida em relação a isto. Porque por acaso tenho um *nadinha a mais* de experiência quanto ao tempo do que você.

Ao dizer "um nadinha a mais", mostrou o polegar e o indicador um pouquinho afastados e franziu os olhos. Terapia como teatro.

Às vezes acho que estas discussões sobre a simpatia do tempo só provam que não consegui ainda sair da Ilha Teresa para terra firme, embora isso agora não tenha tanta importância, pois o Dr. R tem se empenhado seriamente em ser minha ponte, mesmo quando eu estou sendo esperta demais. Talvez isso seja até a parte mais importante para uma garota como eu.

Ao que parece sou mesmo um verdadeiro teste para ele. Não costuma ficar muito exasperado. E mesmo quando fica, não grita ou revira os olhos ou sequer franze o cenho. Só suspira, como se eu fosse um obstáculo menor.

Quando finalmente me convenci a ter aulas particulares com o Mr. Henderson, descobri que ele queria me ajudar em mais alguma coisa do que em inglês. Na minha segunda visita ao apartamento, ele fez um chá de arroz integral e o serviu em umas tacinhas elegantes cor de creme com um friso de folhas de bambu pretas enroladas por toda a volta. Nós nos sentamos à mesa de jantar, com um CD do R.E.M. cantando "Man in the Moon", e ele me contou que o pai morrera quando ele tinha 5 anos e que a mãe não podia tomar conta dele e foi hospitalizada, e ele foi entregue a um tio, chamado Carl. Entre goladas daquela horrorosa poção de bruxas, explicou — como um policial lendo as acusações que pesavam sobre um preso — que esse Carl era um engenheiro sequelado pela maconha, em Boston, um solteirão vivendo numa pocilga fluorescente, com uma cabeça de alce por cima da lareira, e que de tantos em tantos meses recrutava uma nova namorada maluca para o combater contra sua dissolução monetária. A maior parte das queridinhas errantes que ele arranjava eram meninas empenhadas em manter o aspecto esguio, livre e deslavado pelo sol, estilo Joni Mitchell, e o tal Carl as atraía com o seu ar sombrio, sinistro e poético de Jim Morrison. Para o menino que o Mr. Henderson tinha sido, o encanto daquela telenovela da vida real, que podia chamar-se "John-Encontra-Joni", era impossível de imaginar. Agora que o Mr. Henderson era mais velho, compreendia que Carl arranjava todas as louras que podia juntar no seu colchão de água porque tocava baixo numa banda rockabilly chamada The Holy Mackerels.

— Não eram grande coisa, mas o vocalista conseguia fazer uma imitação razoável de John Fogerty — disse o Mr. Henderson. Durante sete verões, dos 5 aos 12 anos, o Mr. Henderson tinha andado de um lado para o outro pela New England com o tal tio Carl e os outros quatro Mackerels, todos os fins de semana. Não percebi aonde ele queria chegar com essa história, até que me olhou nos olhos e disse:

— Muitos de nós tivemos uma vida que não escolhemos, Teresa. Talvez a maior parte de nós. *Há* pessoas que te compreendem. Veja se as descobre e fica com elas, e foge do caminho das outras, especialmente quando elas fazem pontaria contra você.

Bom conselho, e era muito capaz de que eu o desse a Mickey quando ele me explicou o tapa que levei, mas então eu ainda não sabia.

Há outro problema com o tempo: as coisas acontecem em uma ordem que nem sempre nos serve. Agora que ouvi, tanto Mickey como o Mr. Henderson, compreendo que não é por acaso que eles querem me ajudar. Estão tentando ser os adultos encorajadores que desejariam ter tido quando eram pequenos. Sem perceber, quando papai morreu, eu tinha entrado para o Clube dos Quase Órfãos a que eles pertenciam. Isento de taxa de inscrição e de cartão de sócio.

Eu estava no meio da leitura de *They Came Like Swallows* com Pedro e mamãe ouvindo, quando Mickey apareceu, com uma embalagem de sorvete de chocolate Häagen-Dazs, colheres vermelhas de plástico e taças amarelas de papel. Depois de distribuir beijinhos a todos e de prometer a Pedro que o levaria de cavalinho assim que o menino recebesse alta médica, perguntou a minha mãe se podia me levar emprestada por uns minutos, ela disse que sim, e eu disse OK, e, então, enquanto ela ficou a dar colheradas de sorvete ao Príncipe Pedro, nós vestimos os casacos e fomos até o estacionamento. Mickey acendeu um cigarro imediatamente e aspirou o fumo como se o alcatrão e a nicotina fossem as únicas coisas que o salvariam do colapso iminente. Vai ver que fumar é uma espécie de feitiço protetor.

Mickey me contou que quando tinha 8 anos, a mãe dele tinha fugido para Angola com um tipo que não era o pai dele, e que o pai — um inútil bêbado com tufos de pelos nos dedos e uns punhos horrorosos — tinha largado Mickey num orfanato de Lisboa com uma nota de mil escudos no bolso.

— De um dia para o outro me vi na Casa Pia — disse ele, carregando em cheio naquele nome. Olhou-me para ver se eu entendia o que significava. Acenei com a cabeça, porque sabia muito bem. Quando eu tinha 8 anos, tinham saído as notícias dos abusos sistemáticos dos meninos lá internados durante os anos de 1980 e 1990. Lembro-me das manchetes dos jornais e da prisão de pessoas famosas, como o produtor de televisão Carlos Cruz.

— Tinha 9 anos quando aquilo começou — disse Mickey.

Ficou um minuto fumando, em silêncio, meditando sobre o que acabara de dizer, ouvindo como soava sua confissão em voz alta pela primeira vez.

Palavras libertas
Serão anjos ou demônios?
Sobreviverá, você?

Compreendi que a revelação de Mickey era um teste. Para mim e para ele. Poderíamos os dois estar à altura do segredo que ocupava o próprio centro da sua vida? E eu compreendi, também, que não estaria preparada para o teste antes da morte do meu pai. Então, seria apenas uma criança.

— Tinha 9 anos — repetiu Mickey.

Havia cansaço e frustração na voz dele. Tinha levado trinta anos dizendo essa frase. Talvez desejasse tê-la dito antes. Ou ter ficado calado.

— Deve ter sofrido — disse eu.

Não acho que tenha me ouvido, porque acrescentou de imediato:

— Não compreendo que prazer pode haver em violar um menino de 9 anos. Depois continuou: — Me vendiam a homens fora do orfanato por uma noite de cada vez. Ou uma rapidinha, durante o dia. Devia ser um garoto bonito. Sentia-me contente por ser desejado. Realmente orgulhoso. Compreende?

Tinha a cara contorcida de vergonha. E talvez de raiva, também.

— Estava orgulhoso! — disse, num grito sussurrado.

— Tinha 9 anos. Queria amor. Merecia amor!

Ele assentiu, ausente, e deixou o olhar perder-se pelos telhados suburbanos, como se o consolo de que precisava estivesse longe demais para o encontrar. A voz dele, quando voltou a falar, soava monótona, morta.

— Um manda-chuva, com um apartamento todo chique na Lapa, com antiguidades caríssimas da África e da Ásia pela casa toda... Dizia-me sempre para eu aguentar como um homem. E era o que eu fazia.

Um casal de idade estacionava seu Passat prateado bem à nossa frente quando Mickey disse isso, e eu soube que me lembraria sempre deles — a careca do homem e seus óculos grossos; o cabelo branco e o comprido lenço azul da mulher — porque tinha descoberto, enquanto eles se aproximavam de nós, que a vida praticamente esmagara Mickey, sem nunca ter sequer imaginado, e por isso ninguém podia saber que terrores estariam à espera debaixo da cama de alguém que não conhecemos realmente bem.

Rebuscava no pensamento algumas coisa para dizer a Mickey, mas não me ocorria nada suficientemente bom.

Quando contei ao Dr. R essa conversa — mudando o nome de Mickey para proteger sua privacidade —, ele me disse:

— Não seria possível dizer exatamente a coisa certa, ainda que tal coisa existisse. Ninguém pode. Você o escutou. Era isso que ele realmente queria de você, acho eu.

— Espero que tenha razão — respondi.
— Eu também — replicou o Dr. R.
Mickey continuou, amargo:
— Aquilo durou até meus 13 anos, quando eu fugi.
— Para onde foi?
— Para umas obras no Porto. Nesse tempo havia meninos de 9 e 10 anos nas obras.

Tinha um aspecto pálido e derrotado. Eu sentia que seu coração batia desabalado. De perfil, parecia mais novo, por isso conseguia imaginá-lo facilmente com 13 anos de idade em 1985, com cabelo castanho cortado rente, de roupas velhas e empoeiradas, como servente dos trabalhadores, aprendendo a soldar e a pregar rebites, pedindo cigarros aos outros e uns goles de Super Bock durante as pausas, talvez se arrastando ao lado deles em visitas aos bordéis à noite. E compreendi então por que tinha mudado o nome de Miguel para Mickey.

— Por isso, quando me tocou — disse ele —, do modo como me tocou, eu reagi violentamente.
— Estava protegendo a si próprio. Protegendo o rapazinho de 9 anos que tinha sido.
— Mesmo assim, não devia ter posto as mãos em você.

Mostrava um tal ar de vergonha, de derrota pelo seu próprio passado, que me deu vontade de abraçá-lo, mas não me atrevi.

— Já tinha me esquecido disso — disse eu. — É sério.
— E pode me perdoar? — perguntou.

O olhar dele fixo no chão me fez compreender que me pedia perdão por ter se sentido orgulhoso por se aguentar como um homem.

— Sim. Mas também queria que me perdoasse por tê-lo tocado daquela maneira.
— Claro. Cara, Teresa, você só tem 16 anos.
— E você tinha nove.

A resposta fez com que ele pigarreasse. Deu duas tragadas rápidas, depois atirou o cigarro ao chão e o esmagou. Sacando outro do maço, acendeu com mãos trêmulas. Eu me esforcei para imaginar o que diria meu pai.

— Ouça, Mickey. Você construiu uma vida decente sozinho. Fez mais do que aquilo que tinha direito de esperar de si mesmo. Foi muito corajoso. É um homem bom. Todos que te conhecem veem isso.

Dizer essas coisas em português, e não em inglês, permitia que eu falasse resolutamente — com toda a invisível energia que nenhum dos que entravam no hospital ou que dele saíam poderiam compreender.

— Fiz por isso — disse ele, numa voz desesperada. — Fiz o melhor que pude com o que me foi dado.

Tive a sensação de que isso seria o que ele diria à mãe dele se tivesse tido a oportunidade. Mickey queria acrescentar alguma coisa, mas a voz falhou. Será que sua experiência em menino o levou a não querer filhos? Talvez fosse isso o que ele mais lamentava, pois aqui estava ele ajudando Pedro e eu, os filhos do seu melhor amigo. Clareou a garganta.

— Ando fumando demais — disse, abanando a cabeça.

— Há crimes piores — observei.

— Achei que ia me sentir melhor se te contasse, mas eu me sinto pior. Eu me sinto como se estivesse para me acontecer alguma coisa terrível. Como se estivesse para ser castigado. E você também, porque escutou o que eu tinha para dizer.

— Não vai acontecer nada de terrível. Nem a você nem a mim. Porque Pedro vai ficar bom e isso muda tudo.

Ele não me olhava, e por isso tentei outra estratégia.

— Os homens que te fizeram mal, agora não podem te tocar. Estão a quase 5 mil quilômetros daqui. E estão sendo julgados.

Mickey fechou os olhos, como se não fosse abri-los durante um bom tempo. Imaginei que se perguntava para que tinham servido todos aqueles anos. E se era realmente um bom homem. E se os canalhas sádicos que roubaram sua infância iriam para a prisão. Temendo a rejeição dele, mas não querendo deixar passar o momento, dei-lhe um beijo no rosto e sussurrei:

— Abençoado seja por me contar.

Ele estremeceu quando nos abraçamos, e eu pressenti a angústia que nele reinava. Percorreu-me um calafrio. Ele disse para me despedir por ele de Pedro e de mamãe, e depois saiu apressado, a cabeça baixa, os ombros curvados, como se temesse ser reconhecido — um fugitivo da própria vida.

Meu irmão despertou brevemente quando entrei no quarto, e queria ouvir o resto de *They Came Like Swallows*, mas voltou a adormecer passados poucos minutos. Não o acordei para a última cena do livro, porque imaginei que a morte da história iria atingi-lo duramente. De qualquer modo, deveria reler quando chegasse seu próprio tempo. Ou então não. O que contava era estarmos juntos e estarmos bem. E que eu tinha acabado um belo livro.

Papai estava também com a gente. Tanto quanto isso era possível. Porque eu o sentia me escutando enquanto me debatia para pronunciar as palavras mais difíceis. E porque Mickey tinha estado aqui. Talvez Pedro conseguisse sentir também a presença de papai, lá bem no fundo dos seus sonhos.

Por alguns instantes, minha família foi o que tinha sido há tempos.

E quando coloquei o livro em cima da cama de Pedro e me levantei para ir à janela olhar a neve que mamãe estava vendo, ela me deu uma palmadinha no bumbum, como fazem as mães quando se lembram como eram os filhos quando bebês.

"Nesse momento, fechou-se uma porta atrás de mim, Meritíssimo, mas não a que eu estava à espera que fosse. Essa tinha minha infância atrás dela. E quando se fechou, compreendi que haveria ainda momentos de risinhos abafados como uma menininha, e momentos em que andaria correndo atrás de Pedro em volta da mesa de jantar ou disparando uma pistola de água na cara de Angel, mas a partir daqui eu estaria apenas fazendo de conta que era a menina que fui. Seja como for, há coisas que trazem com elas a esperança, e é bom que assim seja, de outro modo não seríamos capazes de seguir em frente."

Ao acabar *They Came Like Swallows*, compreendi que Angel tinha me recomendado o livro para me dar ânimo. Ele descobriu que era simples e verdadeiro, que o autor tinha reduzido sua narrativa ao essencial, e que ele iria me fazer desejar ser escritora mais do que nunca. Não era a mesma pessoa depois de lê-lo. Tinha mais respeito pela maneira como todos podemos afetar uns aos outros. Para o melhor e para o pior. E mais respeito pela maneira como mesmo as palavras mais silenciosas — sussurradas de uma página — podem nos mudar.

O tema do perdão estava no meu espírito, por isso via também agora que o encorajamento de Angel significava que podia perdoá-lo. De quê, precisamente, não queria ainda saber.

Pagamos ao Merton University Hospital um quarto particular e assim pudemos pedir uma cama extra para eu dormir ao lado de Pedro na segunda noite que ele lá passou. Fiquei acordada a noite toda. Sentia-me grata demais para conseguir dormir. Sentia-me como se estivesse deitada ao lado do Empire State Buiding ou do oceano tumultuoso batendo na areia de Jones Beach. Uma coisa tão grande e cheia de significado que ia muito além de mim e de Pedro.

Sempre que ouvia Pedro se mexendo, eu chamava pelo seu nome em voz baixa e dizia que não podia acontecer nada de mal. Pelo menos enquanto o Hulk e eu estivéssemos de sentinela. Mamãe telefonou duas vezes e pedia desculpa por me acordar, mas eu disse que não estava dormindo e que Pedro estava bem.

Felizmente, ele não regou os gerânios enquanto esteve na cama do hospital. Eu tinha levado as meias amarelo-canário, as preferidas dele, e o pijama de flanela para ele se sentir em casa. Estive quase para levar lençóis também, mas depois pensei melhor: não, vamos viver perigosamente...

Quando mamãe me disse que podia dormir ao lado de Pedro no hospital — ainda que eu visse que ela também queria — dei dois beijos no seu rosto. Pela primeira vez em vários anos. Ficou tão espantada que nem me beijou em resposta, mas mais tarde, depois de darmos o jantar a Pedro, encostou os lábios à minha testa e deixou-os ali durante imenso tempo. Bastaria uma pequena brisa para me derrubar, depois disso, e então encostei no parapeito da janela e fiquei vendo ela dar colheradas de geleia de lima a Pedro. Ele abria toda a boca entre duas colheradas, uma imitação do passarinho de papai. Para se certificar de que eu tinha compreendido, lançava-me olhadelas intencionais de vez em quando. Eu acenava com a cabeça, confirmando. Acho que ele vai ser assim até ficar adulto — ele me pondo à prova, e eu dizendo "Oi, estou aqui.".

Passaram já dois meses desde que saiu do hospital e meu irmão apenas fez xixi na cama três vezes. É um garoto scrappy, como disse o Dr. Olsson. E teimoso. Continua andando com o Hulk por todo o lado. Espero francamente que perca o hábito antes de ir para a escola de pilotos, mas se não perder, acho que os professores e os colegas dele vão ter que se habituar a ter um copiloto verde de uns 10 centímetros.

Deixei a meta do Planeta Normal. E quero que Pedro faça o mesmo. É que é incrivelmente difícil atingir os limites extremos do sistema solar. E para que nos dar a esse trabalho?

A única coisa que desejo é não voltar a me zangar. Nem sequer com a minha mãe. Nem com papai, por ter morrido. Passar um dia sem querer bater em ninguém. "Não é pedir de mais, não é, Dr. Rangarajan?"

Mamãe já não bufa quando Pedro faz xixi na cama, mas revirou os olhos a primeira vez que me viu colocar os lençóis molhados para lavar. Eu não disse nada, mas senti no estômago o clique quente do ódio e tive que molhar a cara com água fria para não brigar com ela.

Com os olhos postos na garotinha de ar cansado e cabelos escorridos que me devolvia o olhar no espelho, me deu vontade de correr ao Gumm's e arranjar um bobo qualquer para me comprar vodka. Mas era simplesmente mais cansativo. Às vezes me pergunto se não haverá uns tantos drogados que deixam de se drogar por não estarem dispostos a grandes esforços. Talvez eu seja só preguiçosa demais para dar uma de alcoólatra de primeira classe, com certificado AA, caindo morta de bêbada. Ou talvez não tenha ainda arranjado uma razão suficientemente boa para vir a sê-lo. Nada que se pareça com as do tio Mickey ou do Mr. Henderson.

O que mais me assusta é poder esquecer de como andei tão perto de me condenar. Aposto que está aí uma boa parte do motivo por que estou escrevendo isso.

Mais tarde, quando chegou a hora de tirar do varal os lençóis do meu irmão, reparei que mamãe já o havia feito. Tinha também os dobrado e guardado no armário de roupas. À maneira dela, era uma forma de pedir desculpas, e eu aceitei sem uma palavra. Talvez estejamos as duas aprendendo a sutileza na nossa idade avançada. Os lençóis eram os azul-cobalto que ela havia comprado na Macy's no dia em que Pedro quase esticou as canelas. Era daqueles de algodão com 450 fios. Quando não consigo adormecer, passo a mão nos que ela me comprou só para sentir aquela folha de seda. Às vezes mamãe tem boas ideias. Agora posso reconhecer e, talvez, conseguir fazê-lo não seja uma vitória tão pequena como parece à primeira vista.

Não falamos muito no que aconteceu no dia 8 de dezembro. Estou convencida de que a maneira de minha mãe lidar com a overdose de Pedro e com a minha coleção de medicamentos é simplesmente fazer de conta que não fizemos nada disso. O Dr. R me disse que fazer de conta que o passado não se passou era a opção dela e que eu não tinha que fingir porque era mais forte do que ela, mesmo que não parecesse, e que de qualquer modo eu tinha que me concentrar em mim mesma por agora, já que era a única pessoa que estava em meu poder mudar.

Há quase dois meses que não bebia nada, e consegui subir minhas notas do buraco onde estavam, e agora estou em segundo lugar nos pontos marcados na equipe de basquete. Não estou reprovada em nenhuma matéria e, em inglês, subi a média para C.

Até agora, já entreguei 17 haicais. Estou vendo se escrevo um por noite. O último em data:

> Ninguém devia viver
> Em Strawberry Fields p'ra sempre
> Nem mesmo John Lennon

É o preferido do Mr. Henderson entre todos os meus poemas.

Uma das primeiras coisas que o Dr. Rangarajan me disse é que não podia me aceitar como paciente se eu fosse fazer nova tentativa de suicídio. Se tivesse pensamentos de acabar com a vida, tinha que lhe dizer imediatamente. Que podia telefonar a qualquer hora do dia ou da noite. Desceu sobre mim uma sensação de segurança, profunda e jubilosa, quando lhe prometi que não me mataria. Era como alargar meu juramento de ahimsa, porque agora nem a mim iria fazer mal.

Angel e a mãe tiveram sua longa conversa sobre Brad Pitt, há muito devida, assim que ele voltou de vez no dia 8 de dezembro. Foi uma conversa rica de lágrimas, abraços e risadas.

— Parecia uma novela brasileira — contou Angel, rindo com ironia, disfarçando o alívio que sentia. No entanto, não falou à mãe sobre Thomas. — A última coisa que eu preciso é ver ela perder o norte de novo — acrescentou ele. — Quando ela for mais velha e mais calma...

— E quando você for uma estrela de cinema — interrompi eu.

— E quando eu for uma estrela de cinema — concordou, com um sorriso irônico, de quem não acha provável. — Aí eu digo a ela tudo o que ela quiser saber.

Depois de terem discutido as opções dele, decidiram inscrevê-lo na Harvey Milk High em East Village logo a seguir ao Ano Novo. Gostei de ouvi-lo dizer *nossas* opções, referindo-se a ele e a mãe. Queria dizer que estavam de novo os dois juntos na sua caminhada americana.

A Mrs. Cabral disse a Angel que tinha ligado para a seção de matrículas da Harvey Milk High logo a seguir à conversa dela comigo, em que eu o tinha "tirado do armário". É uma escola para jovens gays e para lésbicas, e quase todos lá — incluindo professores e administradores — são homossexuais. Estuda lá há quase um mês e se apaixonou loucamente por um dominicano, um gênio da matemática chamado Rafael, mas ainda estão a dançar um tango hesitante e não foram até o fim.

Às vezes pergunto a mim mesma se alguma vez farei sexo com alguém. O Dr. R diz para não me preocupar com a minha falta de vida amorosa, mas para ele é fácil dizê-lo porque talvez já nem se lembre o que era pensar que nunca iria fazer amor. E, seja como for, ele é homem.

Angel vem para casa todos os dias depois da escola, e por isso tem que fazer o mesmo cansativo vaivém todos os dias, mas só se queixa um bocadinho e só quando está exausto.

— Tenho muita sorte — disse ele, depois de se matricular. — Se fosse há trinta anos...

Tornou-se mais confiante e brincalhão, agora. Pode ser que a depressão tenha se apagado para sempre. Ou talvez não. Sei como é bom ator e, por isso, já não tento saber o que se passa na cabeça dele.

Ontem à noite, no banheiro do Luigi's Pizza Parlor, a Mrs. Cabral me chamou de lado e contou que tinha se mudado para a América por causa de Angel. Nem ele sabia disso até a tal noite de telenovela brasileira. Ela não queria pôr em cima dele esse peso, mas agora sabia que ele estava crescendo rapidamente e tinha todo o direito de saber tudo. Tínhamos ido todos, Angel, Pedro, e o tio Mickey, jantar no Luigi's. A Mrs. Cabral entrou comigo no banheiro logo que chegamos, e, enquanto lavávamos as mãos no único lavatório que havia, ela se abriu e contou que os vizinhos dela no Brasil — tanto adultos como crianças — zombavam maldosamente de Angel quando ele era pequeno, que o torturavam por coisas como pintar florzinhas na prancha de skate e fazer o moonwalking pela rua afora, e que, de um dia para o outro, ele tinha deixado de falar. Recusava-se pura e simplesmente a abrir o bico e não queria ir à escola. E também agia como se tivesse deixado de ouvir. E fazia isso tão bem que dois médicos de São Paulo tinham lhe dito que Angel era autista. Mas ela não se deixou enganar e jurou a si mesma que ia se mudar para um lugar mais seguro logo que pudesse.

— Eu conhecia meu filho — disse ela. — Por isso tinha certeza de que os médicos estavam doidos.

O tom protetor dela soava como heroico. E uma coisa digna de me levar a escrever um romance sobre ela. Quando começou a pensar no que devia fazer para salvar Angel, a Mrs. Cabral meteu na cabeça que a América era o lugar certo para viverem.

— Sabe-se lá por quê — disse ela. — Talvez por causa da televisão e dos filmes.

Levou três anos até conseguir os vistos e juntar dinheiro para a mudança. Angel tinha 6 anos quando começou sua greve e ludibriou os médicos, levando-os a pensar que era autista. Embora fosse provavelmente sua primeira experiência de depressão. Será possível a depressão atacar um menino tão pequeno? E poderia ela ser uma estratégia saudável na ocasião? De todo modo, nesse caso, foi isso que convenceu a mãe a levá-lo para um lugar mais de 8 mil quilômetros afastado dos seus inimigos. Seus *primeiros* inimigos, como depois se viu. Porque agora também eu compreendia que ser espancado por Gregory Corwin e ser ridicularizado no ginásio era uma repetição do passado.

O Destino o apanhou. Provavelmente pensou que nunca lhe escaparia. Mas escapou. Agora pode contar com a segurança que lhe dá andar numa escola gay em Nova York.

Quando a Mrs. Cabral me contou tudo isso, Gregory ainda não tinha sido preso, porque senão eu teria ficado mais feliz. Mas a polícia só o prendeu há quatro dias.

— Angel agora está livre de tudo aquilo — disse eu à Mrs. Cabral no banheiro do Luigi's, e estendi-lhe a mão levantada para festejar a vitória. *Nossa* vitória. Quando tocamos as mãos, ela riu como as pessoas que estiveram à beira do choro. E quando saímos, sentamos à grande mesa redonda que Angel e Mickey tinham escolhido para nós.

Tio Mickey tinha ido conosco porque por acaso passou por nossa casa, levado por um impulso qualquer. É uma coisa que agora faz de vez em quando. Ele e eu estaremos sempre ligados pelo segredo que agora conheço. Percebo pelo olhar furtivo que às vezes me lança, que teme que eu possa usá-lo contra ele, embora seja coisa que nunca faria. Acho que vai aprender a confiar em mim se nossa amizade se mantiver durante os próximos anos.

Mickey nos levou de carro até a casa da Mrs. Cabral, e quando ela viu o bonito sujeito que estava sentado no térreo, na sua sala, pôs um vestido azul justinho e uma sombra nos olhos. Angel e eu brincamos com ela, mas acabamos a ajudando a escolher uns lindos sapatos baixos vermelhos. Ela não queria ir de salto alto porque Mickey era uns bons centímetros mais baixo do que ela. Percebi que Mickey gostou do que viu e que não se sentia intimidado diante de uma amazona brasileira com um filho gay. A caminho do Luigi's, o vi repuxar suas calças e passar a mão pelas virilhas quando pensava que não havia ninguém olhando. Os homens têm um ar tão desajeitado e tolo quando não conseguem manter a ferramenta no lugar. Minhas desculpas ao Dr. Freud, mas minha ferramenta é mais fácil de arrumar.

Angel e eu passamos a maior parte do tempo juntos durante os fins de semana. Nosso novo projeto é compor canções: música dele e letra minha, na maior parte haicais acompanhados de violão. Ainda não estou convencida de ter escrito alguma coisa de primeira classe, mas são bem melhores do que as porcarias que se ouvem na MTV. A voz dele tem qualquer coisa de imperioso e desesperado, um pouco como a do vocalista dos Linkin Park, e Angel grava solos de clarinete para acompanhar nossas canções, por isso é possível que se torne famoso — o primeiro vocalista que também toca clarinete.

Angel tem os amigos da escola, tem lições de música com um professor recente fabuloso em Roslyn e mais um zilhão de coisas que ele quer fazer, e eu tenho a terapia, os treinos de basquete e as lições particulares com o Mr. Henderson. Passamos a maior parte do tempo numa correria a toda a velocidade, num mundo que se expandiu em todas as direções. Talvez até para baixo. Pelo menos é a impressão que tenho, quando penso em papai.

E ainda vai continuar assim, quando Angel for para a universidade.

Já não somos eu e ele contra o mundo, e, às vezes, sinto no vazio do estômago a falta da nossa união, à noite, estendida na cama incapaz de dormir. Por outro lado, é um alívio ter uma pessoa a menos por quem me sinta responsável. Quero dizer, ter que responder por uma pessoa e mais um terço de outra é suficiente — por mim e por um terço de Pedro. Só tem 7 anos, mas acho que já tem idade suficiente para ter um terço de responsabilidade por aquilo que faz, com o resto a cargo de mamãe e de mim.

Julia ligou para o celular de Angel pouco antes do Natal e disse que tinha falado sobre ele com um conhecido na Comissão de Admissões da City College, e que se ele acabasse agora o décimo primeiro ano e lhes mandasse a caderneta escolar e os resultados do SAT, e se tudo fosse tão bom como eu havia dito, poderia se inscrever.

— Cem por cento de certeza! — Foi a frase que Angel disse ao correr para minha casa. Colocou para tocar o CD *Andrews Sisters Greatest Hits*, e começamos a dançar pelo quarto até desabarmos. Será que daqui a um ano seremos ainda amigos, quando ele for calouro em Manhattan, e provavelmente vivendo lá?

— É impossível fazer previsões — disse o Dr. R.

— Pensava que o tempo estava do meu lado — disse eu.

— Quer ser amiga dele daqui a um ano? — perguntou, inclinando-se para a frente na cadeira, à espera da minha resposta.

— Quero, mas não da mesma maneira.

— Não apaixonada por ele, quer dizer.

O sobressalto ao ouvir aquela revelação foi como o choque elétrico que sofri aos 5 anos quando enfiei uma folha de alumínio na nossa torradeira.

"Então era isso que eu sentia — amor?", perguntei a mim mesma.

E na minha confusão, gaguejei:

— Tem... tem certeza?

— Tendo em conta tudo o que me contou, é muito possível.

— Talvez. Não sei. Embora saiba que quero sentir qualquer coisa por ele daqui a um ano — disse eu — ou pelo menos sentir a maior parte do que agora sinto, mas não tanto que me faça sofrer.

— Não tenho certeza de que isso seja possível — disse ele, encolhendo os ombros.

— Já não se lembra? Eu sou uma anomalia.

Ele riu com gosto e abanou a cabeça, como se eu fosse um caso sério, o que me agradou. Quem não gostaria de ter seu psi achando que é um caso único?

— Não escolhemos por quem nos apaixonamos, mas escolhemos o que podemos fazer nesse caso — observou ele.

— E então que faço eu nesse caso... se for verdade? — perguntei, e ele retorquiu com:

— O que quer você fazer nesse caso?

E eu disse:

— Não sei bem ao certo.

E ele disse:

— Não tem que saber ao certo aqui, pode ter dúvidas, quantas quiser, por isso me dê uma pista.

Gostei da noção de a incerteza ser OK, mas continuo sem ter nenhuma ideia do que queria dizer. Também gosto de poder ficar calada se eu quiser nas sessões. Quando passo dez minutos ou mais sem um pio, o Dr. R não se chateia. Fica ali sentado, perdido nos pensamentos sobre um mercado de especiarias em Madras, onde o pai dele vendia artigos de couro, ou então pensando no que iria dizer a próxima vez que lhe contar que desejava ver um Cessna cair em cima da minha mãe.

Às vezes olho para seu rosto e imagino conseguir ver tudo dele naqueles olhos pretos — uma infância com aromas de canela, cravo e açafrão, estudos universitários na Inglaterra e o casamento com uma meio-francesa de Pondicherry. Até o nascimento dos seus dois filhos. Está tudo ali. Talvez seja o que ele procura ver em mim neste momento, também.

Uma tarde, o Dr. R disse que tinha lido um romance chamado *Os anagramas de Varsóvia*, em que uma das personagens dizia que sua ideia de Paraíso era um lugar onde quem ganhava as discussões eram as pessoas que falassem em voz mais suave.

Pareceu-me muito acertado.

— Mas eu não quero esperar pelo Paraíso — disse eu. — Quero viver lá agora. Embora não tenha bem certeza de ser capaz de passar a falar em voz suave.

— Comigo você fala muitas vezes com voz suave, Teresa.

— Falo? — perguntei, com um tom de descrença tão descarado que ele riu.

— Meu Deus, você pode mesmo ser dura consigo mesma, não pode? — comentou ele.

Não seria surpreendente se eu viesse a descobrir que gostava de ficar calada, tanto como ser divertida e esperta e louca?

O Dr. R vê em mim coisas positivas que eu não vejo, o que me tranquiliza. A maior parte das vezes nos damos bem. Ele tem senso de humor, o que é um alívio, e o inglês dele é tão bonito como o de Sikki, além de ser um especialista em cultura e tradições indianas. Sempre que peço, conta histórias sobre Vishnu, Kali e outros deuses.

— Krishna tem a pele azul e o Hulk verde — disse eu, uma vez. — O que isso pode significar, na sua opinião?

— Não sei — replicou — mas de que cor é você?

— Cor de Teresa — disse eu, e ele riu, os olhos a cintilar.

Vejo que se diverte comigo. Gostaria de ser a paciente mais divertida que ele tem, mas ele está sempre lembrando que ser divertida não é o mais importante numa terapia, e que pode ser viciante, por isso tenho que ter cuidado.

Às vezes Marlene e eu saímos depois do treino, e quando lhe disse que fazia terapia com o Dr. R, ela disse:

— Já era tempo! Me diz se ele te der alguma droga realmente boa.

Quando falei com Marlene ontem à tarde, fiquei sabendo que Gregory Corwin tinha sido preso na segunda-feira passada. Vou sempre com ela à deli do shopping da Waldbaum's. Eu peço uma sopa com bolas de matza e uma Diet Coke. Ela, kasha e uma Dr. Brown's Diet Cream. Marlene adora zoar com todo mundo, mesmo com quem passa, e é por isso que nos sentamos sempre junto à vitrine. Fala com um sotaque nova-iorquino fortíssimo e põe na rua da amargura as empregadas do leste europeu com henna no cabelo, o cozinheiro careca com as tatuagens de peixes tropicais nadando pelo braço afora, os suburbanos metidos com as camisas abertas de maneira a se ver o que ela chama os "ninhos de ratos" dos pelos no peito.

Para aprender o sotaque de Nova York, tenho que repetir uma frase vezes sem conta até aprender, tipo "De fuckin' dawg wuhs run ovuh in chraffick on Fawty-Fawth Street". A avó materna de Marlene é que lhe ensinou a frase. Nasceu nas casas de classe baixa no Lower East Side e queria garantir que a neta não ia aprender a falar inglês como uma puritana com antepassados a remontar ao "Mayflowuh". Quem sabia que Marlene tinha uma costela judia? Dá-lhe tamanha alegria a sua banca de má que me deixa livre para ser a boazinha do nosso duo. Um novo papel para mim. Uma aventura.

Às vezes saio com Sikki, também, e nessas vezes Marlene se comporta melhor. Gosto que Sikki seja tão atenciosa e recatada. E gosto da maneira elegante como ela mexe as mãos, mesmo que seja só para pegar no garfo e comer batatas fritas. A mãe de Sikki me convidou para jantar amanhã. Vamos comer korma de vegetais. Ia fazer korma de frango em minha honra, mas eu contei para Sikki sobre meu princípio de não fazer mal a animais — nem sequer aos frangos da Frank Purdue —, e ela disse que ela e o pai eram vegetarianos, por isso me compreendia.

Ontem, enquanto nos deliciávamos com uma coleslaw — uma salada de couve e picles —, Marlene inclinou-se para a frente e disse baixinho:

— Sabia que Gregory Corwin foi apanhado durante a dura da polícia na segunda-feira?

— Por quê? — perguntei logo.

— Drogas. Tinha haxixe e esteroides no armário dele.

— Ou — disse Sikki. — Os pais devem estar arrasados.

— Parece que alguém deu a dica à polícia — disse Marlene, com um sorriso diabólico, dando a entender quem estava por trás da denúncia.

— Deu a dica à polícia? — exclamou Sikki.

Marlene sentou-se de lado na cadeira e soprou beijinhos para nós como uma coquete dos anos 1950.

— Uma menina nunca revela seus segredos.

— Não sabia que ele estava na droga — disse eu.

— Oh, please — zombou ela, abanando a mão para mim, sem acreditar.

— Todo mundo via que aquele corpo de borracha compacta era feito de Testosteronestan.

— Vai preso? — perguntei.

— Esperemos que sim! — Recostando-se de satisfação e cruzando os braços, acrescentou: — Ouçam, meninas, se eles querem guerra, vão ter guerra! E quem vai ganhar somos nós!

Foi assim que fiquei sabendo que Marlene não recua diante de golpes baixos. Pelo menos, fora do campo de basquete — que é o que importa.

As boas notícias devem ter um efeito relaxante no cérebro, porque dali a pouco, na minha conversa com Marlene e Sikki, confessei que o Dr. R tinha me ajudado a perceber que eu talvez tivesse sido apaixonada por Angel. E que talvez ainda o fosse.

— Olha a novidade! — disse Marlene, com uma palmada na mesa.

— Também suspeitava? — perguntei a Sikki.

— Não — disse ela, mas acho que estava só tentando que eu não parecesse muito tapada.

Percebi então aquilo que provavelmente todo mundo — mesmo papai e mamãe — tinha percebido há muito: eu tinha desejado mais do que amizade de Angel a bem dizer desde o primeiro dia. Mas custa admitir isso. Quero dizer, amar alguém que é gay é um beco sem saída, é ou não é? Cheguei à conclusão de que quando perdoei a Angel, depois de ler *They Came Like Swallows*, o fiz por ele não corresponder ao meu amor. É a única resposta que faz sentido.

Voltei para a equipe de basquete logo depois do Ano Novo. Estamos com sete vitórias e duas derrotas, e ganhamos os últimos três jogos. Marquei 14 pontos há dois jogos, incluindo dois cestos da linha de três pontos. Sinto-me no meu ambiente, correndo no campo de um lado para o outro, e fico contente por ter descoberto um lugar onde me sinto ágil e sem medo e forte. Não sabia que o era.

A Mrs. Romagna e eu nunca falamos sobre aquilo de eu tê-la "tirado do armário" e de ela me ter dado uma suspensão. Está parecendo que ela também prefere acreditar que o passado não existe. O Dr. R diz que é uma coisa que acontece muitas vezes com as pessoas que vivem assustadas.

Agora que vi até que ponto mamãe tem medo de mim, reconheço os sintomas em vários adultos. Acho que nunca antes tinha me ocorrido que os adultos podem ficar aterrorizados. Sempre que o Dr. R sorri ou ri, reparo, com alívio, que os dentes dele não são perfeitos. São amarelados e tortos. Aposto que não havia ortodontistas em Madras quando ele era pequeno. E talvez fume. Ou beba chá preto demais. Seja como for, é bom ver que nosso terapeuta não é de Hollywood. Nem da Central Casting. Porque a última pessoa com quem ele é parecido é com Sigmund Freud. Nem barba tem. E a pele é escura, cor de canela. Acho que deve ser da zona sul da Índia.

— É capaz de ser dravidiano — disse Angel, quando vimos uma fotografia do Dr. R na internet. — Pergunte a ele qual é sua primeira língua. Tamil, aposto.

— Até os nomes das línguas indianas você sabe? — perguntei.

— Que quer dizer com isso?

— Às vezes tenho a impressão de que sabe coisas demais. É assustador. Até parece que saiu do *Arquivo X*.

Angel riu, manifestamente satisfeito por eu o considerar um caso único. Às vezes penso que nosso senso de humor há de nos salvar. Quero dizer, as pessoas descartam o humor como uma coisa que não é assim tão importante, mas no fundo talvez seja a mais importante quando procuramos chegar ao fim da escola sem nos matarmos, a nós ou a alguém.

Essa conversa foi logo depois de eu ter falado ao Dr. R sobre estar apaixonada por Angel, por isso consegui reunir coragem, pegar na mão de Angel e perguntar:

— Que vai ser de nós? — Mas mal o disse, percebi pela primeira vez o que queria e acrescentei apressadamente:

— Quero ser sempre sua amiga, mesmo que isso possa ser difícil.

— Difícil?

— Porque acho que em dado momento talvez estivesse apaixonada por você.

Ouvi minhas palavras como se fossem pronunciadas por outra pessoa — uma garota emergindo do seu esconderijo depois de um longo inverno.

— Tenho muita pena — disse ele, baixando a voz.

— Há quanto tempo sabia que eu... sentia por você mais do que amizade?

— Cerca de um mês depois que nos conhecemos comecei a pressentir isso. Lembra, quando às vezes eu tinha um comportamento distante ou quando não dizia a você o que eu estava pensando... Eu não queria te dar esperanças.

Baixei os olhos. Ele leu meus pensamentos e disse:

— Eu vou estar só em Manhattan. — Apertou minha mão. — É só a meia hora daqui.

— Esperança — disse eu.

— O quê?

— O Jogo das Emoções. Dois amigos numa encruzilhada, mas com esperança.

Antes da minha primeira sessão de terapia, mamãe, Pedro e eu fomos ver o Dr. Rangarajan para uma sessão de terapia de grupo. Mamãe falou quase o tempo todo, porque era a ela que ele fazia a maior parte das perguntas. O inglês dela era quase impossível de decifrar, mas quando saímos, eu disse que tinha falado muito bem. E estava dizendo a verdade, porque deu respostas honestas, mesmo quando isso significava dizer que tinha perdido o interesse nos filhos antes de o marido morrer.

— Tinha outras coisas na cabeça. Vi-me de repente na América, estava assustada e sentia-me como uma estranha na minha própria casa. Pedro e Teresa, davam a impressão de que podiam tomar conta de si mesmos. Parecia que conseguiam safar-se melhor do que eu.

Não foram essas exatamente suas palavras, mas era o que ela diria se pudesse exprimir seus pensamentos em melhor inglês.

Já reparei que sou menos piadista e crítica, e que mamãe é mais simpática comigo. Não devia ser uma surpresa, mas foi. Às vezes ainda implica comigo pelas coisas mais insignificantes — como deixar as luzes acesas no banheiro. E na sexta-feira passada não veio jantar em casa depois de ter ido para Roosevelt Field e deixou o celular desligado, e como não havia nada na geladeira que Pedro quisesse comer, fomos os dois a um novo restaurante tailandês na avenida Willis e quando voltamos para casa, ela estava sentada na cozinha fumando com um ar despeitado e berrou coisas horrorosas por eu ter desaparecido sem deixar um recado. E eu respondi na mesma moeda. Ficar tão zangada me fez chorar quando fui para o quarto, mas valeu a pena.

Não quero que mamãe volte a ser tão negligente como antes. Mas às vezes não posso fazer nada quanto à maneira como ela é ou não é. Aposto que ela desligou o celular porque estava na maior, na cama com o Mr. Gluck, na sua toca de solteirão de Garden City. Não é que isso me chateia — "juro que não, Meritíssimo!" —, mas ao menos ela podia ligar para casa se ia ficar fora sem ter avisado.

Nunca me vi como uma pessoa intimidante. E ainda custo a acreditar que seja.

— Você sente suas emoções profundamente e é muito persistente — disse o Dr. R. — Isso pode assustar as pessoas. Especialmente numa garota tão nova.

Logo depois de termos levado Pedro do hospital para casa, quando estava ainda muito fragilizada, mamãe confessou que se sentia estúpida, comparada comigo e com o meu irmão.

— Você é tão inteligente, Teresa. E Pedro também. Não consigo imaginar o que pensam de mim.

— Devia ficar feliz por ter filhos inteligentes! — disse eu.

Ela lançou-me um olhar cético e depois suspirou, como se eu lhe pedisse o impossível.

O Dr. R disse que talvez ela seja demasiado competitiva para sentir satisfação por sermos espertos. Ao que parece, é mais do que frequente os pais entrarem em competição com os filhos.

Meu plano original era começar a terapia com o Dr. Rosenberg, claro, mas descobri que ele só aceita pacientes adultos. Mesmo tendo feito 16 anos no dia 17 de dezembro, não preenchia os requisitos. Tinha reunido minha coragem e atravessado a rua, em princípios de janeiro, para discutir fazer terapia com ele. Estava limpando a neve do para-brisa do seu BMW com a mão. Caramel, de dentro de casa, latia da janela do primeiro andar.

— Hey, Teresa! — disse ele.

Diz quase sempre "Hey" em vez de "Hi" quando me vê. Explicou que é porque andou numa universidade do Sul. Às vezes trocamos um beijinho no rosto quando nos encontramos. Não sabia que os americanos também faziam isso, mas ele disse que era judeu e que os judeus dão beijinhos.

— Não quer abrir uma exceção e me aceitar como paciente? — tentei.

— Desculpe, não posso.

— E se eu tiver problemas de adulto?

Ele riu, disse que era uma resposta inteligente, e que me telefonava mais tarde para dar o nome e o telefone de um colega que trabalhava com adolescentes e que era, disse ele, "o melhor que há nesse campo".

O Dr. Rangarajan vive numa transversal da Herricks Road, por trás do mercado coreano onde eu e Pedro começamos a comprar kiwis, papaias, frutas do conde e outras frutas que são quase impossíveis de encontrar no Waldbaum's. Descobrimos um dia em que fomos com mamãe ao Kim's Beauty Salon e ficamos por ali vagueando enquanto ela pintava as unhas. O Pedro ficou louco pelas frutas do conde. Pode comer duas por dia, se eu deixar. Abrimos a janela da cozinha quando mamãe não está, e ele cospe as sementes no pátio. E às vezes eu também.

Mamãe agora está quase sempre à nossa espera quando voltamos da escola. O Dr. R pediu que fizesse isso. Fica petiscando enquanto espera. Pedro normalmente come uma meia dúzia de biscoitos de aveia e passas com o copo de leite, e ela senta ao lado dele para ouvir como foi seu dia na escola. Ela se esforça para não parecer chateada ou nervosa por ele se sujar todo, e às vezes até consegue.

Dá para perceber que em vez de estar com a gente preferia fazer compras, pelo menos algum tempo, mas pode ser que Pedro venha a ser um garoto que goste de andar à caça de pechinchas no Filene's Basement e no Williams-Sonoma e seja assim que eles se tornem num duo mãe-e-filho. Espero que sim, por ele. Quanto a mim, é muito tarde. Não nasci com o gene das compras. Vamos fazer o melhor que pudermos, mamãe e eu, até eu acabar o décimo segundo ano, e depois vou para uma universidade longe daqui — pelo menos se conseguir entrar e se Pedro estiver bem. Acho que gostaremos mais uma da outra quando não tivermos que nos ver todos os dias. Ou não.

Quando mamãe ouve Pedro tagarelando sobre o que anda fazendo na aula de arte ou quando ele mostra como já sabe fazer contas de dividir, eu tento nem pensar por quanto tempo ela vai conseguir fazer um ar interessado. Não mais do que seis meses, aposto.

Seja como for, eu é que tenho que ser menos exigente. E mais independente. É a única maneira de sair da casa de chocolate no meio da floresta. E é a única maneira que tenho para ajudar Pedro a sair comigo.

O Mr. Gluck vem a nossa casa às vezes ao fim do dia, mas nunca passa a noite aqui. É horroroso tê-lo ali vendo televisão, nós sentados ao lado de mamãe no sofá de couro que ele lhe comprou de Natal, sabendo que ele está louco para fazer sexo com ela, mas está fazendo o que pode para ser simpático comigo e com Pedro, e por isso guardo para mim minhas opiniões. Até as unhas estão perfeitamente limpas. É como se não fosse um ser humano. Parece um homem de Stepford. Mas talvez seja o que mamãe quer e precisa.

Às vezes Angel aparece à noite. Mamãe não ousa dizer que não. Ele, eu e Pedro vamos para meu quarto ouvir CDs ou brincar do Jogo das Emoções ou ver um DVD. Uma vez, pusemos de novo o *King Kong*, mas Pedro ficou tão assustado que começou a tremer, e então nós mudamos para *Ratatouille*. Parece que suas emoções estão voltando, o que é uma coisa boa. E talvez a melhora se deva ao Dr. R. Sejam quantas forem as vezes que Pedro vê *Ratatouille*, continua a gostar do filme. Ter 7 anos de idade pode ser uma verdadeira bênção.

Compreendo agora por que razão mamãe queria pratos, copos e talheres novos. Quer dizer, não queria que o Mr. Gluck comesse nos mesmos pratos de papai. Há coisas na mamãe que às vezes fazem sentido, se as virmos com os olhos dela, por isso esforço-me por compreender o que se passa na sua cabeça, com a ajuda do Dr. R. Ele diz que é um bom exercício para quem quer se tornar escritor.

A casa do Dr. R fica a mais de 1 quilômetro da nossa casa, e eu e Pedro vamos para lá a pé todas as tardes de quarta-feira, depois da escola. Mamãe disse que nos levava, mas eu quero tornar isso o mais fácil possível para ela, até porque está lhe custando uma pequena fortuna.

Meu irmão deixou de andar sempre atrás de mim como um patinho, embora às vezes ainda peça para dormir na minha cama. Nunca recusei, mas espero que daqui a algum tempo ele consiga dormir pesado todas as noites, de uma ponta à outra, sem precisar de mim ao lado dele. Para o bem dele. Por mim, vou ter saudades de podermos ficar envolvidos os dois, e tudo o que ele significa para mim.

Govindan é o primeiro nome do Dr. R. Deixa na boca um som fantástico. Eu seria capaz de o repetir sem parar: Govindan Rangarajan! Pediu que o tratasse por Dr. R para tornar a conversa mais fácil, e eu obedeci, mas fora das sessões continuo a chamar-lhe Dr. Rangarajan. Faz pensar que ele veio de milhares de quilômetros de distância para ajudar a mim e a meu irmão. Pedro e eu não fazemos as sessões juntos. Primeiro entro eu e fico 55 minutos, e, enquanto isso, ele brinca na sala de espera com a Flora, a cadelinha do Dr. R. É muito dócil e de uma rapidez espantosa e cheira a pantufas velhas de flanela. Quando a abraçamos, sentimos os ossos das suas costelas — como o casco de um barco —, e é tão ágil e musculosa que salta ao andar, como se fosse de borracha rija. O Dr. R acha que ela é uma mistura de galgo e pastor-alemão, mas não tem certeza. A Sra. R — que encontrei uma vez — a trouxe de um canil em Jericho Turnpike.

— Ela encostou o focinho no fundo da jaula, sorriu para minha mulher, começou a agitar a cauda e pronto! — contou o Dr. R. Quando lhe perguntei se acreditava que os animais sorriam realmente, ele disse:

— Flora está sempre sorrindo.

E disse que se não fosse psi seria veterinário.

A Sra. R trabalha como angariadora de fundos para os Médicos Sem Fronteiras, em Manhattan. Há duas semanas a vi quando eu e Pedro subíamos a rua. Estava varrendo as escadas da frente. Esperava vê-la envolta num sari comprido, mas estava de jeans e uma camisola com "Stanford Cardinals" escrito à frente. O Dr. R disse que ela fez o MBA em Stanford quando ele andava na U.C. Berkeley. Conheceram-se em San Francisco em 1984, no festival Ganesha Chaturthi, no Golden Gate Park. É uma festa em honra do nascimento do deus Ganesha. É um que tem cabeça de elefante — o deus hindu da sabedoria.

A Sra. R sorriu e acenou quando nos viu, a mim e a Pedro, subindo a rua. Nos apresentamos, e, então, pôs a mão na cabeça de Pedro com toda a delicadeza e disse para não fazermos o marido esperar, e por isso entramos.

Quando vamos para casa do Dr. R, Pedro normalmente corre na minha frente. Por causa de Flora. A cadelinha é exatamente o oposto de Caramel — uma diferença de 180 graus — e meu irmão está perdidamente apaixonado por ela. O Dr. R diz que Flora se escondia das pessoas debaixo dos móveis, desde que ele e a mulher a têm, o que os leva a pensar que os antigos donos lhe batiam. Aos poucos, Flora foi se habituando às visitas. E depois descobriu que as adorava! O Dr. R gosta de deixá-la na sala de espera.

— É bom, tanto para o cão como para meus pacientes — disse ele.

Mal eu e meu irmão entramos na sala, Flora atira-se em cima da gente, aos saltos e nos lambendo, como se fôssemos os dois maiores pirulitos do mundo. E resmunga, também, por estar com tantas saudades nossas que mal pode se conter. Pedro coloca a cara para a frente e deixa que Flora o lamba todo. Tem uma belíssima língua cor-de-rosa. Enquanto os observo, invariavelmente penso: "o verdadeiro amor não desiste, mesmo quando pensamos que é tempo de parar". Acho que meu primeiro beijo de língua foi com Flora. Foi sem querer, claro. Uma tarde enfiou a língua dela na minha boca. Mas eu não levei a mal. Serve de treino para meu primeiro namorado.

O Dr. R às vezes joga com Pedro — xadrez chinês ou outros jogos. Também inventam histórias e brincam com bonecas. Não sei ao certo como é que isso o ajuda, mas imagino que 55 minutos com uma pessoa tão boa como o Dr. R é tempo bem passado. E eu cá estou, ainda viva, e com um irmão mais novo que redescobre que pode sentir raiva e alegria e ciúme. E amor.

Escrevi este livro com Angel me dando uma ajuda, e o Mr. Anderson e o Dr. R gostaram e me deram algumas sugestões. E vocês acabaram de ler.

Tudo bem somado, especialmente a última parte, o que veem é o mais perto da felicidade que eu alguma vez provavelmente conseguirei chegar nos tempos mais próximos.

Angel acabou por corrigir o livro todo — mesmo as partes sobre ele e a mãe dele. Agora que tudo o que sinto por ele foi revelado, deixou de me preocupar se iria ficar chocado ou perturbado. E não ficou.

Ler... Têm de reconhecer que há nisso qualquer coisa de especial, como se às vezes o que há de melhor nos seres humanos sejam nossas palavras. Embora tenhamos tendência para esquecer, exceto quando estamos no meio de um livro que amamos. Ler em voz alta *They Came Like Swallows* para meu irmão me ensinou isso. E sentada ao lado dele na cama do hospital, percebi que se estabelecia entre nós uma troca importante, e que ela estava no som da minha voz envolvendo o silêncio, e na expectativa nos olhos dele que me absorviam — como se eu fosse seu refúgio —, e no ruído suave, ciciado do virar das páginas, e nas novas palavras de inglês que tínhamos ainda que aprender, e no ar de mamãe mais do que ligeiramente aborrecida, mas ainda assim fazendo festas no rosto de Pedro, como se ele fosse o derradeiro presente que papai lhe deixou. O que provavelmente era verdade.

Mais tarde, nesse dia, quando me levantei para ir à janela, enfeitiçada pelo jogo de lágrimas da luz do sol na neve recente, pensei nisso e tive então a sensação de que o futuro me puxava, e eu, depois de resistir uns segundos só para sentir o esforço de me transformar numa nova pessoa, me deixei ir.

Este livro foi composto na tipologia
Sabon LT Std, em corpo 10,5/15, e impresso
em papel off-white no Sistema Cameron da
Divisão Gráfica da Distribuidora Record.